ミーア・レイ母さんに付き添われたジバ婆さんは、
しわくちゃの顔で穏やかに微笑んでいる。
「実はね……
婆は、ジェノスの宿場町に下りてみたいと、
家長ドンダにお願いしたんだよ……」
異世界料理道
VOLUME 21
Cooking with wild game.

俺にとっては、七ヶ月しか存在しない一年であった。
新たな年は、どんな一年になるだろう。

「いえ、ヴァルカス、それは――」
俺が思わず声をあげかけると、レイナ＝ルウに腕をつかまれた。
「アスタ、いいのです。わたしたちが未熟なかまど番である
というのはまぎれもない事実なのですから」
レイナ＝ルウの、その綺麗な青い目には、
うっすらと悔し涙が浮かんでしまっていた。

異世界料理道

Cooking with wild game.

VOLUME 21

Presented by

EDA

口絵・本文イラスト　こちも

MENU

登場人物紹介

～森辺の民～

津留見明日太／アスタ

日本生まれの見習い料理人。火災の事故で生命を落としたと記憶しているが、不可思議な力で異世界に導かれる。

アイ＝ファ

森辺の集落でただ一人の女狩人。一見は沈着だが、その内に熱い気性を隠している。アスタをファの家の家人として受け入れる。

ドンダ＝ルウ

ルウ本家の家長にして、森辺の三族長の一人。卓越した力を持つ狩人。森の主との戦いで右肩を負傷する。

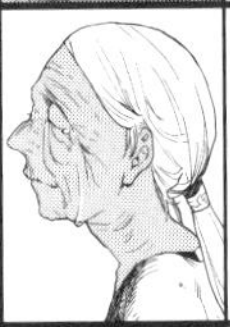

ジバ＝ルウ

ドンダ＝ルウの祖母にして、ルウ家の最長老。アスタの尽力によって生きる力を取り戻す。アイ＝ファにとっては、無二の友でもある。

ジザ＝ルウ

ルウ本家の長兄。厳格な性格で、森辺の掟を何よりも重んじている。ルウの血族の勇者の一人。

ルド＝ルウ

ルウ本家の末弟。やんちゃな性格。狩人としては人並み以上の力を有している。ルウの血族の勇者の一人。

ヴィナ＝ルウ

ルウ本家の長姉。類い稀な美貌と色香の持ち主。シュミラルに愛の告白をされ、戸惑いながら日々を過ごしている。

レイナ＝ルウ

ルウ本家の次姉。卓越した料理の腕を持ち、シーラ＝ルウとともにルウ家の屋台の責任者をつとめている。

ララ＝ルウ

ルウ本家の三姉。直情的な性格。シン＝ルウの存在を気にかけている。

リミ＝ルウ

ルウ本家の末妹。無邪気な性格。アイ＝ファとターラのことが大好き。菓子作りを得意にする。

シン＝ルウ

ルウの分家の長兄にして、若き家長。アスタの誘拐騒ぎで自責の念にとらわれ、修練を重ねた結果、ルウの血族の勇者となる。

シーラ＝ルウ

ルウの分家の長姉。シン＝ルウの姉。ひかえめな性格で、ダルム＝ルウにひそかに思いを寄せている。

ガズラン＝ルティム

ルティム本家の家長。沈着な気性と明晰な頭脳の持ち主。アスタの無二の友人。ルウの血族の勇者の一人。

ダン＝ルティム

ルティム本家の先代家長。類い稀な力を有する狩人であり、豪放な気性をしている。好物は、骨つきのあばら肉。

ラウ＝レイ

レイ本家の家長。繊細な容姿と勇猛な気性をあわせ持つ狩人。ルウの血族の勇者の一人。

トゥール＝ディン

出自はスンの分家。内向的な性格だが、アスタの仕事を懸命に手伝っている。菓子作りにおいて才能を開花させる。

～町の民～

マイム

ミケルの娘。父の意志を継いで、調理の鍛錬に励んでいる。アスタの料理に感銘を受け、ギバ料理の研究に着手する。

ミラノ＝マス

宿屋《キミュスの尻尾亭》の主人。頑固だが義理堅い性格。森辺の民を忌避していたが和解し、アスタの良き理解者となる。

ナウディス

宿屋《南の大樹亭》の主人。自身も南の血を引いているため、南の民と懇意にしている。料理の腕はなかなかのもの。

ユーミ

宿屋《西風亭》の娘。気さくで陽気な、十六歳の少女。森辺の民を忌避していた父親とアスタの架け橋となる。

ターラ

ドーラの娘。八歳の少女。無邪気な性格で、同世代のリミ＝ルウと絆を深める。

ドーラ

ダレイム出身。宿場町で野菜売りの仕事を果たしている。かつては森辺の民を恐れていたが、アスタの良き理解者となる。

ポルアース

ダレイム伯爵家の第二子息。森辺の民の良き協力者。ジェノスを美食の町にするべく画策している。

リフレイア

大罪人サイクレウスから、トゥラン伯爵家の当主の座を受け継ぐ。かつての罪を悔いて、現在はつつましく生きている。

ディアル

ジャガルの鉄具屋の娘。少年のような風貌で、無邪気かつ直情的な気性をしている。現在は城下町に居住している。

アリシュナ＝ジ＝マフラルーダ

占星師の少女。故郷を追放された、東の民。現在はジェノス侯爵家の客分として城下町に逗留している。

ヴァルカス

城下町の料理人。かつてのトゥラン伯爵家の料理長。ジェノスで屈指の卓越した腕を持ち、料理以外の事柄には無関心。

ティマロ

城下町の料理人。かつてのトゥラン伯爵家の副料理長。高慢な気性で、アスタを見下しつつ対抗意識を持っていた。

ヤン

ダレイム伯爵家の料理長。現在は宿場町で新しい食材を流通させるために尽力している。

ロイ

城下町の若き料理人。レイナ＝ルウやマイムたちの料理に衝撃を受け、アスタたちの前から姿を消してしまう。

オディフィア

エウリフィアの娘である幼き姫君。人形のように無表情で、感情を表さない。トゥール＝ディンの菓子をこよなく好んでいる。

エウリフィア

ジェノス侯爵家の第一子息夫人。優雅な雰囲気を持つ貴婦人だが、明朗で物怖じしない気性をしている。

リーハイム

サトゥラス伯爵家の第一子息。傲岸な気性で、かつてレイナ＝ルウにつれなくされたことを根に持っている。

第一章★★★賑やかなりし復活祭

1

紫《むらさき》の月の二十三日——前日に《ギャムレイの一座》の天幕で思わぬ災難に見舞《みま》われた俺《おれ》たちは、めげずにその日も商売に取り組んでいた。

いよいよ太陽神の復活祭が本格的にスタートしたのである。また、その日は復活祭が始まってから初めて迎《むか》える、日中の営業日でもあった。

通りには、人があふれている。やはり昨日から今日にかけて、格段に人が増えた様子である。祭になれば倍ほども客足がのびる、とは幾度となく聞かされていたことであるが、確かに普段《ふだん》から騒《さわ》がしい宿場町が倍ほども騒がしくなっている印象であった。

町のあちこちには太陽神の赤い旗が飾《かざ》られて、本日到着《とうちゃく》したらしい旅人たちのトトスや荷車がひっきりなしに街道《かいどう》を行《い》き交《か》っている。マントのフードですっぽりと顔を隠《かく》した、東の旅人たち——丈《たけ》の短いマントを羽織って平たい帽子《ぼうし》をかぶった、南の旅人たち——そして、西の王国のさまざまな区域からやってきた、西の旅人たち——復活祭を楽しみつつ、自分たちもひと稼《かせ》ぎさせていただこうとジェノスに集まった大勢の人々が、石の街道を練り歩いているのだ。

青空食堂を開店したことによって、すでに倍近い売り上げを叩《たた》き出《だ》していた俺たちの屋台も、そうしていっそうの賑わいを見せることになった。

「おはようございます。今日もすごい人出ですね！」

「やあ、マイム、お疲《つか》れさま」

本日も俺たちより四、五十分遅《おく》れて登場したマイムは、期待に瞳《ひとみ》を輝《かがや》かせながら俺の手もとを覗《のぞ》き込んできた。

「素敵《すてき》な香《かお》りですね。今日はどのような料理を売っているのですか？」

「今日はね、キミュスの卵を使った料理だよ。名前をつけるなら、『ギバ肉の卵とじ』かな」

大鍋《おおなべ》では、タウ油と砂糖と果実酒をベースにした甘辛《あまから》い煮汁《にじる》で、バラ肉とアリアとネェノンと、それにペペの葉とブナシメジモドキがくつくつと煮込《にこ》まれている。その表面に溶《と》いた卵をさあっとかぶせて、半熟に固まった分から具材ごと皿に移して、お客さんに提供するのだ。

卵は一人前につき一個の目安で、いっぺんに仕上げられるのは七人前ていどである。屋台の前にはちょっとした行列ができてしまっているが、これはお客の回転が速すぎると客席のキャパオーバーや食器不足を招きかねないという昨晩の反省を踏《ふ》まえた上での献立《こんだて》であった。

一昨日の日中に比べて、客足はやはりそこそこ以上にのびている。客席のほうは昨晩、屋台八台分ものスペースを新たに借り受けたので、まだまだゆとりはあるものの、食器のほうは油断をするとすぐに尽《つ》きてしまいそうだ。

（今日は食器と、それに新しい屋根だけは注文していかないとな）

さすがに新たな椅子《いす》と卓《たく》まで購入《こうにゅう》してしまっては、復活祭の後で置き場に困ってしまうだろう。よって、新たに借り受けたスペースには座席を設置せず、ただ急な雨に備えて屋根だけは用意することに決めていた。

つまり、本日のところは屋根も座席もないただの空き地であるのだが、お客さんたちは何を気にする風でもなく、持参した敷物《しきもの》の上で食事をとっている。雨が降ったら後方の雑木林にでも逃《に》げ込めばいい、ぐらいの気持ちでいるのだろう。

いっぽう俺たちの屋台の向かいに陣取《じんど》った《ギャムレイの一座》の天幕は、中天を迎えて営業を開始すると同時に、やはり一昨日以上のお客を集めているようだった。昨晩の騒ぎで客足が落ちてしまったら気の毒だな、と考えていたのだが、どうやら杞憂《きゆう》であったらしい。野盗に襲撃《しゅうげき》されるなどという悪評も、一種あやしげな雰囲気《ふんいき》を売り物にしている見世物小屋にとっては宣伝効果になりうるものなのだろうか。

ともあれ、商売は順調であった。日中から果実酒を召《め》される方々もうんと増えた様子であるが、今のところ食堂でも通りでも治安は保たれている。通りのほうでは巡回《じゅんかい》の衛兵たちがますます人員を増やしていたし、俺たちのほうでは本日も十二名もの狩人《かりうど》たちがしっかりと目を光らせてくれていた。

昨日の騒ぎで、やはりこの期間中は普段以上に用心するべきである、という結論に至ったのだ。これからは毎日、現行のトトスと荷車で運べる限りの護衛役が同行することが定められていた。かまど番と護衛役と、それに監査役《かんさやく》のスフィラ＝ザザで合計二十八名の大所帯だ。

そんな中、本日からはかまど番も一名増員されている。俺と一緒《いっしょ》に日替《ひが》わりメニューを担当する、ベイムの女衆である。宿場町の商売に否定的な立場であったベイムの家からも、ついに見届け役という名目で人材が派遣《はけん》されることとなったのだ。

名前はフェイ＝ベイムで、ベイム本家の家長の長姉《ちょうし》であるという。やや小柄《こがら》ながらも父親似のずんぐりとした体形で、いつも不機嫌《ふきげん》そうに小さな目を光らせており、大きな口もへの字がデフォルトになっている。年齢《ねんれい》は十九歳《さい》で俺より年長であったが、未婚《みこん》の女衆である。

このフェイ＝ベイムが、勤務初日にささやかな騒ぎを起こすことになってしまった。酔《よ》っ払《ぱら》った西のお客さんに愛想《あいそ》がないと突《つ》っかかられて、お前なんぞに愛想をふりまく筋合いはないと言い返してしまったのである。

何とかその場は収まったが、これは看過できぬ出来事であった。森辺の女衆は、もともと無《ぶ》頼漢《らいかん》にからまれることが多かったので、客あしらいに長《た》けている人間が多かった。また、この数ヶ月《すうかげつ》で森辺の民《たみ》に対する差別感情もだいぶん薄《うす》らいできていたので、おかしな騒ぎに発展することも皆無《かいむ》であった。そんな中で起きた、この騒ぎであったのだ。

「フェイ＝ベイム、特に愛想をふりまく必要はありませんけれど、お客さんには失礼な口をきかないように気をつけていただけますか？」

新たな卵を鍋《なべ》に落として、それが煮えるのを待つ間、俺がこっそり忠言してみると、フェイ＝ベイムはうるさそうに俺の顔をにらみ返してきた。

「先に礼を失《しっ》したのは向こうのほうです。何故《なぜ》わたしが責められねばならないのですか？」

「責めているわけじゃありません。でも、客商売をするには自分の気持ちを抑《おさ》えることも必要なんです」

「誇《ほこ》りを打ち捨て、銅貨のために媚《こ》びへつらえということですか」

「いや、媚びへつらうとかそういう話じゃなくって――」

こういうタイプを相手にするのはあまり例のないことであったので、俺もちょっと閉口してしまう。すると、隣《となり》の屋台からヤミル＝レイが声を投げつけてきた。

「フェイ＝ベイム、あなたはファとルウが宿場町でどのような仕事を果たし、森辺に何をもたらそうとしているか、それを確かめるためにこのような場所まで出向いてきたのでしょう？　そんなあなたが商売の邪魔《じゃま》をしていたら、正しい結果を得ることもできなくなってしまうのじゃないかしら？」

フェイ＝ベイムは、いっそう険しい目つきでそちらを振《ふ》り返《かえ》った。

しかしヤミル＝レイは、かまわず言葉を重ねていく。

「さらに言うなら、宿場町の商売に反対しているベイムの家のあなたがそのような真似《まね》をしたら、それはファの家の仕事をわざと妨害《ぼうがい》していると思われかねないでしょう。あらぬ疑いをかけられたくなかったら、もう少し身をつつしむことね」

「……あなたなどにそのような差し出口をきかれる筋合いはありません」

「そんなことはないわ。これは森辺の行く末を左右する大きな仕事なのだから、誰《だれ》だって自分の意見を述べる資格があるはずよ」

「…………」

「ファの家の行いを認められないというのも、ひとつの立派な意見だわ。でも、次の家長会議までは様子を見て正否を定めるとされているのだから、それを邪魔《じゃま》立《だ》てするのは掟《おきて》を破るにも等しい行為《こうい》でしょう。だから、あなたも身をつつしむべきだと言っているのよ」

「…………」

「そんなにこの仕事が気に食わないのなら、あなたが無理に受け持つ必要はないじゃない。ベイムの他《ほか》の女衆と交代してもらったら？」

容赦《ようしゃ》もへったくれもない、ヤミル＝レイの舌鋒《ぜっぽう》である。城下町の貴族を相手にしたって一歩も引かないぐらい、果敢《かかん》で頭の切れるヤミル＝レイであるのだ。並みの人間では、口論でかなうとも思えない。

その結果として、フェイ＝ベイムは黙《だま》り込むことになった。そして気づくと、その小さな目からはつうっと透明《とうめい》のしずくがこぼれ落ちてしまっていた。

「あ、あの、フェイ＝ベイムはファの家から伝わった美味《びみ》なる食事というものに強く心を動かされて、自らこの役目を願い出たのです」

と、ヤミル＝レイとともに『ギバまん』の屋台を預かっていたダゴラの女衆が、慌《あわ》てた様子で割り込んでくる。ダゴラは、ベイムの眷族《けんぞく》なのだ。

「ただ、フェイ＝ベイムは町の人間を苦手にしているので、ああいう際は少し心を乱してしまうのでしょう。決してファやルウの邪魔立てをするような気持ちは持っておりませんので、何とか長い目で見守ってはもらえませんか……？」

「いいのです。すべてはわたしが至らぬためなのでしょう」

こぼれる涙《なみだ》をぬぐおうともしないまま、フェイ＝ベイムは深々と頭を下げてきた。

「申し訳ありません。心を落ち着けたいので、少しだけ失礼します」

「あ、ああ、はい……」

フェイ＝ベイムは後ろの荷車のほうに駆《か》けていき、ヤミル＝レイは重く溜息《ためいき》をついた。

「……何も泣くことはないじゃない」

「すみません。俺がうまく指導しなければいけなかったのに、フェイ＝ベイムの気性《きしょう》を見誤っていました」

「そんなの、わたしも同じことよ。余計な真似はするもんじゃないわね」

そうして新たな『ギバ肉の卵とじ』が完成するころに、フェイ＝ベイムはしっかりとした足取りで舞《ま》い戻《もど》ってきた。むすっとした顔で目を赤くしつつ、再び俺に頭を下げてくる。

「本当に申し訳ありませんでした。自分の仕事を全《まっと》うできるように力を尽くしますので、どうぞこれからもよろしくお願いいたします」

「はい、こちらこそよろしくお願いします」

そんな感じで、ささやかなる騒ぎは無事に収束することになった。

思うに、俺はルウ家とその眷族たる女衆の頼《たの》もしさに慣れすぎてしまっていたのだろう。古くから豊かな生を営み、そしてスン家を打倒《だとう》しようと心身を磨《みが》いていたルウ家の人々は、森辺の中でも際立《きわだ》って誇り高《たか》く、強い力を有しているのだ。一見は大人しそうなシーラ＝ルウなども、きっと小さな氏族の女衆よりは気丈《きじょう》でしっかりしているのだろうと思う。

フェイ＝ベイムばかりでなく、ガズやラッツやダゴラの女衆も、ルウ家の人々のように宿場町の仕事に順応できているか、楽しくやりがいのある仕事だと思えているか、そういった精神面のケアにももう少し気を配るべきなのだなと、俺は反省することになった。

その後はひたすら仕事に忙殺《ぼうさつ》され、中天を過ぎると《西風亭《せいふうてい》》のユーミも姿を現した。昨日は遅《おそ》くまで頑張《がんば》っていただろうに、今日も元気いっぱいの様子である。

「今日も百人前のお好み焼きを準備してきたからね！　全部売りさばいて、父さんをぎゃふんと言わせてやるんだー」

いっぽうマイムも八十人前の料理を準備してきており、それが彼女《かのじょ》にとっての限界値であるらしい。が、客足は俺たちの屋台に勝《まさ》っているぐらいで、今日も一番乗りで閉店してしまいそうな勢いだ。

通りのほうではピノたちがまた客寄せの芸を始めて、道行く人々に喝采《かっさい》をあげさせている。中天を過ぎるといっそう人通りは多くなり、あちらこちらから「太陽神に！」という声が響《ひび》きわたってきた。

そこに新たなどよめきが起こったのは、下りの一の刻に差しかかったあたりであった。街道の北側から、一台の立派なトトス車が近づいてきたのである。トトスも荷車も頻繁《ひんぱん》に行き交っているが、その車体には伯爵家《はくしゃくけ》の紋章《もんしょう》が掲《かか》げられており、別のトトスを引いた武官たちに守られている。実にひさかたぶりの、ポルアースの登場であった。

「やあやあ、ご無沙汰《ぶさた》していたねえ、アスタ殿《どの》。元気そうで何よりだ」

ころころと丸っこい体格をしたポルアースが車の中から姿を現すと、いっそうのどよめきが街道に広がった。最近ジェノスを訪《おとず》れた人々は、貴族が俺たちの店にやってくる姿を初めて目《ま》の当《あ》たりにすることになったのだろう。俺もポルアースと顔をあわせるのは、およそひと月ぶりであるはずだった。

「そちらもお元気そうで何よりです。この前お会いしたのは、たしかこの食堂を開いた時分でしたよね」

「ああ、あれはまだ藍《あい》の月であったはずだねえ。こちらもアスタ殿に負けず、目の回るような忙《いそが》しさであったのだよ」

しかしその福々しい顔には相変わらず明るい笑《え》みが広げられており、心身ともにとても健《すこ》やかな様子であった。

俺たちにとって、ポルアースというのは貴族の中でもっとも心安い存在である。さかのぼれば、俺がリフレイアにさらわれたときに救いの手を差しのべてくれたのがこのポルアースであったし、トゥラン伯爵家の悪行を暴《あば》いたのちは、目新しい食材の普及《ふきゅう》のためにあれこれと手を携《たずさ》えている。のほほんとした外見とは裏腹に、とても誠実な人柄《ひとがら》であり、なおかつ歴戦の商人めいた見識とバイタリティをあわせ持った御仁《ごじん》であるのだった。

「先日の茶会では世話になったね。エウリフィアがこうと決めたら、ジェノス侯《こう》にも手綱《たづな》を取ることは難しくなってしまうのだよ。いや本当に、こちらの無理な申し出を聞き入れてくれて、僕《ぼく》もジェノス侯もとても感謝しているよ」

そんな風に言いながら、ポルアースは鉄鍋《てつなべ》を覗き込んでくる。料理が仕上がるのを待っていたジャガルのお客さんはしかめっ面《つら》で身を引きつつ、それでも順番は譲《ゆず》るまいとその場に踏み止《とど》まっていた。

「ううん、今日の料理も非常に食欲をそそられるねえ。聞くところによると、アリシュナ殿は自前の食器で料理を持ち帰らせているそうじゃないか。僕も同じように器を準備したら、どの料理でも持ち帰らせてもらえるのかな？」

「はい、もちろんです」

「それじゃあ、あとで使者をよこすよ！　いやあ、楽しみだ！」

そのように言ってから、ポルアースは何やら神妙《しんみよう》な面《おも》持ちで声をひそめた。

「ところで、ちょっと内密の話があるのだけれど、少しばかり時間をいただけるかな？」

「え、今ですか？　自分は商売が終わるまで屋台を離《はな》れられないのですが……」

「そんなに時間は取らせないよ。それに、ルウ家の方々にも了承《りようしよう》をもらいたい話なんだ」

ポルアースがじきじきにおもむいてきたということは、前回のお茶会よりもなお込み入った話なのだろうか。それでも屋台を離れることはできなかったので、現在作製中の料理を仕上げて、新たな卵を鍋に投じたのち、屋台の裏で話をうかがうことにさせていただいた。

ポルアースは二名の武官とともにこちらに回り込んできて、俺は食堂のほうに陣取っていたルド＝ルウを呼びつける。ジザ＝ルウやダルム＝ルウは昨晩の凶事《きょうじ》をドンダ＝ルウにじっくり伝えねばならないということで、本日は護衛役の任を差《さ》し控《ひか》えていたのだ。

「こんな忙しい復活祭のさなかに申し訳ないのだけれど、また城下町でその腕《うで》をふるっていただきたいのだよ、アスタ殿」

「はあ。城下町で料理をお出しするご依頼《いらい》ですか……」

まあ、想定内の内容ではあった。俺などは料理を作るぐらいしか能がないので、それ以外の用件というのは想像しにくかったのだ。

しかし、俺としては初めての復活祭に集中したいところである。かといって、貴族からの依頼を無下《むげ》にはできないし――これは、どうしたものであろうか。

「でも、それほどひどく時間を取らせるようなことにはならないはずだよ。ほら、ウェルハイド殿からの申し出で、バナームのフワノやママリアを使った美味なる料理の考案というものを頼まれていただろう？　そろそろそれをお披露目《ひろめ》していただく時期ではないか、という話になってしまったのさ」

「ああ……確かにまあ、そのお話をいただいてから、もうひと月以上が経《た》ってしまっておりますね。でも、どうしてそれをわざわざ復活祭の期間中に？」

「復活祭だからこそ、かねえ。こちらもいいかげんに使節団を歓待《かんたい》する種が尽きてきてしまったものだから、アスタ殿のお力を拝借したいのだよ」

ジェノス侯爵《こうしゃく》のマルスタインというのは、森辺の民にとっての君主筋である。だから、頭ごなしに命令をされてもなかなかこちらから断るのは難しいところであるのだが、それをこのようにへりくだって申し出てくれているのが、マルスタインやポルアースの誠意なのだろう。

それにたぶん、エウリフィアが俺を城下町に呼びつけることをたしなめていたぐらいなのだから、マルスタインだって何か事情がなければこのようなことは言い出すまい。察するところ、負い目のあるバナーム使節団の誰かにせっつかれて、やむなく森辺の民に要請《ようせい》を入れることになった、という図式なのではないだろうか。

なおかつ、バナームの人々に負い目があるのは、こちらも同様だ。十年前にバナームの使節団を襲《おそ》って交易を断絶せしめたのは、他ならぬスン家の凶賊《きょうぞく》たちであったのである。木べらで卵の煮え加減を確認《かくにん》しながら、俺は「うーん」と頭を悩《なや》ませることになった。

「まあ……祝日の前日や当日でなく、なおかつ夕刻から夜にかけてでしたら……何とかこちらも商売の手を休めず、城下町におもむくこともできるかもしれませんが……」

「日取りはそちらにまかせるよ。こちらも祝日には盛大な宴《うたげ》を控えているので、それを外してもらえたほうがありがたい」

「それでは、紫の月の二十八日か二十九日あたりでしょうかね」

俺はそのように答えたが、きっと逡巡《しゅんじゅん》する気持ちが顔に出てしまっていたのだろう。ポルアースは眉尻《まゆじり》を下げながら笑っていた。

「茶会の仕事から半月ていどしか経っていないのに、本当に心苦しく思っているよ。でも、同じように仕事を受け持った他の料理人たちはすっかり準備が整ってしまっているので、僕としてもアスタ殿には同じ場所でその腕前《うでまえ》を披露《ひろう》していただきたいのだよね」

「他の料理人というと……もしかして、その中にはヴァルカスも含《ふく》まれているのですか？」

「うん。ヴァルカス殿とティマロ殿、それにヤンを含めた三名だね」

それは、実に錚々《そうそう》たる顔ぶれであった。そういえば、ヴァルカスの弟子《でし》たるボズルもあれ以降は姿を見せていないので、俺はまだヴァルカスが『ギバ・カレー』にどのような感想を抱《いだ》いたのかも聞けていない状態であったのだ。

俺はしばし悩んでから、「わかりました」と応じてみせた。

「毎度のことながら、俺の一存では決められないことですので、家長や族長とも話し合って、前向きに検討させていただこうかと思います」

その家長アイ＝ファは、もちろん最初から俺のかたわらに控えてくれている。いっぽうルド＝ルウは頭の後ろで手を組んで、呑気《のんき》に笑っていた。

「料理や商売のことに関してなら、親父《おやじ》たちも口出しはしてこねーだろ。それにしても、アスタは大変だなー。……で？　俺はそいつを親父に伝えりゃいいのかな？」

「いや、ルウ家の方々にはまた別の話があるのだよ。実はその日取りに合わせて、武芸の余興を執《と》り行《おこな》いたいのだよね」

「武芸？　俺たちに力比べでもさせようってのかい？」

「うん、まさしく力比べだね。より正確に言うなら、剣術《けんじゅつ》の試《ため》し合いだ」

いくぶん真面目《まじめ》くさった顔になりながら、ポルアースはそのように述べたてた。

「もちろん、刃《は》を落とした試合用の刀を使うし、革《かわ》の甲冑《かっちゅう》も纏《まと》うので生命《いのち》を落とす心配はない。その試し合いに、シン＝ルウという森辺の狩人に参加してもらいたいのだよ」

「シン＝ルウ？　どうしてシン＝ルウなんだ？」

「そのシン＝ルウという人物は、先日の茶会で城下町におもむいていたのだろう？　それに参席した貴婦人がたからの、たっての要望でね。タルフォーン子爵《ししやく》家のベスタ姫《ひめ》とマーデル子爵家のセランジュ姫という貴婦人がたなのだけれど、アスタ殿なら覚えているかな？」

「ええ、まあ一応は」

名前などは失念していたが、顔見知りの面々とエウリフィアの幼き娘《むすめ》を除けば、貴婦人は二名しか残らない。あの無邪気《むじゃき》にはしゃいでいた、姉妹のような娘さんたちだろう。

「そのタルフォーン子爵家のほうは、サトゥラス伯爵家に連なる家でね。ベスタ姫らがシン＝ルウという人物をまた城下町にお招きしたいと話していたら、それを聞きつけたリーハイム殿が、それならば武芸の余興で呼びつければいいと申し出てしまったのだよ」

リーハイムというのは、当初ギバの料理に強い関心を持ってくれていたのに、レイナ＝ルウと何やかんやあって、態度を硬化《こうか》させてしまった御仁である。その前から、ギバ肉を城下町で買《か》い占《し》める算段を立てていた様子もあったそうだし、現状では貴族の中で一番の要注意人物であるかもしれなかった。

「何となく、この申し出を突っぱねるとまたリーハイム殿が面倒《めんどう》なことを言い出しそうだと見て取って、ジェノス侯は申し出を呑《の》む気持ちになったらしい。リーハイム殿はサトゥラス伯爵《はくしやく》家の第一子息であらせられるから、こちらにとっても森辺の民にとってもあまりないがしろにはできない存在なのだよね」

「はい、それはわかります」

サトゥラス伯爵家というのは、この宿場町を治める家なのである。宿場町での商売を重んじている俺たちにとっては、もともと注意を払《はら》わねばならない存在であったはずだ。

「そのリーハイム殿の叔父上《おじ》が、ジェノスにおいては名うての剣士《けんし》でね。僕が記憶《きおく》している限り、メルフリード殿の他にその人物を打ち負かした剣士は存在しない。その人物とシン＝ルウという人物で、剣術の試し合いをしていただきたい、という話なのだよ」

「ふーん？　何がどうでもかまわないけどよ。シン＝ルウがその貴族を打ち負かしちまったら、余計に話がこじれるんじゃねーの？」

「いやいや、まがりなりにも剣術の試し合いで、遺恨《いこん》が残るようなことはないよ。むしろジェノス侯は、森辺の狩人が勝利を収めることを望んでいるのじゃないのかな。……これは個人的な興味で聞くのだけれど、やっぱり森辺の狩人が敗北することはありえないのかな？」

「そんなのは、どういう取り決めの力比べなのかによるけどさ。その貴族があのメルフリードとかいう貴族と同格の腕だとしたら、さすがにシン＝ルウでもかなわないかもしれねーしな」

メルフリードはジザ＝ルウ並みの力を持つように思える、とアイ＝ファはかつてそのように語っていた。また実際、彼《かれ》はテイ＝スンを一刀のもとに斬《き》り伏《ふ》せているのだ。

（でもルド＝ルウは、シン＝ルウがメルフリードにかなわない「かも」っていう評価なのか。

もしかしたら、この短期間でそれだけルウ家の狩人の力が底上げされてるってことなのかな）

ジザ＝ルウは、先の力比べでシン＝ルウに勝利し、ルド＝ルウを打ち負かしたガズラン＝ルティムにも勝利している。そんなジザ＝ルウとメルフリードが今でも互角《ごかく》の実力であったなら、シン＝ルウに勝ち目はないはずであろう。そもそもシン＝ルウはルド＝ルウにも勝利したことはないのだから、なおさらだ。

だが、この短期間でシン＝ルウがメルフリードに近い実力を身につけたということなら、ルド＝ルウやジザ＝ルウやガズラン＝ルティムはさらにその上を行っている、ということになる。メルフリードに恨《うら》みがあるわけではないが、森辺の民の一員として、それは喜ばしいことであるように思えてならなかった。

「うーん、どうだろうね。何せメルフリード殿は剣士として頭ひとつ飛《と》び抜《ぬ》けているから、さすがにリーハイム殿の叔父上も同格とまでは言えないかもしれないな」

「ふーん。だったら、シン＝ルウが負けることはないだろうなー。どんな七面倒《しちめんどう》くさい取り決めがあったとしても、刀を使った勝負ならそうそう後《おく》れは取らないだろうよ」

「そうか。それは心強いね」と、ポルアースは破顔する。

「リーハイム殿もね、別に根っから悪辣《あくらつ》な人物ではないのだよ。なおかつ、それほど芯《しん》の強い人物でもないから、森辺の狩人の力を思い知ったら、こんな悪戯《いたずら》心も今後は起こせなくなると思う。そうしてリーハイム殿が怯《ひる》んだところで、ジェノス侯は森辺の民にちょっかいを出さないよう強くたしなめる心づもりなんじゃないのかな」

「何だかややこしいんだな。ま、血族のシン＝ルウが勝負を挑《いど》まれてんなら、親父もそれを断ったりはしねーと思うよ」

「それならば、こちらも助かるよ。では、これはジェノス侯爵マルスタインからの正式な申し出として、森辺の族長ドンダ＝ルウ殿にお伝え願えるかな？」

「了承したよ。何なら、俺がその貴族の相手をしてやりたいぐらいだぜ」

ルド＝ルウのふてぶてしい微笑《びしょう》とともに、ポルアースとのひさびさの会見は終了《しゅうりょう》した。

こうして俺たちは、『中天の日』と『滅落の日』の合間を縫《ぬ》って、ジェノスの城下町にまで出向くことを余儀《よぎ》なくされたのだった。

2

「シン＝ルウが城下町で、貴族と力比べ……？　それはまた、ララが聞いたら眉《まゆ》を吊《つ》り上《あ》げそうな話ねぇ……」

営業終了後、そのように声をあげたのはヴィナ＝ルウであった。

「あー、しかもシン＝ルウを城下町に呼びだしたいって言いだしたのは、貴族の娘っ子って話なんだからな。ララのやつ、髪《かみ》の毛《け》とおんなじぐらい顔を真っ赤にしそうだぜ」

そんな風に応じるルド＝ルウのほうは、べつだん深刻さもない顔つきだ。

「そういえば、城下町で兵士か何かの格好をさせられたシン＝ルウは、すっげーサマになってたってリミが騒いでたんだよな。俺なんかちっとも想像つかねーんだけど、そんな貴族の娘っ子らがのぼせあがるぐらい、シン＝ルウは格好よかったのか？」

これは、隣の屋台を片付けていたトゥール＝ディンに向けられた言葉である。トゥール＝ディンは「あ、え」と口ごもってから、やがてこくりと小さくうなずいた。

「シ、シン＝ルウもアイ＝ファも、何だか森辺の民とは思えないような姿になっていました。あまり褒《ほ》め言葉《ことば》にはならないかもしれませんが、それこそ貴族と見まがうような姿であったかもしれません」

「ふーん。ま、レイナ姉のときみたいに面倒なことにならなきゃいいけどな。どうせそいつらは、貴族の身分を捨てて森辺に婿入《むこい》りや嫁入《よめい》りをする覚悟《かくご》なんてねーんだろうしさ」

そう、そもそもリーハイムというのは、さんざんレイナ＝ルウにのぼせあがった上で手ひどく袖《そで》にされてしまったものだから、森辺の民に悪感情を抱いてしまったようなのである。それはリーハイムに非があったとして、マルスタインからはきっちり叱責《しっせき》を受けたようだが、このたびの一件を鑑《かんが》みるに、まだまだ用心が必要であるように思えた。

「ま、世の中には身分どころか自分の神を捨ててまで婿入りを願うような人間もいるんだけどな。あんな酔狂《すいきょう》な人間はそうそういねーってこった」

「言うと思ったわぁ……ルドは、いちいちうるさいのよぉ……」

気の毒なヴィナ＝ルウは色っぽく頬《ほお》を染め、その弟は「にっひっひ」と笑う。俺は、もう四ヶ月《かげつ》ばかりも別離《べつり》しているシュミラルを思って、ひそかに息をつくことになった。

「それじゃあ、早々に撤退《てったい》しましょう。今日は色々とやることもありますので」

俺の号令のもと、一同は賑やかな街道へと足を踏み出した。

四台の荷車に五台の屋台、六頭のトトスに二十八名の人間という大所帯である。荷を引く仕事のない女衆は荷台に引きこもっているものの、森辺の民がこれだけの人数で練り歩けば、注目の度合いは半端《はんぱ》ではない。まだ営業中であるユーミに別れを告げ、たいそうな賑わいを見せている《ギャムレイの一座》の天幕の前を通りすぎ、俺たちはひたすら南へと足を向けた。

屋台を宿屋に返す組、明日のための食材を購入する組、大量の銅貨を両替屋《りょうがえや》に持ち込む組、新しい食器や屋根を注文しに行く組——さらに今日は、他の屋台に試食に行く組があった。《南の大樹亭《たいじゅてい》》のナウディスが昨晩から軽食の屋台を出し始めたので、俺とレイナ＝ルウとトゥール＝ディンの三名はそれを味見させていただこうという計画を立てていたのだ。

「それじゃあ、各自の仕事が済んだら《キミュスの尻尾亭《しっぽてい》》で合流ということで」

「うん、気をつけてねぇ……」

俺たち三名にアイ＝ファとルド＝ルウとラウ＝レイが同行して、まずは最初に離脱《りだつ》する。ナウディスの屋台は、露店《ろてん》区域でもかなり南寄りの位置にあった。

「ああ、これは確かにたいそうな賑わいですね」

レイナ＝ルウの言う通り、そこには十名近いお客が列をなしていた。すでに下りの二の刻を回っているので昼食のピークは過ぎているはずであるが、まだまだお客の引く気配はない。その最後尾《さいこうび》に俺たちが陣取ると、前に並んでいた南の民がいぶかしげに振り返ってきた。

「何だ、わざわざ銅貨を出して、他の店のギバ料理を食べようってのか？」

俺たちの素性《すじょう》を知った上での発言なのだろう。俺は「はい」と愛想よく微笑《ほほえ》んでみせる。

「こちらのご主人とは懇意《こんい》にさせていただいているので、どのような料理を売りに出されているのか、とても興味を引かれてしまったのです」

「ああ、ここの主人の腕は確かだな。俺も迷ったけど、今日はこっちの料理を買うことに決めたんだ」

そのように言って、その人物はにっと笑った。

「明日は、お前さんたちの屋台に行くからな。まさかとは思うけど、祭の間は休まないでくれよ？」

「ええ、もちろんです」

どうやら見知っているどころか常連様であったらしい。ジャガルやシムの民は似通った風貌《ふうぼう》をしている人間が多いので、なかなか見分けることが難しいのだ。

そうしていくばくもなく俺たちの順番が回ってくると、ナウディスが「いらっしゃいませ」と笑顔《えがお》で出迎《でむか》えてくれた。

「ああ、アスタにレイナ＝ルウ、そちらもご苦労様でしたな」

《南の大樹亭》においては、店主みずからが軽食の屋台を出しているのである。今日のナウディスは頭に灰色の布を巻いており、ゆたかな褐色《かっしょく》の髪が後ろからぼわんと広がっている。ちょっとユーモラスで微笑をさそわれる姿であった。

「昨晩はあんな騒ぎだったので、こちらに立ち寄ることができませんでしたからね。とても楽しみにして来ました」

「はいはい、昨晩は難儀《なんぎ》でありましたな。どちらも自慢《じまん》の料理ですので、ご満足いただけたら幸いであります」

ナウディスは、一台の屋台で二種類の料理を売っていた。我《わ》が店のパスタと同じように、屋台に二組の火鉢《ひばち》を仕込んでいたのだ。その片方はカレーであり、もう片方はタウ油をふんだんに使った煮付《につ》けのようである。丸くて薄い焼きポイタンの生地《きじ》がどっさりと準備されているので、それに具材を包む形で売りに出しているのだろう。

「お代はどちらも、赤銅貨一枚と割り銭《せん》が一枚でありますぞ。おいくつをご所望《しょもう》でありますかな？」

「それじゃあ、それぞれの料理をふたつずつお願いします」

かまど番は三名であったが、こんな中途半端《ちゅうとはんぱ》な時間なのだから半個分ずつで十分だろう。余った分は、俺たちよりも食欲が旺盛《おうせい》な狩人たちに献上《けんじょう》すればいい。

などと考えていたら、ルド＝ルウが「あ、俺たちもひとつずつ頼むよ」と言い出した。

「え？　ルド＝ルウたちも食べるのかい？」

「ああ。そいつはギバの料理なんだろ？　町の人間が作るギバの料理ってのも面白《おもしろ》いじゃん」

そういえば、ルド＝ルウは護衛の仕事中にマイムやユーミの料理も購入していた。森辺の男衆が銅貨を出してまで町の人間の料理を食べるというのは、そうそうないことだ。これも歓迎《かんげい》すべき心境の変化であろう。

「では、それぞれ三つずつですな。お代の準備をお願いいたします」

どちらの料理も汁気《しるけ》が多かったので、ナウディスはそれを饅頭《まんじゅう》の形で仕上げてくれた。この宿場町では、わりとポピュラーな軽食の形式だ。俺たちは次のお客に場所を譲りつつ、屋台の横でそれを半分に分け、おのおの口に運んでみた。

煮付けのほうは、やはりタウ油がベースである。それに砂糖と、シナモンっぽい香草《こうそう》もほんの少しだけ使っているのかもしれない。タウ油の使い方を十分にわきまえているナウディスの、素朴《そぼく》ながらも優《やさ》しい味わいだ。具材は、粗《あら》めに刻んだギバのモモ肉と、アリアにティノにネェノンというシンプルな組み合わせである。

そして、カレー饅頭のほうは、また少し俺の知らない進化を遂《と》げていた。具材に、ダイコンのごときシィマ、サトイモのごときマ・ギーゴ、ズッキーニのごときチャン、それにシイタケモドキにブナシメジモドキというジャガル産の食材ばかりがふんだんに使われていたのである。なおかつカレーのルーも、以前に食したときよりも格段に甘《あま》みが増している。俺の故郷ではお子様用に分類されるぐらいの甘さだ。砂糖や蜜《みつ》を入れたぐらいでは、ここまで甘くすることはできなかろう。そもそもスパイシーな風味自体がずいぶんマイルドに仕立てられているし、普通《ふつう》のカレーにはない旨《うま》みやコクが感じられる気がした。

「ナウディス、このカレーはいったいどのようにして作られているのですか？」

「はいはい。それはかれーの素《もと》を三分の二ぐらいしか使っておらず、そのぶん乳脂《にゅうし》で炒《いた》めたアリアとフワノをぞんぶんに増やしているのです。それに、水と同量のカロンの乳も加え、砂糖とラマムの実のすりおろしもたっぷり加えておりますな」

「なるほど。このコクはカロンの乳のものなのでしょうかね。それに、俺がカレーには使わないような野菜から、とても素晴《すば》らしい旨みが生まれているような気がします」

「アスタや《キミュスの尻尾亭》のご主人がこしらえるかれーも非常に美味でありますからな。わたしもそれに負けないぐらい美味で、なおかつジャガルのお客様に喜んでいただけるような料理を作りあげたかったのです」

新たなお客さんにそのカレー饅頭を受《う》け渡《わた》しつつ、ナウディスはにっこりと微笑んだ。

「今のところ、屋台でも食堂でもかれーは好評でありますぞ。それに、少しずつですがジャガルのお客様が買ってくださる割合も増えてきたように感じられます。アスタも屋台でかれーを取《と》り扱《あつか》ってくれておりますし、この調子ならば復活祭が終わる頃《ころ》にはかれーがシム料理でないということを広く知らしめることができるのではないでしょうかな」

「そうですね。カレーなんていう奇抜《きばつ》な料理がジェノスで受け入れてもらえれば、とても嬉《うれ》しいです」

ものすごく正直に言ってしまうと、ダイコンのごときシィマやサトイモのごときマ・ギーゴは、俺だったら絶対カレーに入れないと思う。が、べつだんそこまで調和を乱しているわけではないし、カレーの原形を知らない人々ならば、違和感《いわかん》なく受け入れることができるのかもしれない。それならば、これは俺の故郷の料理とこの世界の料理が合わさって生まれた、新しい

味わいと受け止めるべきだと思われた。

「森辺ではかれーの辛《から》さを嫌《いや》がる人間もそれほど多くはないので、あまり気にしていませんでしたが、アリアやフワノを増やすことで、このように辛さを抑えることができるのですね」

半分に割ったそれぞれの料理を完食したレイナ＝ルウが、笑顔でナウディスに呼びかける。

「その発想は、わたしにはありませんでした。とても感服いたします」

「それは恐縮《きょうしゅく》でありります」と、ナウディスは温かく微笑む。

その次に感想を聞かれたトゥール＝ディンも、「美味だと思います」とはにかんでいた。

「特にこのタウ油を使った料理のほうは、砂糖と少しの香草しか使われていないようなのに、とても深みがあるように感じられました」

「ああ、そちらにはごく少量ですがジャガルの発泡酒《はっぽうしゅ》を使っておりますな。値が張るのでたくさんは使えませんが、やはりジャガルの酒はタウ油に合うのです」

それは俺も気づかなかった。とりたてて風味が増したりはしていないようだが、見えざる功労者としてこの料理の質を高めていたらしい。

「うーん。レイの女衆でもここまで美味《うま》い料理を作れるやつは、そんなにいないだろうな。何だかちょっと悔《くや》しく思えてしまうぞ」

「あー、だけどかれーだったらアスタやレイナ姉の作るやつのほうが美味いみたいだな」

ラウ＝レイとルド＝ルウはナウディスに聞こえないよう、ぼしょぼしょと言葉を交わしている。余りの半切れを食したアイ＝ファは、すました面持ちでノーコメントだ。

「そういえば、アスタたちは今日の料理を売り切ることがかなったのでしょうかな？」

「はい。定刻でちょうどすべて売り切ることができました」

「参考までに、それはどれほどの数であったのでしょう？　わたしのほうは、二種の料理を七十食ずつ準備していたのですが」

「えーとですね、俺の店は『ポイタン巻き』が百六十食、『カルボナーラ』が二百食、日替わり献立の『ギバ肉の卵とじ』が百五十食ですね。ルウ家のほうは『照り焼き肉のシチュー』が二百五十食、『ミャームー焼き』が百六十食です」

基本的には昨晩と同じ量で、日替わりメニューだけ三十食分を増やした分量であった。昨晩よりは一時間以上もかかったものの、完売できたのでまずは満足である。ナウディスなどは、呆《あき》れたように目を丸くしてしまっていた。

「改めて聞くと、すさまじい売れ行きですな。普通の屋台ならば五十食、祭の期間は倍の百食も売れれば満足すべきとされているのですぞ？」

「ええ。ですがナウディスも、一台の屋台で百四十食の料理をさばいているのでしょう？　それならやっぱり、たいしたものではないですか」

「はいはい、このあたりにはギバの料理を売る屋台もありませんからな。アスタたちのそばに屋台を開くべきか最後まで迷ったのですが、おたがいに完売の見込みが立ったのならば、わたしの判断も間違《まちが》ってはいなかったようです」

そのように言いながら、ナウディスは街道のほうに視線を差し向けた。ギバ料理でなくとも、軽食の屋台はたくさん立ち並んでいる。ナウディスの店ほどではないものの、どこの屋台もそれなりのお客を集めることがかなっているようだ。

「このふた月ほどで、実にさまざまな食材が宿場町にあふれかえることになりましたからな。タウ油に砂糖、カロンの乳に乳脂、レテンの油、ママリアの酢《す》、シムの香草、数々の野菜――なおかつ最近では、カロンの胴体《どうたい》の肉さえもが売りに出されております。ひさかたぶりにジェノスを訪れた人々は、さぞかし度肝《どぎも》を抜かれたことでしょう」

「ええ、きっとそうなのでしょうね」

「ですが、ギバ肉を扱う店は限られておりますし、さまざまな食材を正しい形で使えている店も、同じように限られていると思われます。しばらくは他の屋台に目移りするとしても、日が経つにつれ、我々はいっそう多くのお客様をお迎《むか》えすることになるのではないでしょうかな」

とてもにこやかに笑いつつ、ナウディスは自信たっぷりの様子に見えた。きっと、自分以上にジャガルの食材を正しく扱える人間はそうそういない、という自負があるのだろう。実際、ネイルのシム料理と同じぐらい、ナウディスのジャガル料理は本格的な味わいなのだろうと思えてならなかった。

「そういうわけで、次回からはまたギバの足肉を二十人前ほど追加していただきたいのですが、いかがでありましょうかな?」

「はい、大丈夫《だいじょうぶ》だと思います。集落に戻ったら確認しますね」

「はいはい、よろしくお願いいたします。……ああどうぞ、いらっしゃいませ」

変わらず客足は途切《とぎ》れる様子もないので、俺《おれ》たちは別れの挨拶《あいさつ》を述べて退去することにした。

マイムやユーミと同じかそれ以上に、ナウディスというのは心強い戦友であった。それにミフノ＝マスやネイルも加わり、これだけの人々がギバ肉の美味《おい》しさを宿場町に知らしめてくれているのだ。この復活祭は、森辺の民にとって大きな転機となることだろう。

そんな思いを胸に、俺は森辺の集落へと帰還《きかん》することができた。

それから、半刻の後《のち》である。

無事にすべての仕事をつとめあげてルウの集落に帰りつくと、何故かしら広場の入口でリミ＝ルウが待ち受けていた。

「レイナ姉、ヴィナ姉、おかえりー！　アスタとアイ＝ファもお疲《つか》れさま！」

「うん、お疲れさま。……リミ＝ルウはこんなところで何をやってるのかな？」

「リミはアスタたちを待ってたんだよ！　ドンダ父さんが、お話があるんだってー」

ドンダ＝ルウがわざわざ俺たちを呼びつけるとは珍《めずら》しいことだ。とりあえず、ご指名があったのは俺とレイナ＝ルウとルド＝ルウのみであったので、それにアイ＝ファを加えたメンバーでルウの本家に足を向ける。トゥール＝ディンはファファの荷車で先に帰らせ、ファの家での下ごしらえを先に進めておいてもらうことにした。

「ちょうどいいから、貴族からの話についても親父に伝えちまおうぜ。そのほうが手間もはぶけるだろ」

「うん、そうだね」

ミーア・レイ母さんの案内でルウの本家に足を踏《ふ》み入《い》れると、そこにはドンダ＝ルウばかりでなく、ジザ＝ルウとダルム＝ルウ、それにジバ婆《ばあ》さんまでもが顔をそろえていた。ミーア・レイ母さんはジバ婆さんの隣に膝《ひざ》を折り、リミ＝ルウを含めた俺たち五名はドンダ＝ルウらと向かい合う格好で腰《こし》を落ち着ける。

「ご苦労だったな、レイナ、ルド。……今日はおかしな騒《さわ》ぎに巻き込まれなかっただろうな？」

「ああ。旅芸人の連中も、普通に仕事をしてるみたいだったぜ」

「そうか」と言ったきり、ドンダ＝ルウは口をつぐんでしまう。

ドンダ＝ルウは、まだ右肩《みぎかた》を包帯で巻かれており、腕を吊った状態である。森の主《ぬし》との死闘《しとう》でもっとも重い手傷を負ったドンダ＝ルウは、完治するまであとひと月はかかるという見込みであるはずだった。

「ファの家のアスタ、レイナ、ルド。貴様たちに、確認させてもらいたいことがある」

「どうしたんだよ？　そんな風にあらたまってさ」

「黙って聞け。……最長老ジバが、突拍子《とっぴょうし》もないことを言い出しやがったんだ」

俺は驚《おどろ》いて、そのジバ婆さんのほうを振り返った。ミーア・レイ母さんに付《つ》き添《そ》われたジバ婆さんは、しわくちゃの顔で穏《おだ》やかに微笑んでいる。

「実はね……婆《ばば》はジェノスの宿場町に下りてみたいと、家長ドンダにお願いしたんだよ……」

「えっ！　ジバ＝ルウが宿場町に、ですか？」

「ああ、そうさ……町の様子はずいぶん変わってきたんだろう……？　アスタやレイナたちが仕事を果たすことによって、どれほど町の様子が移り変わったのか……それをあたしもこの目で確かめたくなっちまったのさ……」

俺は思わず言葉を失い、左右のみんなの表情をうかがってしまった。リミ＝ルウとルド＝ルウはきょとんとしており、レイナ＝ルウは真剣《しんけん》な表情、アイ＝ファは静かな面持ちでジバ婆さんの言葉を聞いている。

「あたしが最後に町へと下りたのは、もう二十年や三十年も前のことになるのかねえ……買い出しの仕事がつとまらないようじゃあ、町に下りる理由もないからさ……あの頃は、町中の人間が森辺の民《たみ》を恐《おそ》れていた……ちょうどその頃、森辺の民に無法を働いた町の人間が、狩人の手によって殺《あや》められるなんていうことがあったから、なおさらにね……」

ジバ婆さんの述懐《じゅつかい》に、ルド＝ルウが「ああ」と気安く応じた。

「罪人は衛兵に捕《と》らえられたのに、家人を傷つけられた氏族の家長が復讐《ふくしゅう》しに出向いちまったんだっけ。ま、気持ちはわからないでもねーよな」

「そうだねえ……それでいっそう森辺の民は、町で恐れられることになっちまったんだけど……アスタたちのおかげで、ずいぶん町の人間たちも気持ちが変わってきたんだろう……？」

「それは屋台の商売だけが理由じゃなく、森辺のみんなが一丸となって悪逆な貴族とスン家を討《う》ち倒《たお》したおかげであるはずですよ」

「うん、そうだったねえ……とにかく婆は、この魂《たましい》が森に召《め》される前に、ジェノスの町の変わりっぷりを見ておきたくなっちまったのさ……」

「ジバ婆は、まだまだ魂を召されたりしないでしょ？」

たちまちリミ＝ルウが涙を浮《う》かべてしまうと、ジバ婆さんはいっそう優しく微笑んだ。

「ああ、婆はとっても元気だよ……だから、元気な内に町へ下りたいと思ったのさ……これ以上老いぼれちまうと、そんな無茶《むちゃ》もできなくなっちまうだろうからね……」

「……確かに、お身体にはそれなりの負担がかかるかもしれませんね」

考えながら、俺は答えてみせる。

「森辺の集落から宿場町に向かう道は、けっこうな坂で道幅《みちはば》もせまいので、荷車もずいぶん揺《ゆ》れてしまうと思います。時間的には大したものではありませんが、それでもやっぱり相応の体力を削《けず》られることでしょう」

「でも、町にいる間は俺たちがいるんだから、何も危険なことはないぜ。……親父は、そういうことが聞きたかったんだろ？」

「ああ、そうだ。ここ最近の宿場町について、一番事情をわきまえているのは貴様たちだからな。そんな真似《まね》をして最長老に危険は及《およ》ばないか、率直《そっちょく》に述べてもらおう」

ドンダ＝ルウの眼差《まなざ》しは、真剣そのものであった。

ルド＝ルウは、不敵な面構《つらがま》えで肩《かた》をすくめる。

「昨日の夜ぐらい念入りに腕の立つ狩人を護衛に選べば、何も心配はいらねーだろ。賑《にぎ》やかな場所を進むときは、荷台で小さくなってりゃいいんだからよ」

「それでも今の宿場町には、余所者《よそもの》や無法者が大勢ひそんでいる。昨晩もそういう輩《やから》に襲われたことを忘れたわけではあるまい」

ジザ＝ルウが静かに言葉をはさむと、ルド＝ルウは「へん」と鼻を鳴らした。

「だから、そういう連中に襲われても、俺たちは傷ひとつ負わなかったじゃん？　昼間だったら、なおさら安心だろ」

「しかし、万が一にも最長老の身に何かあれば、我々は――数十年前のかの家長と同じように、刀を取るしかなくなってしまうのだぞ？」

ジザ＝ルウの大きな身体が、ふいに不可視の圧力を発散し始めた。

いくぶんのけぞりかけたルド＝ルウが、ぐっとこらえて、それに立ち向かう。

「その万が一が起きないように、俺らが力を尽《つ》くせばいいんだろ？　……ていうか、ジバ婆がいようといまいと、俺たちのやることに変わりはねーよ。どんなとんでもないことが起きたって同胞《どうほう》に傷ひとつ負わせないように、俺は護衛の仕事に励《はげ》んでるつもりだぜ？」

俺と出会った当時は子供のように気圧《けお》されていたルド＝ルウが、全身全霊《ぜんしんぜんれい》でジザ＝ルウの圧力に耐《た》えていた。

そこで、レイナ＝ルウが声をあげる。

「わたしは、ジバ婆の望みをかなえてあげたいと思います。町の人間たちがどのような目で森辺の民を見て、どのような様子でギバの料理を食べているか、それを知ることは、とても大事なことだと思えるので」

「うん！　そうしたらジバ婆も、きっと町を好きになれるよ！」

涙《なみだ》をふきながら、リミ＝ルウが笑顔で発言する。

ジバ婆さんは、やわらかい眼差しでその笑顔を見返した。

「ふうん……リミは町が好きなのかい……？」

「大好きだよ！　宿場町ではターラに出会えたし！　ドーラもユーミもマイムもミケルも、それにテリア＝マスだって、みーんないい人ばっかりだしね！」

「そうかい……」と、ジバ婆さんは目を伏せる。

「森辺の民が、町の人間を大好きだなんて……そんなのは、少し前までは考えられなかったことだろう……？　だからあたしも、どうしてリミがそんな風に思えるようになったのか、そいつをこの目で確かめたくなっちまったんだよ……」

「いいんじゃねーの？　最長老だったら、何でも知っておくべきだろ」

「わたしもそう思います。寝具《しんぐ》をたくさん重ねれば、揺れる道だってそれほど苦痛ではないはずです」

ルド＝ルウとレイナ＝ルウの言葉を受けて、ドンダ＝ルウは俺のほうに鋭《するど》い眼光を突《つ》きつけてきた。俺は腹を据《す》えて、大きくうなずいてみせる。

「護衛に関しては、ルド＝ルウ以上に確かなことは言えませんが、俺もジバ＝ルウに今の状《じょう》況《きょう》を正しく知ってもらうのは、とても大事なことだと思います。……いや、大事というか、誰《だれ》よりも古くから森辺の民として生きてきたジバ＝ルウに、今の状況を知ってもらうことができたら、とても嬉しく思います」

「……そうか」と、ドンダ＝ルウが巨体《きょたい》をゆする。

「ならば、最長老の望みをかなえよう。護衛の狩人は、俺が選ばせてもらう。……ジザ」

「はい」

「お前は集落に残り、家を守れ」

そう言って、ドンダ＝ルウはにやりと野獣《やじゅう》のように笑った。

「明日は、俺が同行させてもらう」

3

かくして翌日の紫《むらさき》の月の二十四日には、ジバ婆さんとドンダ＝ルウが宿場町に下りることになった。

これは、生半可な話ではない。ルウ家のみならず森辺でもただひとり黒き森の時代を知る最長老のジバ婆さんが、あの繁雑《はんざつ》な宿場町に下りるのである。ジザ＝ルウが示唆《しさ》していた通り、万が一にもその身を害されるようなことになれば、ルウ家の狩人たちはジェノスの法よりも森辺の掟《おきて》を重んじて、その罪人に報復せずにはいられなくなるだろう。

もちろん、「最長老だから」という理由で危険度が増すことはない。町の人間にしてみれば何も特別な存在ではないのだから、ことさら最長老が標的とされる理由はないのだ。だったらそれこそ、実際に酔漢《すいかん》や無法者とやりとりをしている若い娘たちのほうがよほど危険である、といえるだろう。

だから皆《みな》が恐れているのは、あくまで突発的《とっぱつてき》な事態であった。一昨日の晩のように、まったくの偶然《ぐうぜん》から災厄《さいやく》に巻き込まれる危険性はいつだってつきまとう。そんなとき、ジバ婆さんにはリミ＝ルウよりも危険を回避《かいひ》する身体能力が足りていない。それでジバ婆さんにもしものことがあったら――と懸念《けねん》するジザ＝ルウの気持ちも、俺には十分に理解することができた。

そんなわけで、護衛役の狩人は十六名まで増員されることになった。そのうちの六名がジバ婆さん専属の護衛であり、残りの十名がかまど番の護衛、という割《わ》り振《ふ》りである。なおかつ、その人数では荷台に乗りきらないので、何名かは事前に徒歩で町に下り、のちに合流する、という徹底《てってい》ぶりであった。

そのメンバーに選ばれた狩人も、『暁《あかつき》の日』を上回る錚々たる顔ぶれだ。アイ＝ファ、ルド＝ルウ、ダルム＝ルウ、シン＝ルウ、ガズラン＝ルティム、ダン＝ルティム、ラウ＝レイ、ギラン＝リリン、ジィ＝マァム、というお馴染《なじ》みのメンバーの他《ほか》にも、ルウの血族で有数の力を持つ狩人たちが選出されたらしい。

ジバ婆さんとドンダ＝ルウが乗った荷車は、内に二名、外に四名の狩人がぴったりと付き添い、どこにも寄らずに真《ま》っ直《す》ぐ露店区域へと向かう。屋台を借り受けてからそれに追いすがった俺は、とりたてて町の人々や衛兵たちに不審《ふしん》がられることはなかったという報告を、ジバ婆さんに付き添っていたシーラ＝ルウとララ＝ルウから受けることになった。

そうしていつものスペースに到着《とうちゃく》したならば、今度は荷車の配置だ。トトスや荷車は、いつも邪魔《じゃま》にならないよう屋台裏の空きスペースに置いている。で、ジドゥラの荷車はマイムを送《そう》迎《げい》するために営業中も出入りをするので、それはいつも通り南端《なんたん》に置き、ジバ婆さんの乗ったルウルウの荷車はギルルとファファの荷車ではさみ込むことになった。

ジバ婆さんのかたわらには常にルド＝ルウとダン＝ルティムが控え、荷車を取り囲む格好で四名の狩人が配置される。その役割にはダルム＝ルウ、ガズラン＝ルティム、ラウ＝レイ、ギラン＝リリンという猛者《もさ》たちが選出された。

「野盗に襲われると決まったものでもないのに、ずいぶん物々しいのですね」

俺と一緒《いっしょ》に屋台の準備を進めていたフェイ＝ベイムが、むすっとした顔でそのように言いたてた。

「ええ、これはルウ家のみの問題ではなく、森辺とジェノスとの関係性にまで発展しかねない話ですからね。どんなに備えても備えすぎということにはならないのでしょう」

「……誰よりも長きを生きた最長老のジバ＝ルウは敬われるべき、ということは理解できているつもりです」

それならば、何よりである。また、このフェイ＝ベイムの不機嫌《ふきげん》そうな表情は緊張《きんちょう》や不安から来るものである、ということは俺も理解できているつもりであった。

ともあれ、そうして人員の配置が完了《かんりょう》すると、ようやく引き開けられた幌《ほろ》の向こう側からジバ婆さんの小さな姿があらわにされた。荷台の最後部にジバ婆さんはちょこんと座《すわ》り、そのかたわらにはドンダ＝ルウがどっかりとあぐらをかく。で、その左右にルド＝ルウとダン＝ルティムが立ち並ぶのだ。俺たちにしてみれば、背後にご本尊を掲《かか》げながら商売を始めるような心境であった。

「今日はアイ＝ファも、ジバ婆さんのそばについてあげたらどうだ？」

俺はそのように提案してみたが、アイ＝ファは静かに首を振るばかりであった。

「ルド＝ルウとダン＝ルティムがそばにあれば、ジバ婆も息が詰《つ》まることはあるまい。私は私の仕事を果たすだけだ」

まあ、荷車と屋台の間は二メートルていどしか離《はな》れていない。いつでも声をかけることはできるのだから、それほど気を遣う必要はないのかもしれなかった。

そんな中で、今日も商売は始まった。商売が始まってしまえば、わざわざ屋台の奥《おく》側に注意を向けるお客さんもいない。俺たちは平常心で、いつも通りに仕事をこなせるよう集中した。

今日の日替《ひが》わりメニューは、五日ぶりの『ギバ・カツ』だ。ただし、料理の分量を増やすためにラードの使用は断念し、レテンの油を使うことにした。

レテンの油は、オリーブオイルに近い風味を持つ植物由来の油である。森辺の民はとりわけラードを使った『ギバ・カツ』を好んだが、レテンの油でも極端《きょくたん》に味が落ちるわけではない。印象としては、ラードよりもすっきりした風味で、衣《ころも》がよりサクッとした軽い食感に変じるぐらいであろう。

今回も、『ギバ・カツ』は大変な好評をいただくことができた。中には『ギバ・カツ』の再登場を心から待ち望んでいたお客さんも少なくはなかったらしい。本日はもっとも手間のかかる『ギバとナナールのカルボナーラ』がお休みの日であったこともあり、『ギバ・カツ』の屋台には一番長い行列ができることになった。

そうして中天が近づいてくると、マイムとユーミがそろって姿を現した。いち早くジバ婆さんたちの存在に気づいたユーミが「あれ？」と首を傾《かし》げる。

「あれってルウ家の族長さんだよね。まだ怪我《けが》が治ってないみたいなのに、町に下りてきちゃったの？」

「うん。今日は最長老の付き添いでね」

「最長老？　ああ、あのちっこい婆ちゃんか。もしかしたら、ルド＝ルウたちの婆ちゃんなのかな？」

「いや、あれはジバ＝ルウといって、ドンダ＝ルウの御祖母《ごそぼ》なんだよ。ルド＝ルウたちにとっては、曾祖母《そうそぼ》にあたるわけだね」

「へえ、そんな長生きをする森辺の民もいるんだね！　マイム、一緒に挨拶に行こうよ。……あ、ルイアはどうする？」

ルイアは、ユーミの手伝いをしている娘さんである。ユーミよりもひかえめな性格をしたルイアは、物々しい雰囲気《ふんいき》に気圧されたのか、慌《あわ》てた様子で首を横に振っていた。

新しいカツを鉄鍋《てつなべ》で揚《あ》げながら、俺はこっそりユーミたちの邂逅《かいこう》の場をうかがってみた。

「ああ、あんたたちがギバの料理を売っている町の娘さんたちなんだねえ……あんたたちには、とても感謝しているよ……」

ジバ婆さんのそんな声が、うっすらと伝わってくる。

それに応じるユーミの声は、元気そのものであった。

「こっちこそ、アスタやルウ家の人たちにはさんざん世話になってるからね！　これからもどうぞよろしく！」

「どうぞよろしくお願いいたします」と、マイムもお行儀《ぎょうぎ》よく頭を下げている。ドンダ＝ルウとは二度目の対面であるし、顔馴染《かおなじ》みのルド＝ルウやダン＝ルティムがそろっていることから、彼女《かのじょ》たちも気後《きおく》れすることもなくジバ婆さんと挨拶をすることがかなったようだった。

「あ、そうだ！　よかったら族長さんや最長老さんも、うちの店の料理を食べてくれない？アスタやルウの人らには負けるけど、こっちもなかなかの人気なんだよ！」

「そうですね。わたしの料理も、是非《ぜひ》！」

「ありがとうねえ……あたしはそんなにたくさんは食べられないけど、一口だけでもいただけたら、とても嬉しいよ……」

「そしたら、余りはルド＝ルウが食べればいいじゃん。うちのお好み焼き、美味しかったでしょ？」

「あー、町の人間にしては上出来なんじゃねーかなー」

「うわー、えらそう！　ルド＝ルウが食べる分だけ、チットの実でもぶちこんでやろうかな」

そんなわけで、ユーミとマイムは店を開く前に、大事な料理までをもジバ婆さんとドンダ＝

ルウに準備してくれた。俺は『ギバ・カツ』を揚げるかたわら、彼女たちに木皿と肉切り刀を託《たく》し、ジバ婆さんは歯が弱いので料理を小さく切り分けてもらうようお願いする。

「ああ、こいつは美味しいねえ……驚くほどの美味しさじゃないか……」

「またまたー。マイムのほうはともかく、うちの料理はそこまでのもんではないでしょ。値の張る食材が使えない分、味が落ちるのは覚悟の上さ」

「いや、本当にどちらも美味しいよ……嬉しいから、余計に美味しく感じられるのかもしれないけどねえ……」

森辺の民は、料理の善《よ》し悪《あ》しでお世辞を言うような習わしを持っていない。だからそれは、ジバ婆さんにとって心からの言葉だったのだろう。

「ううむ、見ていたらこっちまで腹が空いてきてしまったな！　娘《むすめ》たちよ、いま銅貨を準備させるので、俺にもひとつずつ売ってくれ！」

「あー、俺もジバ婆の余りだけじゃあ物足りねーな。他の連中とわけっこするから、もうひとつずつ売ってくれよ」

「毎度あり！　すぐに焼いてくるから、待っててねー」

俺は、キツネ色に揚がったカツを鉄網の上に引き上げた。その油が切れるのを待つ間、フェイ＝ベイムが「あの」と呼びかけてくる。

「何をそのように、無言でにこにこと微笑んでいるのですか？　申し訳ないのですが、いささか不気味です」

「あ、それは失礼いたしました」

あんな和《なご》やかな会話を聞かされていたら、頬のひとつも緩《ゆる》もうというものだ。こっそり盗《ぬす》み見《み》ると、アイ＝ファも何だかひどく穏やかな表情で目を伏《ふ》せていた。

ジバ婆さんは今、どんな気持ちでいるのだろうか。ギバ料理の屋台にはこれだけ大勢のお客が詰めかけ、青空食堂では百名を超《こ》える人々が賑やかに食事を楽しんでいる。東や南の民ばかりでなく、あれほど森辺の民を忌避《きひ》していたジェノスの人々を含《ふく》む西の民までもが、銅貨を払《はら》ってギバの料理を買い、これほどの熱狂《ねっきょう》を見せているのだ。

屋台を開いた当初は、南の民にすら白い目で見られることになった。彼《かれ》らはギバを恐れたりはしなかったが、森辺の民は南方神ジャガルを捨てた裏切りの一族であったのだ。最初から問題なくギバ料理を口にしてくれたのは、そういった悪縁《あくえん》を持たないシムの人々ぐらいのものであった。

それが、今ではこのようにさまざまな人たちがギバの料理を喜んでくれている。宿場町やダレイムにはまだまだギバや森辺の民を恐れる人間は多いだろうし、城下町には蔑《さげす》みの念を持っている人間も少なくはないのかもしれない。そういった人々はこの場に近づこうとしないので、俺たちは、いい面ばかりを見て胸を撫《な》でおろしているだけなのかもしれない。

だけど、わずか半年ていどで、俺たちはここまで溝《みぞ》を埋《う》めることができたのだ。八十年という長い歳月《さいげつ》をかけて培《つちか》われてきた恐怖心《きょうふしん》や忌避の感情を、ここまでやわらげることができた。もう一年経《た》てば、十年経てば、八十年経てば、もっともっとよい関係を築いていくことができるだろう。そのためにこそ、俺たちはこうして力を振り絞《しぼ》っているのだった。

（ジバ婆さんは五歳《さい》ぐらいの頃に、このジェノスにまで移り住んできたんだよな）

南の黒き森を戦火に焼かれ、ジャガルの兵士になることをよしとせず、故郷と仕えるべき神を捨てて、森辺の民はこの地に移り住んだ。無事にここまで辿《たど》りつけた民は、およそ千名ほど。外界との交流を絶ち、おそらくは黒猿《くろざる》の毛皮をその身に纏《まと》い、金属ではない武器をぶら下げた、野獣のごとき眼光を持つ異郷の民たちが、大挙してこのジェノスにまでやってきたのだ。当時のジェノスの民たちの驚きと恐怖《きょうふ》は、どれほどのものであっただろう。

モルガの森辺でギバだけを狩《か》って生きよ、と命じたジェノスの当時の領主だって、きっと恐怖の気持ちから、森辺の民を隔離《かくり》しようと考えたのではないだろうか。いや、ひょっとしたら、この恐るべき蛮族《ばんぞく》たちが凶悪《きょうあく》なギバに滅《ほろ》ぼされてしまえばいい、とすら考えていたかもしれない。現に森辺の民は、わずか数年で半数の同胞を失うことになってしまったのである。

しかし森辺の民は、生きのびた。黒猿の毛皮を打ち捨てて、代わりにギバの毛皮を纏い、肉を食《く》らえる喜びに震《ふる》え、牙《きば》と角《つの》の代価で鋼の武器を得て、いっそう強靭《きょうじん》に、その過酷《かこく》な生を生き抜《ぬ》いたのだ。

そうして森辺の民の活躍《かつやく》によってギバの脅威《きょうい》が薄《うす》らぐと、今度はいっそう森辺の民が恐れられるようになってしまった。都の法よりも森の掟を重んじて、外界の人間や出来事には目もくれず、ひたすら凶悪なギバを狩る。ギバの力を取り込んで、森辺の民はさらなる力を得た。そんな森辺の民こそが、今度は災厄の象徴《しょうちょう》に祀《まつ》りあげられてしまったのである。

そこにはきっと、数々の誤解があったのだろう。また、誤解ではなく、これはあまりに自分たちとかけ離れた存在だ――という思いもあったに違《ちが》いない。

清廉《せいれん》で誇《ほこ》り高《たか》いゆえに、森辺の民は誤解も孤独《こどく》も恐れなかった。森辺の民の側だって、町の人々を自分たちとかけ離れた存在だと思い、遠ざけていたのだろうと思う。そういった、八十年に渡るさまざまな出来事を、ジバ婆さんはその瞳《ひとみ》に映し続けてきたのである。

そんなジバ婆さんが、どのような思いで今、この光景を見つめているのか。俺みたいな若輩《じゃくはい》者《もの》には、想像することさえ難しかった。

「やあ、今日はちょいと出遅《でおく》れちまったよォ」

と、笑いを含んだ童女の声が、俺の想念を打ち破る。気づくと、屋台の前には旅芸人の面々が立ちはだかっていた。曲芸師のピノ、吟遊《ぎんゆう》詩人のニーヤ、怪力《かいりき》男のドガ、双子《ふたご》のアルンにアミンという顔ぶれだ。

「今日もいつもの量で食事を頼《たの》むよォ。献立《こんだて》はおまかせするからねェ」

「はい、毎度ありがとうございます。……たしかみなさんも、この『ギバ・カツ』はお気《き》に召したご様子でしたよね。『ギバまん』と『ミャームー焼き』は別の日にもお出しできるので、すべて汁物《しるもの》とカレーと『ギバ・カツ』の組み合わせにしてしまいましょうか」

「ああ、そいつは気がきいてるねェ。兄サンには安心しておまかせすることができるよォ」

「では、足りない分を仕上げるので、少々お待ちくださいね」

俺は煮立《にた》った油の中に、衣をつけたロースを投じる。その間にニーヤはまた性懲《しょうこ》りもなくアイ＝ファへと秋波を送り、ピノは冷ややかな目でそれを眺《なが》めていた。

その黒い瞳をふっと屋台の後方へと転じるなり、ピノは「おやァ?」と声をあげた。

「あちらに、またたいそう立派な狩人サンがいらっしゃるねェ。見るからにただもんじゃないけど、あれは名のあるお人なのかい?」

「ああ、あれは森辺の族長です。あちらで働いているルウ家の人たちの家長でもありますね」

「……森辺の族長サン」と、ピノは目を細める。

「それじゃあ『暁の日』の夜にご挨拶させていただいた、ジザ＝ルウってかたの御父君《ごふくん》ってことだねェ……?　こいつは大変だ。ぼんくらの座長を叩《たた》き起《お》こしてこないと」

「え?　座長がどうかしましたか?」

「アタシらは、お客である兄サンがたを危ない目にあわせちまったんだ。あの夜も、どうか族長サンにも詫《わ》びの言葉をとお願いしたんだけど、そんなものは不要だと突っぱねられちまったんだよォ」

言いながら、ピノはすうっと後ずさる。

「こっちの仕事はまかせたよォ、ドガ。アタシはちょいと座長を呼んでくるからねェ」

「あ、ちょっとお待ちを!　その前に、族長がそれを受け入れるかどうかを確認《かくにん》しておいたほうがいいと思います!」

俺の視線を受けたアイ＝ファがひとつうなずいて、荷車のほうに走り寄る。カツが揚がる前にアイ＝ファは戻《もど》ってきて、言った。

「面会の申し出を了承《りょうしょう》する。ただし、詫びの言葉は不要とのことだ」

「そいつはどうもありがとうねェ。それじゃあ、ちょいと待ってておくんなさいよォ」

ピノはひらひらと去っていき、『ギバ・カツ』が仕上がる頃に座長ギャムレイをともなって舞《ま》い戻ってきた。

他の座員は料理を運ぶために姿を消し、そして、ドンダ＝ルウはルド＝ルウをともなって屋台のほうに歩いてくる。ルド＝ルウの代わりにはシン＝ルウが呼ばれて、ピノたちの目からその姿を隠《かく》すようにジバ婆さんに付き添っていた。

「これはこれは、お忙《いそが》しいところを恐悦至極《きょうえつしごく》。俺は《ギャムレイの一座》の座長で、ギャムレイと申すはぐれものです」

赤いターバンに赤い長衣、じゃらじゃらと飾《かざ》り物《もの》をつけたギャムレイが、気取った仕草で一礼する。ゆたかな巻き毛を長くのばし、細い下顎《したあご》にヤギのような髭《ひげ》をたくわえた、隻眼隻腕《せきがんせきわん》の奇妙《きみょう》な人物である。日差しが苦手というのは本当のことであったのか、ひとつしかない目をしょぼしょぼと瞬《まばた》かせている。

「森辺の三族長の一人、ルウ家の家長ドンダ＝ルウだ。この前は、俺の同胞が世話になったようだな」

ドンダ＝ルウは屋台と荷車の間に立ちはだかり、傲然《ごうぜん》とギャムレイたちを見下ろした。彼のあやしい炎術《えんじゅつ》についても聞《き》き及んでいるはずであるから、ジバ婆さんには断固として近づける気はないのだろう。

「先にも言ったが、貴様たちに詫びられる筋合いはない。同胞らは自らの意思で貴様たちのもとに出向いたのだし、また、貴様たちは野盗どもから同胞らを守ったとも聞いている。これでいったい、何を詫びようというのだ？」

「そりゃあもう、お客人に刀を抜かせてしまったのだから、そいつはとんでもない不始末でありましょう。あの天幕にいる間は何の心配もなく芸を楽しんでもらわなければならないのに、まったく下手を打ったものです」

「……なるほどな。貴様たちが自分の仕事に強い誇りを持っているということは理解できた。これからも、同じ気持ちで仕事に励むがいい」

「そいつはまたまた恐悦至極。……で、お客人がたには入場の銅貨をお返ししたかったのですけれど、やっぱりそいつは受け取っちゃもらえないのですかねえ？」

「それは一昨日、俺の息子《むすこ》が話した通りだ。代価として支払《しはら》ったものを返される理由はない」

「そうですか。そいつは残念至極《しごく》です」

と、ギャムレイは下からすくいあげるようにドンダ＝ルウを見る。何というか、ピノと同様に悪人には見えないものの、きわめて得体の知れない人物ではあった。

「だけどそれじゃあ、こちらもおさまりがつきません。……でしたら、次に天幕へとおもむいた際は入場の銅貨をいただかない、ということでよろしいでしょうかねえ？」

「なに？」

「それともやっぱり、今後はそんな危なっかしい場所に大事な同胞を近づける気持ちはない、ということなのでしょうか？　そうだとしたら、俺も納得《なっとく》いただけるまで頭を下げ続けるしかないところです」

真面目《まじめ》くさった顔をしているのに、ギャムレイの目は笑っているように感じられた。ずっと無言のピノのほうは、可愛《かわい》らしく前側で手を重ねたまま、人形のようにかしこまっている。

「……食えない男だな、貴様は」

「ええ、こんな貧相な人間は、腹を空《す》かした獣《けもの》でもそっぽを向くでしょう」

「……べつだん俺は、家人が貴様たちに近づくことを禁じてはいない。無駄《むだ》に銅貨を使うなとは言い置いたがな」

「それは重畳《ちょうじょう》。銅貨に見合った芸をお見せするとお約束いたしますよ」

言いながら、ギャムレイはすうっと右腕《みぎうで》をピノのほうに動かした。ピノが差しのべた腕《うで》の中に、赤くて小さな花がぽたぽたと何輪も落ちていく。きっと長衣の袖《そで》に仕込んでいた花を落としているだけなのだろうが、ギャムレイの手の平から何輪もの花が生まれ落ちたかのように見えてしまった。

「一昨日の晩にいらしてくれた、十四名分。このパプルアの花を持ってきていただければ、銅貨は無用で俺たちの芸を楽しんでいただけますので、どうか受け取ってやってください」

ドンダ＝ルウの視線を受けて、アイ＝ファがしかたなさそうにその花を受け取る。このような際に何であるが、両手いっぱいに赤い花を抱《だ》いたアイ＝ファは、ちょっと普段《ふだん》にない感じで愛くるしかった。

『それでは、話は終わりだな」

そうしてドンダ＝ルウが身を引こうとすると、「ちょいとお待ちを」とギャムレイが声をあげた。

「こいつはまったく別の話なのですがね。森辺の族長さんには、ひとつお願いしたい儀《ぎ》があったのですよ」

ドンダ＝ルウは無言のまま目を細め、ギャムレイは目をしょぼつかせながら微笑《びしょう》した。

「モルガの森と山には、ギバを筆頭に愉快《ゆかい》な獣たちがわんさか潜《ひそ》んでいるのでしょう？　俺たちがそいつを捕らえることを、お許しになっちゃあいただけませんかね？」

「……何だと？」

「お聞き及びでありましょうが、俺たちは世界中の物珍《ものめずら》しい獣を集めて、芸を仕込んでいるんです。前々から、モルガの獣たちにも目をつけていたんですよ」

「モルガの獣に、芸を仕込もうというのか」

ドンダ＝ルウの瞳に、ふつふつと青い炎がたぎり始める。

「最初に言っておく。モルガの山に足を踏み入れることは、誰にも許されぬ禁忌《きんき》だ。これは俺たちが定めた掟ではなく、ジェノスの法であると知れ。……モルガの山を荒《あ》らし、ヴァルブの狼《おおかみ》、マダラマの大蛇《だいじゃ》、赤き野人の怒《いか》りに触《ふ》れれば、ジェノスは滅ぶとされている」

「へえ、そいつは恐ろしい」

「……そういえば、貴様たちは人とも獣ともつかぬものを同胞として引き連れているそうだな。

まさかとは思うが、そいつの正体は――」

「ああ、ゼッタはヴァルムの黒猿と人の間に生まれた不幸な子供……と、表向きはそういうことにしておりますが、どのみち決してモルガの野人ではありゃしませんよ。その毛並みも赤ではなく真っ黒でありますからねえ」

「そうか。ジェノスの兵士どもに首を刎《は》ねられずに済んだな」

底ごもる声で、ドンダ＝ルウはそう言い捨てた。

「とにかくモルガの山は、一切《いっさい》の人間が立ち入ることを許されぬ禁忌の地だ。……そして、その山麓《さんろく》の森に潜むギバを狩るのは、俺たち森辺の民の仕事だ。貴様たちは、森辺の民の狩場《かりば》に踏み込みギバを捕らえたいと、そのように申し出ているわけか？」

「ええ、それが許されることであるのなら」

炎のような眼光に炙《あぶ》られながら、ギャムレイは飄々《ひょうひょう》と笑っていた。

「それは禁忌になるのでしょうかね？　たしか、森の恵《めぐ》みを荒らすことはジェノスの法で禁じられているはずですが、森辺の民ならぬ人間がギバを狩ることは禁じられているのでしょうか？」

「……町の人間がみだりに森に踏み込むことはならじ、という法は存在する」

「その、みだりってやつの加減がわからないのですよねえ。町の衛兵に聞いてみても、馬鹿《ばか》なことを抜かすなと叱《しか》られるばかりなのです」

なんというか、うなぎのようにぬるぬるとしてつかみどころのない言い様であった。これは

ガズラン＝ルティムでも呼んできたほうがよいのではないかと思えたが、それはあまりにドンダ＝ルウに対して失礼な考えであっただろうか。ドンダ＝ルウは激しく双眸《そうぼう》を燃やしたまま、それでも声を荒《あら》らげることなく、不遜《ふそん》なるギャムレイへと言葉を返した。

「これまで、そのように馬鹿げたことを思いつく人間はいなかっただろうから、ジェノスの法でも確かなことは定められていないのかもしれん。だが、俺たちには森辺の掟というものが存在する」

「ほう、森辺の掟」

「第一に、氏族は氏族ごとに狩場を持っており、余所《よそ》の狩場に無断で足を踏み入れることを禁じている。余所の氏族の狩場には、どこに罠《わな》が仕《し》掛《か》けてあるかもわからんからな。自らの生命を守るためにも、その掟は守られねばならんのだ」

「ほうほう」

「第二に、毒を用いてギバを仕留めることは禁忌とされている。モルガに存在せぬ毒草を持ち込むのも、毒でギバの肉を食えなくするのも、強い禁忌だ」

「なるほど。シムの毒草も、使い方によっては肉を腐《くさ》らせずに済むようですがねえ」

「第三に、モルガの森もジェノスの領土ではあるのだから、領主の許しもなく勝手な真似はさせられん。見世物にするためにギバを捕らえることが許されるか、それを決めるのは俺たちでなくジェノスの領主マルスタインとなろう」

「ああ、そいつが一番厄介《やっかい》だ。俺みたいにあやしげな人間が、貴族様なんぞにお目通りがかなう道理もありゃしませんからね」

気安い調子で、ギャムレイは肉の薄い肩をすくめる。

「ただまあ、うちにも一人だけ、城下町に出入りできるぼんくらの吟遊詩人がおりますのでね。そいつに一縷《いちる》の望みを託してみましょうか」

「……………」

「ただ、それで領主様のお許しが出たとして、俺たちが森辺のみなさんがたのお邪魔をすることなくギバを追いかけることはできるのですかねえ？」

「それには、森辺の狩人が行動をともにする必要があるだろう。俺たちにそのようなことを命じられるのもまた、ジェノスの領主のみだ」

そう言って、ドンダ＝ルウはふいに口もとをねじ曲げた。昨日も少しだけ垣間見《かいまみ》せた、不敵で野獣めいた笑《え》みである。

「領主の命令がない限り、俺たちは余所者のために指一本動かすつもりはない。そして、何の知らせもないままに狩場を荒らす不届き者が現れれば、森辺の掟に従って処断する。俺に言えるのは、そこまでだな」

「相分かりました。このような繰《く》り言《ごと》におつきあいいただき、族長様には心よりの感謝の言葉を捧《ささ》げさせていただきましょう。またご縁《えん》がありましたら、何卒《なにとぞ》よろしくお願いいたします」

と、ギャムレイは一礼するなり、実にあっさりと身をひるがえした。

同じように身を引きつつ、ピノはこっそりと俺たちに呼びかけてくる。

「ぼんくら座長がお世話をかけちまいましたねェ。決してみなサンがたのご迷惑《めいわく》にはならないように目を光らせておくので、勘弁《かんべん》してやっておくんなさい」

そうしてピノも人混《ひとご》みの向こうに姿を消すと、ルド＝ルウは「あーあ」と両腕《りょううで》を天に突きあげた。

「ほんとにおかしな連中ばっかりだなあ。なんか、あのカミュアっておっさんのことを思い出しちまったよ」

「ふん。やはり貴様もそう思ったか」

ドンダ＝ルウは野獣の笑みを消し、考え深げに顎鬚《あごひげ》をまさぐる。

「集落に戻ったら、ザザとサウティにもトトスを走らせる必要があるな。ことと次第《しだい》によっては、俺たちがあのふざけた連中と森に入ることになるかもしれん」

本当に、そんな事態が訪《おとず》れてしまうのだろうか。それは歓迎《かんげい》すべきことなのかどうか、俺としても判断に迷うところである。

だけどまあ、いくら何でも復活祭の期間中にそんな厄介事を申しつけられることはないだろう。城下町への遠征《えんせい》だけでもたいそうな手間なのだから、これ以上の重荷を背負う余力はない。

ドンダ＝ルウとルド＝ルウはジバ婆さんのもとに戻っていき、俺は目前の仕事に集中することにした。

4

その後、屋台の料理が順番に売り切れていき、女衆の手にゆとりが生まれると、その案内でジバ婆さんは青空食堂のほうの見物も始めていた。

もちろん六名の護衛役に見守られての仰々《ぎょうぎょう》しい格好であるが、途中《とちゅう》でドーラの親父《おやじ》さんとターラもやってきて、ジバ婆さんと交流を結べた様子である。まだ屋台で働いていた俺《おれ》の位置からはあまり判然としなかったが、ジバ婆さんがターラの頭を愛《いと》おしそうに撫でている姿だけは確認することができた。

その後も客足は落ちることなく、本日も定刻ですべての料理を売り切ることがかなった。はりきって百二十食分を準備してきたというユーミたちはまた最後まで店を開いていたが、こちらが店じまいをすると行列が倍以上にものびるので、きっと完売させることも可能だろう。復活祭が開催《かいさい》されて今日で三日目、すべてが順調すぎるぐらいに順調だ。

そうして俺たちが屋台を片付けていると、ギャムレイを相手にしていたときよりも苦々しい面持《おもも》ちをしたドンダ＝ルウがルド＝ルウとともに近づいてきた。

「ファの家のアスタよ、話がある」

「はい、どうしました？」

「……最長老ジバが、今度はダレイムに行きたいなどと抜かし始めたのだ」

「ダレイムって、それはもしかしてドーラの親父さんの家に、ということですか？」

「そうだ。明日の夜に、貴様たちはまたあの野菜売りの家に出向くつもりなのだろうが？　最長老は、それに参席したいなどと抜かしている」

これまた驚《おどろ》きの発言である。俺は「うーん」と首を傾げてみせた。

「でも、この前の人数でも親父さんの家はかなり限界に近かったのですよね。ジバ＝ルウと護衛役の狩人の分まで席を増やすのは、なかなか難しそうですが……親父さんは、何と仰《おつしや》っていたのですか？」

「何とも糞《くそ》も、先に言いだしたのはあちらのほうなのだ。正確に言えば、あの野菜売りの娘が言い出して、父親がそれを了承した格好だがな」

「ああ、それなら問題はなさそうですね」

「問題がないことがあるか。そんな戯《ざ》れ言を真に受けてしまう最長老の酔狂《すいきよう》っぷりこそが大問題であろうが？」

俺は一瞬《いつしゆん》きょとんとしてから、思わずぷっと噴《ふ》きだしてしまった。

「……何を笑うことがある？」

「す、すみません。ドンダ＝ルウがいつになくお困りになった顔をしているので、つい」

ドンダ＝ルウは野獣の眼光で俺を威嚇《いかく》してから、「ふん」と頭をかきむしった。

「元気になるのはけっこうなことだが、あれでは元気になりすぎだ。……あの最長老ジバというのはな、もともとルウの家でもとびきり意固地な女衆であったのだ。あんな小さななりをして気性《きしよう》ばかりが猛々《たけだけ》しいのだから始末に負えん」

ドンダ＝ルウは、こう見えてまだ四十路《よそじ》を少し超《こ》えたていどの年齢《ねんれい》である。それでジバ婆《ばあ》さんは八十五歳のはずだから、ドンダ＝ルウが生まれた頃《ころ》はまだ四十代の前半だ。ひょっとしたら、まだその頃はジバ婆さんが現役《げんえき》の家長としてルウの家を切り盛りしていたのだろうか。

（年齢的《ねんれいてき》には、ちょうど今のドンダ＝ルウと同じぐらいなわけだもんな。てことは、ジバ婆さんがドンダ＝ルウの立場で、ドンダ＝ルウがコタ＝ルウの立場ってことだから……うーん、想像を絶するなあ）

俺がそんなことを考えていると、ドンダ＝ルウはいっそう剣呑《けんのん》な顔つきで詰め寄《よ》ってきた。

「そのダレイムの家というのは、どのような様子であるのだ？　老人たちは森辺の民《たみ》を疎《うと》む様子であったと聞くが、危険はないのか？」

「ええ、少なくとも宿場町より危険な場所ではないと思います。ダレイムに住むのは野菜を育てる方々ばかりなのですから、刀を下げた人間もいませんし――それに、ご主人であるドーラの親父さんの人となりは、ドンダ＝ルウにも伝わっているでしょう？」

かつて、城下町に向かおうとしていたドンダ＝ルウたちの前に、ドーラの親父さんは立ちふさがった。その場にはルウ家や俺たちばかりでなく、スン家の罪人たちや、それにグラフ＝ザザやディック＝ドムといった北の狩人たちまでもが顔をそろえ、ぞんぶんに町の人々を脅《おど》かしていたというのに、それでもドーラの親父さんは単身で俺たちの前に立ち、これからも森辺の民と縁を結んでいきたいと、そのように願ってくれたのだ。

あの頃の森辺の民は、サイクレウスと一触即発《いっしょくそくはつ》の状態であった。このままでは、森辺の民がジェノスを滅ぼすか、ジェノスの貴族たちが森辺の民を滅ぼすか、と、そこまでの事態が危惧《きぐ》されていたほどなのである。親父さんが、どれほどの決意で俺たちの前に立ったのか。ドンダ＝ルウであれば、それが生半可な決意でなかったことは理解できるはずだ。

「……集落に戻ったら、ダレイムにおもむいた全員から話を聞きたい。他の連中にも、そう伝えておけ」

「はい、了解《りょうかい》いたしました」

ドンダ＝ルウは仏頂面《ぶっちょうづら》で荷車に戻っていき、かたわらで話を聞いていたアイ＝ファがそっと顔を近づけてきた。

「あのドンダ＝ルウが、家長ではなく孫の顔になってしまっていたな」

「うん、俺もちょっと驚いてしまったよ」

「それはきっと、ジバ婆《ばあ》にとってもドンダ＝ルウにとっても喜ばしいことだ。ドンダ＝ルウは家長たらんとして厳格にふるまっているのだろうが、家族への情を忘れてしまっては家長もつとまらん」

そのように言ってから、アイ＝ファはふっと口もとをほころばせた。

「そして、ジバ婆のことならば心配は無用だ。私が常にかたわらにあるのだから、何も危険なことはない」

「ああ、寝所《しんじょ》だってアイ＝ファと一緒になるんだろうしな。またルド＝ルウたちも同行してくれるんだろうから、俺もそっちの心配はしていないよ」

唯一《ゆいいつ》心配なのはジバ婆さんの体調であるが、こればかりは本人と家族のみんなに見極《みきわ》めてもらうしかない。俺としては、ジバ婆さんとドーラ家の人々が交流を結ぶ機会を持てるというだけで、温かい気持ちを得ることができた。

そんな風に考えていると、今度はララ＝ルウが近づいてくる。

「ね、アスタ、ちょっと話があるんだけど」

「うん？　それじゃあ片付けも終わったみたいだし、移動しながら話そうか」

またルウルウの荷車には四名の狩人がぴったりと付《つ》き添《そ》っている。忘れ物がないか最終チェックをしてから、俺たちはいざ街道《かいどう》に繰り出《だ》した。

「で、話っていうのは何なのかな？」

「うん……」といったん目を伏せてから、ララ＝ルウは強い眼差《まなざ》しで俺を見つめてきた。そして、石の街道を歩きつつ、胸の前で指先を組み合わせる。

「アスタ、どうかお願い！　今度城下町に出向くときは、あたしも一緒に連れていって！」

「え？　城下町って……それはあの、バナームの人たちに料理をお披露目《ひろめ》する日のことだよね？」

「うん、その日はシン＝ルウも招かれてるんでしょ？　だから、あたしも一緒に行きたいの」

それはもちろん、ララ＝ルウとしてはそのように考えるのが当然であろう。シン＝ルウはその日、城下町でも指折りという剣士《けんし》と剣術《けんじゅつ》の試《ため》し合いをさせられるのである。

「うーん、まあ、そうだねえ……いかに森辺の狩人とはいえ、人間を相手にするために剣《けん》の腕を磨《みが》いてるわけじゃないもんね。ララ＝ルウが心配になる気持ちはわかるよ」

「は？　なに言ってんの？　シン＝ルウが貴族なんかに負けるわけないじゃん！」

「え？　だって――」

「剣術なんて、どうだっていいんだよ！　そうじゃなくってさ、シン＝ルウは、その……貴族の姫《ひめ》だか何だかに見初《みそ》められて、城下町に招かれたっていうんでしょ？」

怒《おこ》った声で言いながら、ララ＝ルウはたちまち真っ赤なお顔になってしまった。

シン＝ルウはしんがりで俺たちを見守ってくれているので、この会話を聞かれる恐《おそ》れはない。

「ああもう、いったい何だってんだろ！　ユーミの仲間のあの娘とか、旅芸人のちっこいあいつだとか、どうして誰《だれ》も彼もがシン＝ルウに目をつけちゃうの？」

「いやあ、ピノはべつだんシン＝ルウに特別な関心を寄せてはいないと思うよ？　たぶん、おたがいに名前も知らないぐらいだろうしさ」

「でも、屋台の娘はシン＝ルウに色目を使ってたし、貴族の姫だとかも名指しでシン＝ルウを招いたってんでしょ？」

「うん、そっちは否定できないかもね。でもみんな、真面目に嫁入《よめい》りだとか婿《むこ》取りだとかを考えてるわけじゃないだろうから――」

「それでもあたしは、絶対にやなの！」

隣《となり》で別の屋台を押《お》していたトゥール＝ディンがびっくりするぐらいの大声で、ララ＝ルウはそう言い切った。

それで俺も、反省する。俺だって自分がララ＝ルウの立場であったら――もしも城下町の貴族なんかがアイ＝ファに気安くアプローチしてきたら、とんでもない煩悶《はんもん》を抱《かか》え込むことになるはずだ。その状態でアイ＝ファだけを城下町に向かわせるなんて、そんなのは絶対に耐《た》えられないだろう。

「……うん、理解した。なんとか今回はララ＝ルウにも同行してもらえるように、ちょっと計画を立ててみるよ」

「え、本当に？」

ララ＝ルウは、むしろ驚いたように目を丸くした。

「でもあたし、トゥール＝ディンやリミほど役には立てないよ？　それに今回のは、ルウじゃなくてファの家が引き受けた仕事なんだろうし……」

「ああ、だけど、俺はもとからレイナ＝ルウとシーラ＝ルウにも同行してもらおうと思ってたんだよ。彼女たちには、是非ともヴァルカスの料理を食べてもらいたいからね」

というか、昨日の今日なのでまだ話は詰めていないが、レイナ＝ルウたちだって当然同行を願い出ようと考えていることだろう。

「で、レイナ＝ルウたちも白いママリア酒を使った素晴《すば》らしい料理を作りあげているからさ。本人たち的にはまだ未完成の味らしいけど、そもそも城では酒を料理に使う習わしがあんまりないみたいだから、きっと十分に驚かせることはできると思うんだ」

「でも……だったらなおさらレイナ姉たちも、きちんと腕の立つリミとかアマ・ミン＝ルティムとかに手伝いを頼みたくなるんじゃない？」

「いや、その日も商売の準備で慌ただしいからさ、きっとレイナ＝ルウたちは家で料理を作りあげて、それを城下町で温めなおす方法を取るんじゃないかな？　ほら、ダレイムで香味《こうみ》焼きをふるまったときみたいにさ」

「……だったら、あたしの手伝いなんていらなくない？」

「それを言うなら、レイナ＝ルウとシーラ＝ルウも二人そろって出向く必要はないんだよ。でもきっと、二人はどっちも同行したがると思う。それなら、ララ＝ルウが同行することだって許されるんじゃないかな？」

ララ＝ルウは、その面《おもて》にありありと葛藤《かっとう》の表情を浮《う》かべながら押し黙《だま》ってしまった。きっと、自分の都合だけで家の仕事を放《ほう》り出してしまうことを気に病《や》んでいるのだろう。レイナ＝ルウたちは、そのようなことで苦悩《くのう》せずに済むぐらい、調理の腕を上げることに情熱を燃やしまくっているのだ。

「そんな風に便乗するのは、気が進まない？」

「…………うん」

「それじゃあやっぱり、ファの家でララ＝ルウに助力をお願いする形にしようか。ララ＝ルウだって、ユン＝スドラに負けないぐらいの腕前《うでまえ》は持ってるんだからさ。トゥール＝ディンやユン＝スドラと一緒に、俺の調理を手伝っておくれよ」

「……アスタは本当に、それでいいの？」

「うん。俺のほうはレイナ＝ルウたちより品数も多いから、もともと何人かに手伝いをお願いするつもりだったんだ。で、フォウやランの人たちは家の仕事が忙しいから、トゥール＝ディンとユン＝スドラだけで収まらなかったら、ヤミル＝レイあたりに声をかけるつもりだったんだよね」

ララ＝ルウはうつむき、上目づかいに俺を見ながら「ありがと」と小さな声でつぶやいた。

「絶対に、ヤミル＝レイにしとけばよかったなんて思われないように頑張《がんば》るから」

「うん、それじゃあ当日はよろしくね」

ララ＝ルウはぴょこんと頭を下げてから、ジバ婆さんの待つ荷車のほうに駆《か》け戻っていった。

俺の隣でずっとこのやりとりを聞いていたアイ＝ファが「ふむ」と厳粛《げんしゅく》な面持ちでうなずいている。

「ずいぶん難儀《なんぎ》な話になったものだ。あの貴族の娘たちは、いったい何を考えているのであろうな」

「どうだろうね。あのレイナ＝ルウに執心《しゅうしん》していたリーハイムほどの熱情ではないと思いたいけど」

「ふむ……そもそも私には、あの貴族めの心情も理解することができなかった。まさか貴族が、森辺の民を嫁《よめ》に迎《むか》えたいとまでは思わぬであろうにな」

「そうだなあ。ま、お気に入りの娘をおそばに召《め》し上《あ》げたいというぐらいの軽い気持ちだったんじゃないか？」

「軽い気持ちであるのに、それを断られてあそこまで態度を変えるものなのか？　晩餐会《ばんさんかい》の折、あの貴族は人が変わったようにアスタの料理に文句をつけていたではないか」

「うーん、そりゃまあ色恋《いろこい》の気持ちがまざっていたとしたら、貴族としての自尊心を傷つけられたりもするだろうしね」

アイ＝ファがやたらと食い下がるので、何だかデリケートな話になってきてしまった。そしてアイ＝ファは、まだ納得できていない様子で俺に身を寄せてくる。

「その色恋の気持ちというのがわからん。やっぱりあの貴族は、レイナ＝ルウを嫁に迎えたかったということか？」

「いや、嫁じゃなくて、それに準ずる存在というか何というか……森辺の民には理解できないかもしれないけど、町にはたぶん自由恋愛《れんあい》という概念《がいねん》がはびこっているんだよ。俺の故郷でもそうだったしさ」

「じゆうれんあい」

アイ＝ファは、ますます困惑《こんわく》の表情になっていく。

賑《にぎ》やかな街道で屋台を押しながら、俺は「えーと」と言葉を選んだ。

「町にはな、嫁ではなくって恋人《こいびと》という概念があるんだよ」

「こいびと」

「その相手と婚儀《こんぎ》をあげるべきかどうかを見定める期間とでも言えばいいのかな。好ましい相手と夫婦《ふうふ》のような関係を築き、それで自分と相手の気持ちを確かめ合うんだ」

「だが、貴族が森辺の民を嫁に取ることはありえまい。ならば、気持ちを確かめ合っても詮無《せんな》きことだ」

「うん、まあ、それはそうなんだけど……中には、婚儀を抜きにして、ただ恋愛関係を楽しみたいっていう人もいるんだよ。ユーミの友人のルイアなんかは、まさにそういう感じだったんじゃないのかな？」

「婚儀をあげるつもりもないのに、夫婦のような関係を結ぶというのか？」

アイ＝ファのまぶたが、半分ばかり下げられることになった。やはり清廉なる森辺の民には、許容できない話であったらしい。

「あ、いや、ルイアや貴族の姫君《ひめぎみ》たちが実際にどういう気持ちでいるのかはわからないぞ？　俺はただ、自分の故郷の風潮を当てはめてみただけだから――」

「お前の故郷では、そのような行為《こうい》が許されていたのか」

これには、「はい」と答えざるを得ない。森辺において、虚言《きょげん》は罪なのである。

その結果、アイ＝ファのまぶたはいっそう下げられ、そこに宿された眼光はさらなる鋭《するど》さをたたえることになった。

「……………」

「まあほら、国にはそれぞれの習わしってもんが存在するんだよ。森辺の民は、自分たちが正しいと思う道を進めばいいのさ」

「……………」

「あのー、家長殿《どの》？」

「…………お前は、どうであったのだ？」

とても静かな声で、そのように問われた。静かだが、その内に暴風雨の気配をはらんだ声音《こわね》である。

「…………お前も森辺にやってくるまでは、そうして婚儀をあげるつもりもない相手と色恋を楽しんでいたのか、アスタよ…………？」

これには正々堂々と、「いいえ」と答えることができた。

「幸いというか何というか、故郷でそういう相手と巡《めぐ》りあうことはなかったよ。俺も家の仕事が忙しくて、年頃《としごろ》の女性とお近づきになる機会なんて皆無《かいむ》だったからなあ」

俺のそばにいてくれたのは、兄妹《きょうだい》同然で育った幼馴染《おさななじみ》の玲奈《れいな》のみである。そんな俺と玲奈の間にあったのは、恋愛感情とはまったく異なる、別の何かであったのだった。

「…………」

「おーい、納得してくれたのか、アイ＝ファ？」

「…………お前はもはや森辺の民だ。それだけは忘れるでないぞ、アスタよ」

「当たり前だろ。俺がそんな大事なことを忘れると思うか？」

「…………ならばよい」と、アイ＝ファは少しだけ苦しそうに眉根《まゆね》を寄せた。

「お前がいずれ誰かを嫁にしたいと考えられるようになったときは、私は家長として、毅《き》然《ぜん》と振《ふ》る舞うことを約束しよう。しかし、じゆうれんあいなどというたわけたものを許容する気持ちは、断固としてない」

「ああ、俺だってそんな概念を森辺に持ち込む気はさらさらないよ」

そして、アイ＝ファに対する恋心《こいごころ》を打ち捨てる気持ちも、さらさらない。アイ＝ファがどのような覚悟《かくご》を固めていようと、それだけは確かであった。

（だけどアイ＝ファにとっては、そういう覚悟も固めておかなきゃならないんだろうな。……ファの家の家長として）

アイ＝ファ以外の人間を嫁に迎える気持ちにはなれない――俺からそのような言葉を聞かされてしまったら、アイ＝ファだって心を乱されてしまうだろう。自分の存在が枷《かせ》となって、家人が嫁を迎えることができないのだとしたら、それは家長として忸怩《じくじ》たる思いであるはずだ。

だけどアイ＝ファは、自分のことなど打ち捨てて、誰か別の女衆を嫁に取れ――などと言い出したりはしなかった。その代わりに、「世の中はままならぬものだな」と、とても幸福そうに、とても悲しそうに言ってくれたのだ。

（俺にはその気持ちだけで十分なんだよ、アイ＝ファ）

そんな思いを込めて、俺はアイ＝ファを見つめ続けた。アイ＝ファは少しだけ頬《ほお》を赤らめ、俺の脇腹《わきばら》に鋭い肘《ひじ》打ちをえぐり込ませてから、歩くことに専念し始めた。

そうしてジバ婆さんの宿場町見物は無事に終わりを告げ、翌日にはダレイム見物が敢行《かんこう》されることに決定されたのだった。

第二章★★中天の日

1

『中天の日』の前日、紫《むらさき》の月の二十五日である。

前回の『暁《あかつき》の日』と同様に、俺たちはその日も下準備で忙殺《ぼうさつ》されることになった。

しかし、前回の経験で段取りはつかめたので、精神的にはよほど楽になっていた。為《な》すべき仕事さえ定まってしまえば、あとは勤勉なる森辺の民である。割《わ》り振られた仕事を粛々《しゅくしゅく》とこなし、誰もが俺の期待に応《こた》えてくれた。おかげさまで、今回は前回よりも一時間ばかりは早くダレイムに向かうことがかなっていた。

ただ前回と異なるのは、そのお泊《とま》り会のメンバーが増員されたことだ。森辺の民からはジバ婆さんと、それを警護する三名の狩人《かりうど》が、そして宿場町からはユーミが参加することになった。

これではさすがにドーラ家もキャパオーバーなのではないかと危《あや》ぶまれたが、そもそもジバ婆さんを家にお招きしたいと言い出してくれたのは親父さんやターラの側であったのだ。食卓《しょくたく》も客間もなんとか都合してみせようと、親父さんは笑顔《えがお》で請《う》け負《お》ってくれていた。

そうして森辺の参加者は十二名にまで膨《ふく》れあがってしまったので、荷車ももう一台増やすことになった。かまど番のメンバーは、トゥール＝ディンがレイナ＝ルウに差《さ》し替《か》えられただけで、あとは前回と同じ顔ぶれである。ユン＝スドラも家長を説得することがかなったが、今回はジバ婆さんが同席するということで、ルウ家の人々に席を譲《ゆず》ったのだそうだ。

ということで、ダレイムのドーラ家に向かうのは、俺、リミ＝ルウ、ララ＝ルウ、レイナ＝ルウ、アイ＝ファ、ルド＝ルウ、シン＝ルウ、ダン＝ルティム――それにジバ婆さんと、新たな護衛役たるジザ＝ルウ、ガズラン＝ルティム、ギラン＝リリンという顔ぶれに落ち着いた。

宿場町のときに比べれば護衛役の数も半分に絞《しぼ》られているが、それでも本家の長兄《ちょうけい》たるジザ＝ルウが組み込まれているあたりに、ドンダ＝ルウの意気込みが感じられる。あるいは、次代の族長たるジザ＝ルウには見識を広げてほしいという思いも込められているのだろうか。誰よりも革新的な思想を持つガズラン＝ルティムと、最近になって外界への関心が高まったギラン＝リリンがメンバーに含《ふく》まれていることからも、俺は何となくドンダ＝ルウのそういった思いが感じられるような気がしてならないのだった。

「ジェノスの町というのも、存外に面白《おもしろ》いものだからな。今日の夜も明日の朝も、俺は楽しみにしておるよ」

ルウの集落で荷車に乗り込む前、ギラン＝リリンはそのように言って笑っていた。彼《かれ》も数年ばかりは宿場町に下りるのを控《ひか》えていたクチであるが、ここ数回の同伴《どうはん》ですっかり味をしめたものらしい。特に、《ギャムレイの一座》の見世物を見て回ったのが、彼の好奇心《こうきしん》に火をつけたようだった。

そうして俺たちは、一路ダレイムの領地を目指した。前回よりも早い来訪であったので、まだ夕暮れという時分には至っていない。それでもだいぶん勢いのやわらいできた日差しの下《もと》、ダレイムの畑は今日も広大で牧歌的だった。

畑には、まだ働いている人々の姿もうかがえる。宿場町での商売を切り上げた親父さんも、この人影《ひとかげ》のひとつなのだろう。一年の終わりたる『滅落の日』の前日ぐらいまでは休むひまもなく働いて、収穫《しゅうかく》できる野菜は収穫し尽《つ》くし、それからようやくダレイムの人々は休息の期間に突入《とつにゅう》するのだそうだ。

よって、その休業中で使う分の野菜は、事前に購入《こうにゅう》の予約をしなければならない。銀の月の半ばぐらいまでは宿場町も祭の反動でかなり静かになってしまうようなので、俺たちもその期間にほっと息をつくことができるだろう。それまでは、馬車馬のごとく働く所存だ。

そんなわけで、ドーラ家に到着《とうちゃく》しても男性陣《だんせいじん》はまだ不在であった。待ち受けていたのはターラとユーミ、そして三名の女性陣《じょせいじん》のみである。

「やー、待ってたよ、アスタ！　今日はあたしも手ほどきしていただくからね！」

と、ドーラ家の家人を差し置いて、ユーミが元気に挨拶《あいさつ》をしてくれる。が、本日のユーミは何やら様子が異なっていた。いつも胸あてと巻きスカートしか身につけていないユーミが、六分丈《たけ》ぐらいの前合わせの上衣を羽織って、長い髪《かみ》もポニーテールのように結《ゆ》っていたのである。

「あ、この格好？　そりゃあターラの家にお邪魔《じゃま》するんだから、あたしもちょっとは控えなきゃと思ってさ」

森辺の女衆も、町に下りる際は半透明《はんとうめい》のヴェールとショールでその肌《はだ》をわずかばかりに隠している。それと同じような気持ちがユーミにも働いたのだろうか。俺はまったく気にしてもいなかったが、町でユーミほど肌をさらけ出しているのは、不良に類するファッションなのかもしれなかった。

「さ、どうぞ。準備はできてるんで、おあがりくださいな」

親父さんと長兄の奥方《おくがた》たちが、前回と変わらぬ笑顔で俺たちを招いてくれる。親父さんの母君だけが不機嫌《ふきげん》そうな仏頂面なのも、前回の通りだ。そんな中、レイナ＝ルウとルド＝ルウに支えられたジバ婆さんがゆっくりと荷台から姿を現した。

「今日はご迷惑をおかけするね……あたしはルウ家の、ジバ＝ルウと申す老いぼれだよ……」

「あらまあ、遠いところをようこそねえ。よかったら、食事の時間まで部屋で休んでいてくださいな」

「いや……もしよかったら、この婆と少しでもたくさんの言葉を交《か》わしてはもらえないもんかねえ……」

ジバ婆さんはそのように言ったが、二人の奥方はこれから俺たちと厨《くりや》にこもってしまうのである。残されるのはターラと、そして森辺の民に心を開いていない老齢《ろうれい》の母君ばかりだ。

すると、彼女《かのじょ》の孫たるターラが「うん！」と力強くうなずいてくれた。

「それじゃあ、ジバおばあちゃんはターラたちとお話ししようよ！　リミ＝ルウはお仕事？」

「ううん、今日はレイナ姉がいるから、大丈夫《だいじょうぶ》！　……だよね？」

末妹《まつまい》の言葉に、次姉《じし》はにこりと優《やさ》しく微笑《ほほえ》む。

「こっちはララもいるから大丈夫《だいじょうぶ》だよ。それでいいですよね、ジザ兄？」

ジザ＝ルウは「うむ」とうなずいてから、狩人の面々を見回した。

「それでは、俺とルドと……あとはルティムの二名が同じ部屋に同席させていただこう」

おそらくは、ジバ婆さんのかたわらには常に三名、それ以外の女衆には一名ずつの護衛役を、という計算なのだろう。なかなか無法者が侵入《しんにゅう》する機会などありそうもないダレイムの家の中でも、ジザ＝ルウはいっかな気を緩《ゆる》める様子もなかった。

「それでは、かまどをお借りしますね」

残りのメンバーは広間を突《つ》っ切《き》って、奥《おく》の厨を目指す。本日早めに出張ってきたのは、ドーラ家の女性陣に調味料の作製方法を伝授するためである。かまど番の三名とアイ＝ファが厨に入り、シン＝ルウがその入口に立ち、ギラン＝リリンは家の周囲を見回ることになった。

手ほどきを受けるのは二名の奥方と、そしてユーミだ。ユーミはすでにおおかたの調味料を作製できるようになっていたが、そのおさらいと、また何か新しい知識を得られるのではないかと期待して参加を願ってきたのだった。

「まずは手のかかるウスターソースとケチャップの下準備から始めましょうか。アリアとタラパとミャームーはご準備いただけましたか？」

「ええ、こっちのタラパはちょいと傷がついてるけど、味のほうに変わりはないはずですよ」

今回はとりあえず、ドーラ家に常備されている食材はそのまま使わせていただき、足りない食材は俺が準備する、という段取りになっていた。これでお口にあわなかったら無駄な出費になってしまうため、宿泊《しゅくはく》の御礼《おれい》も兼《か》ねて、そのように申し出てみせたのだ。

「アリアとミャームーはなるべく小さく刻んでください。タラパはざっくりと切り分けて、それを煮込《にこ》みます」

どの調味料も、俺自身が作製する場合はさまざまな食材を使って味を練りあげていたが、それをメモ帳の存在しない場で正確に伝えるのは困難である。ということで、本日お伝えするのは、なるべく簡略化したレシピであった。

「よし、ではこっちの小鍋《こなべ》にはアリアとタラパだけを、こっちの小鍋にはそれにミャームーを加えて煮込みます。ミャームーを入れるほうがケチャップなので、こっちはタラパが多めになりますね。……で、ケチャップのほうには、さらに塩と砂糖、ピコの葉とチットの実を使います。ピコの葉とチットの実はこちらをお使いください」

町で手に入れるには有料となるピコの葉である。ドーラ家ではあまり買うこともないという話であったので、それはファの家から持参してきていた。

「へえ、これがチットの実というものですか。ずいぶん辛《から》そうな匂《にお》いですねえ」

「ええ、実際にとても辛いので、量はちょっぴりでけっこうです。これは赤銅貨一枚で二十粒《つぶ》ほどが手に入りますね」

ミャームーも長さ二十センチていどの根茎《こんけい》で値段は同一であるのだから、チットの実も香辛料としてはそれほど値の張らない部類であるはずだ。これぐらいなら、ドーラ家でも気軽に購入することはできるだろう。

「これでしばらく煮込みます。水分を飛ばしたいので、蓋《ふた》はしないでください。……ではその間に、マヨネーズの作り方を手ほどきしましょう」

こちらは火を使うこともない。キミュスの卵黄《らんおう》と白ママリア酢《す》を、塩とピコの葉とともに撹《かく》拌《はん》しながら、少しずつレテンの油を加えていくばかりだ。

なおかつ、バナーム産の白ママリア酢はいささか値が張るので、赤ママリア酢でもマヨネーズを作製してみせる。こちらはバルサミコっぽい風味がついてしまうので、お好み焼きやカツなどには少し合わない感じであったが、サラダなどで使う分には案外悪くないような印象があった。

「あらあ、火にかけたわけでもないのに、何だかねっとりと固くなってきましたねえ」

「はい。ほどよく固くなってきたら、それで完成です。ちょっと味見してみましょうか」

余っていたアリアやティノを刻んで、即席《そくせき》の生野菜サラダをこしらえてみせる。それにマヨネーズをちょんとつけて食していただくと、また「あらあ」という驚きの言葉を賜《たまわ》ることができた。

「生のティノなんて味気ないものなのに、ずいぶん美味《おい》しくいただくことができるもんですねえ」

「はい。肉料理の添え物《もの》にはけっこう生野菜も合うと思いますよ。まあ、生野菜だったら、さらにお手軽なドレッシングというものも使えますけどね」

せっかくなので、それも味見をしていただくことにした。タウ油とママリア酢とレテン油をブレンドし、塩とピコの葉で味を調《ととの》えるだけで、いっぱしのドレッシングを作製することは可能である。レテン油を少量ずつ入れながら乳化するまで撹拌、という手順もマヨネーズと一緒《いっしょ》なので覚えやすいだろう。

さらに砂糖やミャームーを添加《てんか》すれば、また異なる味わいを楽しむこともできる。こよなく野菜を愛するドーラ家であるのだから、生野菜を美味しくいただく手段が広がるのはより大きな幸福に直結するのではないだろうか。

「では、このマヨネーズの面白い使い方も伝授いたしましょうか」

俺はキミュスの卵を茹《ゆ》であげて、それにアリアのみじん切りとマヨネーズを加えて、タルタルソースをこしらえてみせた。

「これは肉料理に合いますし、焼いたポイタンに塗《ぬ》るのも美味しいと思います」

これには、ユーミが大喜びをした。

「ね、焼いたポイタンに薄《うす》いギバ肉でもひと切れのせて、それでこいつを塗りたくったら、それだけで立派な料理になりそうじゃない？」

「ああ、それはなかなか美味しそうだね。肉がひと切れなら、食材費も安く済みそうだし」

「うん！　うちの店なら立派な商品になるよ！　中にはお好み焼きにも手が出ない貧乏《びんぼう》な連中もいるからさー」

「はあ、キミュスの卵にもずいぶん立派な使い道があるもんですねえ」

親父さんの奥方が感心したような声をあげると、息子《むすこ》さんの奥方も横から身を乗り出した。

「キミュスの卵なんて、肉の代わりに焼いて食べるか、鍋《なべ》で煮込むぐらいしか使い道はなかったんです。それをこうして他《ほか》の料理を引きたてるために使うというのは、とても贅沢《ぜいたく》な話ですね」

「ああ、宿屋のご主人からそういう話はうかがっていました。でも、マヨネーズやタルタルソースの材料として卵を使うのも、案外悪くはないでしょう？」

「悪いどころか、文句のつけようもありゃしません。もっとたくさんのキミュスを育てて、余分に卵を準備することにしましょうかねえ」

二人の奥方は、この段階でもうずいぶん嬉《うれ》しそうな顔をしてくれていた。調味料の作り方を伝授するなどという申し出が余計なお世話にならずに済んで、俺もひと安心である。

その後はタウ油ベースの焼き肉のタレもこしらえて、ひとまず前半戦は終了《しゅうりょう》と相成った。

「よし、それではあちらの下準備が終わるまで、晩餐《ばんさん》の準備を進めましょうか。ユーミもお好み焼きを作ってくれるんだよね？」

「うん！　こいつがあたしの手土産《てみやげ》だからさ」

かまどにはふたつの鉄鍋《てつなべ》がかけられているので、俺は持参した火鉢《ひばち》で炭を焼いた。そのうちのひとつでレイナ＝ルウたちの準備してきた白ママリア酒の煮込み料理を温めてもらい、もうひとつは鉄板を載《の》せてユーミに託《たく》し、最後のひとつには金網《かなあみ》を置いてダイレクトに肉を焼く。

手抜《てぬ》きと思われなければ幸いであるが、俺が本日準備してきたのは、塩とピコの葉で下味をつけただけのギバ肉のみであったのだ。これは、本日作製した調味料で味わっていただくための献立《こんだて》である。肉の種類はさまざまで、ロース、ヒレ、モモに加えて、ダン＝ルティムから要望のあったスペアリブまで取りそろえてみせた。

そうして準備を進めている間に、窓の外はどんどん暗くなっていく。八割がたの調理が終わり、ケチャップとウスターソースの鍋もぞんぶんに煮詰《につ》まったあたりで、ようやくドーラの親父さんたちが帰宅してきた。

「いやあ、美味《うま》そうな匂いだなあ！　腹を空《す》かせて帰ってきた甲斐《かい》があったよ！」

入口の外から親父さんの声が響《ひび》き、それにダン＝ルティムの笑い声がかぶさる。がたごとと音がするのは、きっと新しい椅子《いす》などを運び入れているのだろう。

「やあ、アスタ！　いきなりで悪いんだけど、もうひとり人数が増えても大丈夫かなあ？」

「あ、親父さん、お疲《つか》れさまです。もともと多めに準備してきたので大丈夫だと思いますが、いったいどなたが増えたんです？」

「うん、ちょうどミシルの婆さんが頼《たの》んでおいたチャッチとギーゴを持ってきてくれたから、もののついでで誘《さそ》ってみたんだよ」

ミシル婆さんとは、俺たちにとっても親父さんの店でまかなえない野菜を仕入れるために、ずっと以前からつきあいのあるお相手である。もちろん異存などあろうはずもなかった。

「こっちはもうすぐ仕上がるので、少々お待ちくださいね。……ララ＝ルウ、鉄鍋のほうはどうなったかな？」

「うん。どっちもちょうど半分ぐらいの量に煮詰まったよ。残りの肉はあたしが焼いておくから、アスタはこっちを仕上げちゃえば？」

そのように言ってから、ララ＝ルウはひどく真剣《しんけん》な眼差しで「絶対に焦《こ》がしたりしないから」とつけ加えた。きっと城下町の一件があるので気を張っているのだろう。その熱意をありがたく頂戴《ちょうだい》し、俺はケチャップとウスターソースの仕上げに取りかかることにした。

「ケチャップのほうは、最後にママリア酢を入れて、その分の水分が飛ぶぐらい煮詰めれば完成です。味が足りなければ、塩とピコの葉で調整します」

「ああ、タラパがとろとろで美味しそうですねえ。確かにこいつは、この前食べさせてもらった『なぽりたん』っていう料理とおんなじ匂いだ」

「こちらのウスターソースは、タウ油とママリア酢を入れます。ママリア酢は、タウ油の半分ぐらいの量ですね。こっちは味が強いので、微調整《びちょうせい》は難しいし不要だと思います」

「ううん、こっちはなかなか強烈《きょうれつ》な匂いですね。ちょっと頭がくらくらしてきました」

「そうですね。でも、冷めれば香《かお》りも落ち着きますので」

そうして両方仕上がったら、この夜の晩餐で使う分は取り分けて、残りは土瓶《どびん》に封《ふう》じ込める。ここで濾過《ろか》するといっそう舌触《したざわ》りがなめらかになるのだが、濾過するのに適した布はそこそこ値が張るので、この際は省略させていただくことにした。

「それでは、料理を運びましょう。調味料の味は晩餐でお確かめください」

みんなで手分けをして広間に料理を運んでいくと、本日は二台の大きな卓《たく》が離《はな》して置かれており、その間に追加分の椅子が並べられていた。片方の卓にはもともと広間に居残っていた面々とミシル婆さんが、もう一台の卓には畑仕事から戻《もど》った男性陣が陣取《じんど》っている。ドーラ家と森辺の民が適当に分かれて食卓を囲もう、ということなのだろう。

俺は迷ったが、せっかくなのでジバ婆さんのいる卓にお邪魔することにした。自動的にアイ＝ファも俺の隣に座《すわ》り、二人の奥方もこちらに来たので、それで満席だ。

あらためて、このような場にジザ＝ルウが同席していることが、とてつもなく新鮮《しんせん》である。しかし、外見上はむしろ柔和《にゅうわ》に見えるぐらいのジザ＝ルウであるので、意外に違和感《いわかん》はない。

そうしてレイナ＝ルウやユーミたちが親父さん側の卓につき、総勢二十一名がそろいぶみである。卓の間の席に座った俺やアイ＝ファなどは後ろの人たちと背中がぶつかりそうな状態で、広間には人間と料理の熱気がものすごい勢いでたちのぼってしまっていた。

「どうも、お疲れ様《さま》です。ちょっとひさびさですね、ミシル」

俺が笑顔で挨拶をすると、「ふん」という愛想《あいそ》のない鼻息が返ってきた。が、ドーラの親父さんと同じように、普段《ふだん》から俺たちの注文を最優先にしてくれているミシル婆さんである。俺にとっては、頭の上がらない存在だ。

年齢は、親父さんの母君よりやや年長で、七十歳《さい》ぐらいにはなるのだろうか。背丈《せたけ》は小さく、かなりの細身だが、いつも元気で矍鑠《かくしゃく》としている。けっこうな頑固者《がんこもの》で、出会った当初は森辺の民に対する当たりもきつかったのであるが、祖母というものを知らずに育った俺は、ひそかにミシル婆さんのことを敬愛していた。

そんなミシル婆さんとジバ婆さんに、親父《おやじ》さんの母君までそろっているので、こちらの卓の平均年齢はなかなかのものであった。最年少のリミ＝ルウとターラが加わっていても、追いつかないほどであろう。

「とりあえず、せっかくの料理が冷めちまう前にいただくとしよう！　みんな、お疲れ様！」

ドーラの親父さんが陽気な声で言い、森辺の民は食前の文言を唱える。

卓の上には、前回以上に豪勢《ごうせい》な晩餐が並べられていた。俺《おれ》たちの準備したギバ肉の炭火焼きと生野菜のサラダ、それに使用する調味料、ルウ家の準備した白ママリア酒の煮込み料理、ユーミの準備したお好み焼き、そしてドーラ家で準備された汁物《しるもの》料理と副菜である。これだけの料理が準備されていれば、もはや立派な宴《うたげ》であった。

「すごいな、生の野菜が山になってるじゃないか。こいつには何をかけたらいいのかな？」

「どれを使っても間違《まちが》いではありませんが、一番のおすすめはそちらの小瓶《こびん》のドレッシングか、木皿のマヨネーズです。ソースやケチャップも悪くないと思うので、ぜひ食べ比べていただきたいですね」

生野菜サラダは、ティノばかりでなくアリアとネェノンの千切りによって彩《いろど》りを加えている。これもファの家では、もはや定番メニューである。

「焼き肉は、このタレが一番合うと思います。でも俺は、ウスターソースも好みですね」

「あ、お好み焼きはうすたーそーすとまよねーずね！　けちゃっぷでも別に不味《まず》くはないけどさ！」

「お好み焼きってのは、この肉やティノと一緒に焼いてあるポイタンのことかい？　へえ、うちではポイタンなんて、アリアぐらいしか一緒に焼いたりはしないねえ」

「ドーラよ、こいつがギバのあばら肉だぞ！　ご老人がたも、これでギバの美味さを思い知るがいい！」

さすがに二十一名ともなると、すごい騒《さわ》ぎである。最低限の説明はすることができたので、俺も大人しく料理を楽しませていただくことにした。

その合間にジバ婆さんのほうを盗《ぬす》み見《み》ると、リミ＝ルウが笑顔で煮込み料理の肉や野菜を切り分けてあげていた。俺はあらかじめハンバーグでも準備しようかと打診《だしん》していたのだが、「みんなと同じものが食べたい」と断られてしまったのだ。

まあ、ユーミのお好み焼きだってふやかさずに食べることができていたジバ婆さんなので、俺の準備した焼き肉とサラダを除外すれば、たいていのものを食べることができるだろう。せっかくなので、限りある胃袋《いぶくろ》はドーラ家の準備した料理で埋《う》めてほしいという思いもあった。

そのドーラ家の料理は、カロン乳を使った汁物と、キミュス肉とアリアとネェノンを乳脂《にゅうし》で焼いたソテー、それに、細かく刻んだ野菜のおひたしに、前回の晩餐でも見たティノの芯《しん》の塩《しお》漬《づ》けであった。

俺にとって物珍《ものめずら》しかったのは、野菜のおひたしである。使われている野菜はアリアとティノとネェノンで、千切りに近いぐらいこまかく刻まれた上で、やわらかく煮込まれている。それが、梅干しみたいな干しキキの汁《しる》でひたひたにされていたのだ。

「そいつにも、ほんのちょっぴりだけタウ油を入れるようにしたんですよ。大した変わりはないでしょうけどねえ」

「いや、そのおかげで味が引きしまっているんじゃないでしょうか。とっても美味しいです」

干しキキの汁はそのまま使うと酸《す》っぱいし、ただ水を加えるだけではぼやけた味になってしまう。これはタウ油と水の加減が絶妙《ぜつみょう》で、脂《あぶら》の強いギバ肉を食した後だとなおさら美味しくいただくことができた。

カロン乳の汁物にも、これでもかとばかりに野菜が使われており、カロンの足肉などはほんのオマケていどのものであった。それでも最低限の出汁《だし》は取れているし、味付けは塩と砂糖のみであるようなのに、目立った不満は感じられない。これが一般的《いっぱんてき》な家庭料理の水準なのだとすると、やはりミラノ＝マスやテリア＝マスはけっこうな苦労をしながら宿屋の料理を作っていたことになるだろう。

「……あんたはギバ肉を食べないのかい？」

と、ざわめきの向こうからミシル婆《ばあ》さんの声が聞こえてきた。

ミシル婆さんの隣に座しているのは、親父さんの母君である。たぶんミシル婆さんのほうが十歳ぐらいは年長なのであろうが、どことなく雰囲気《ふんいき》の似ている両名であった。

「そういうあんたは、ずいぶん平気な顔でギバなんざを食べるんだね」

「そりゃあそうさ。ギバ肉なんて、今ではキミュスやカロンより値の張る肉になっちまったんだから、食べなきゃ損だろ」

言いながら、ミシル婆さんは鉄串《てつぐし》に刺《さ》したギバのロースにケチャップを塗り、そいつを苦労しながら噛《か》みちぎった。

「ま、あんたの気持ちはわからないでもないけどね。あたしだって、最初は誰がギバの肉なんざ食うもんかいと思ったもんさ」

「……そのわりには、ずいぶん美味そうに食べているじゃないか？」

「こいつが美味いってことを知っちまったからね。あんたの孫娘《まごむすめ》のおかげでさ」

ぶっきらぼうにミシル婆さんが言い捨てると、リミ＝ルウの隣に席を移していたターラが笑顔でそちらを振り返《かえ》った。

「うん、ミシルおばあちゃんも最初はすっごく嫌《いや》そうに食べてたよねー！　でも、自分の作った野菜であんなに美味しい料理を作ってもらえて、嬉しかったでしょ？」

ミシル婆さんは「ふん」と鼻を鳴らすばかりで、否とも応とも答えなかった。その代わりに、いつものぎろりとした目で俺をにらみつけてくる。

「あんたたちさ、いちいちあたしらみたいな老いぼれにかまおうとしなくてもいいんじゃないのかね？」

「え？　何故でしょうか？」

「あたしらは、ギバや森辺の民《たみ》を恐れたり憎《にく》んだりして何十年も生きてきた。そんなあたしらのご機嫌《きげん》をうかがう必要なんてないだろうって言ってんのさ」

「おいおい、いきなり何を言い出すんだよ、ミシルの婆さん」

と、隣の卓から親父さんが口をはさんできたが、ミシル婆さんは白ママリア酒の煮汁《にじる》をひと口すすりつつ、さらに言葉を重ねてきた。

「あたしらは、放っておいても近い内にくたばっちまう老いぼれだ。あと十年や二十年もしたら、みいんな西方神に魂《たましい》を召されちまうだろう。あたしなんかは、あと五年ももったら大したもんさね。……そんな老いぼれに憎まれようが嫌《きら》われようが、そんなのはどうってことないだろうよ?」

「そんなことは、決してないと思います」

姿勢を正して俺が応じると、ミシル婆さんは不機嫌そうに口もとをひん曲げる。

「そんなことは、あるんだよ。森辺の民を憎む老いぼれどもが全員くたばっちまえば、あとはあんたたちの天下じゃないか? あんたたちが言う通り、もう森辺の民が悪さをしでかさないってんなら、嫌ったり憎んだりする人間が増えることもない。これ以上、何を望もうってんだね?」

「俺が望むのは、ジェノスの民と森辺の民がよき隣人《りんじん》としてつきあえるようになることです」

族長筋でも何でもない俺がこのようなことを述べたてるのはおこがましかったが、ミシル婆さんの目は真《ま》っ直《す》ぐに俺を見ている。だから俺は、ファの家のアスタとして、ダレイムの野菜売りたるミシル婆さんに、個人的に答えることにした。

「それに、俺みたいな若輩者《じゃくはいもの》がこんなことを言っても説得力はないかもしれませんが……未来っていうのは、現在の積み重ねだと思うのですよね。いま生きているこの時間を二の次にして明るい未来を望んでも、それがかなうことはないんだろうなと思えてしまうんです」

「……本当に、ずいぶん偉《えら》そうな口を叩《たた》くじゃないか」

「すいません。でも、それが俺の本心なんです。……それに、自分だって十年後や二十年後にどうなってるかもわかりませんしね」

「それはその通りだな！　狩人などは、いつ森に朽《く》ちるともわからぬ身なのだから、なおさら今日という日を軽《かろ》んじることはできん！」

果実酒の土瓶を掲《かか》げながら、ダン＝ルティムが豪快《ごうかい》に言い放つ。

「それに、何も小難しい話ではなかろう。いま俺たちの前にいるのは、お前さんたちなのだ！　どんなに望んでも、まだ生まれてもいない人間と縁《えん》を結ぶことはできん！　十年後や二十年後のことなどは、子や孫やその子たちにまかせる他ないのだ！」

「でかい声だね。耳が痛くなってきちまったよ」

「それは悪かったな！　それで俺が嫌われるなら、それは俺の責任だ！　俺を嫌うのはいっこうにかまわぬが、すべての森辺の民を一緒くたに嫌ってくれるなよ？」

ガハハといっそう大きな声で笑ってから、ダン＝ルティムは卓の上に身を乗り出した。

「だが、こうして実際に言葉を交わさねば、俺のことを好くことも嫌うこともできぬだろう？　ギバの肉とて、同じことだ！　美味ければ食べればいいし、不味ければ食べなければいい。ただ、味も見ずに食べないのでは、何が正しいのかもわからんではないか？　何がどうあれ、人間は正しき道を歩めるように力を尽くすべきだと思うぞ！」

いかにもダン＝ルティムらしい言い様であったが、それは思いのほか俺の心情と重なっていた。俺は何より、森辺の民がどういう存在であるかを正しく知ってほしかったのだ。

正しく知った上で、恐《おそ》れられたり憎まれたりするのであれば、それはしかたがない。おたがいの価値観をねじ曲げてまで、無理につきあっていくことはできないと思う。ただその判断を正しく行えるように、町の人たちはもっと森辺の民を知り、森辺の民はもっと町の人たちを知る必要があるのではないかと、俺は常々そのように考えていたのだった。

「……あたしもねえ、自分のことはどうでもいいなんて考えたりしていたんだよ……」

と、今度はジバ婆さんが静かにつぶやいた。

「森辺の行く末を定めるのは、あたしの子や孫やその子たちだ……あたしが何をどう考えたって、そんなもんは森辺の行く末に関《かか》わりはない……だけど、こんな老いぼれでも今日という日を生きる人間の一人なんだって、大事な友達に諭《さと》されちまってねえ……」

俺は思わず、アイ＝ファの表情を確認《かくにん》してしまう。俺の記憶《きおく》に間違いがなければ、それは数《すう》ケ月《かげつ》も前にアイ＝ファがジバ婆さんに伝えた言葉であるのだった。

アイ＝ファは口もとを引き結び、じっとジバ婆さんの横顔を見つめている。

「あたしはこの地で生きていくことが、嫌で嫌でたまらなかった……あたしたちにとっての故郷は黒き森で、それが滅《ほろ》ぶならともに滅ぶべきだったんじゃないかとさえ思っていた……もっとはっきり言うなら、あたしは森辺の民にこんな苦しい生を押《お》しつけた、ジェノスの領主を憎んでいたんだよ……」

誰《だれ》も答える者はいない。

ジバ婆さんは、とても澄《す》みわたった眼差《まなざ》しでみんなの姿を見回しながら、微笑んでいた。

「でもきっと、あたしたちみたいな厄介者《やっかいもの》に押しかけられたジェノスの領主や民たちも、あたしたちのことを憎んでいたんだろう……そのおたがいの憎しみが、ずるずると八十年も続いちまったっていうんなら……その後始末を、子や孫たちだけに押しつけちまっていいものなのかねえ……？」

「…………」

「もちろんあたしなんかにできるのは、懸命《けんめい》に生きる子や孫たちの姿を見守ることだけさ……だからこそ、おんなじぐらい懸命な気持ちで見守ろうと思っているよ……森に魂を召される、その瞬間《しゅんかん》までね……」

「ふん。そのわりにはずいぶん長々と言いたててくれたじゃないか」

最初に口を開いたのは、ミシル婆さんであった。その目がいくぶん細められながら、身を寄せ合ったターラとリミ＝ルウのほうに向けられる。

「その小さな娘《むすめ》たちは、まるで姉妹みたいに仲良くしている。これ以上のもんを望んだって、大した差なんてないように思えるけどね」

ジバ婆さんは、無言で微笑んでいる。

親父さんの母君や、隣《となり》の卓の叔父《おじ》君は、やはり無言で手もとのギバ料理をにらみつけていた。

「ま、何がどうでも好きに生きればいいさ。あたしだって、好きにやらせてもらうからね」

そうしてミシル婆さんは、ユーミのお好み焼きにかぶりついた。憎まれ口《ぐち》を叩きながら、ミシル婆さんはギバの料理ばかりを食べているし、商売の面でも最大限に便宜《べんぎ》をはかってくれている。だから、それこそがミシル婆さんが好きで選んだ自分の道なのだろう。

けっきょく親父さんの母君や叔父君はついばむぐらいの量しかギバ料理を口にしてくれなかったが、それでも俺が無念に思うことはなかった。ただ、次にドーラ家を訪《おとず》れるときは、もっともっと満足してもらえるような料理を作りあげたいと思うばかりであった。

2

明けて翌日、紫の月の二十六日――復活祭において二度目の祝日とされている、『中天の日』である。

俺たちは前回と同じようにドーラ家から朝一番で宿場町に向かい、『ギバの丸焼き』の準備を整えていた。体調次第《しだい》ではここで帰宅する手はずになっていたジバ婆さんも、まったくくたびれた様子もなく、俺たちの仕事を見守ってくれている。

むろん、護衛役の狩人は増員されていた。これぐらいの刻限になってもジバ婆さんが帰ってこない場合は即時《そくじ》に追加の狩人らを町に下ろすという取り決めが、あらかじめドンダ＝ルウと成されていたのだ。

後続のかまど番は、シーラ＝ルウとトゥール＝ディンの二名のみである。それに対して、護衛役の狩人はダルム＝ルウとラウ＝レイを含む精鋭《せいえい》たちが六名。それに監査役《かんさやく》のスフィラ＝ザザ、さらにはミーア・レイ母さんの姿まであった。

「これで本家は、ほとんど空っぽになっちまうからね。ヴィナたちには悪いけど、あたしも宿場町の様子を見物させてもらうことにしたのさ」

そういえば、ルウ家の女衆の束ね役であるミーア・レイ母さんは、買い出しで町に下りることもほとんどなかったのだ。俺にしてみても、宿場町でその姿を見るのは初めてであるように思う。荷車から姿を現したミーア・レイ母さんは、実に嬉しそうな顔をしていた。

『それじゃあね。あたしは最長老に付《つ》き添《そ》うつもりだけど、もしも手が必要だったらいつでも呼んでおくれよ」

「はい、ありがとうございます」

とはいえ、こんな早い段階から六名ものかまど番がそろってしまったのだから、十分以上に手は足りている。俺たちは二名ずつで組となり、三つの屋台で『ギバの丸焼き』の作製に取りかかることにした。

残念ながら本日は、正式なる丸焼きはわずか一体と相成った。ギバの子供というやつは母親に守られているため、そうそう頻繁《ひんぱん》に捕獲《ほかく》はされないものなのである。よって、二台の屋台では半身に割られたギバの枝肉が焼かれることになった。

頭を落とし、内臓を抜《ぬ》き、半分に割られた上で三十キログラムに相当しそうなギバの成獣《せいじゅう》の枝肉である。もとのサイズは、七、八十キロといったところであろうか。やがて時が経《た》ち街道《かいどう》に人通りが増え始めると、前回以上に驚嘆《きょうたん》の声をいただくことになった。

「やっぱり大人のギバは、なかなかのでかさだな！　こんなもんに追いかけられたら、生命《いのち》がいくつあっても足りねえや」

「ああ、子供のギバなんてずいぶん可愛《かわい》らしい顔をしているが、こいつはさぞかし凶悪《きょうあく》な面《つら》がまえをしていたんだろうなあ」

だけどこのギバも、言ってみれば中量級である。森辺には百キロ級のギバだってごろごろしているし、森の主《ぬし》などは計測も難しいレベルであったのだ。そんな大物のギバを目《ま》の当《あ》たりにしたら、人々はどれほどの戦慄《せんりつ》に見舞《みま》われることだろう。

（だからギバってのも、黒猿《くろざる》やガージェの豹《ひょう》ぐらい立派な見世物になるのかな。……でも、生きたギバが人間の命令に従って芸をする姿なんて想像もつかないなあ）

俺の故郷でも、猫《ねこ》型の肉食獣《にくしょくじゅう》や猿の類《たぐ》いは見世物にされていた。が、ブタやイノシシが芸をするという話は寡聞《かぶん》にして存じあげない。生態系の異なる世界でそのような例をあげつらっても意味はないのかもしれないが、やっぱりギバが従順に芸をする姿はなかなか想像できなかった。

（まあ、トカゲの親分が荷車を引くような世界だもんな。ギバが芸をしたって不思議はないか）

それよりも俺にとって重要なのは、森辺の民と《ギャムレイの一座》の関係性であった。俺はピノたちに、それなりの好感を抱《いだ》くようになっていたのだ。そんな彼女たちが、森辺の民と悪縁《あくえん》を結ぶような結果にだけはなってほしくなかった。

（あのギャムレイって御仁《ごじん》がもうちょっとクセのない人だったら、それほど心配にもならないんだけどな。あれは確かに、カミュア＝ヨシュと同系列の人間かもしれない）

《ギャムレイの一座》の天幕は、そんな俺の気持ちも知らなげに、今日もひっそりと静まりかえっていた。

そうして上りの五の刻が近づいてくると、キミュスの丸焼きを受け持つ人々や、果実酒のふるまいを期待した人々がぞくぞくと街道に姿を現し始める。その人数は『暁の日』のときよりも遥《はる》かにまさっているようだ。やがて屋台を押しつつ再登場したユーミは、「そりゃそうだよ」と笑顔で説明してくれた。

「ただでさえジェノスを訪れる人間は増えてきてるんだし、そうでなくっても今日は『中天の日』でしょ？　今日は昼から面白い見世物があるのさ」

「見世物？　誰か芸でもするのかい？」

「ああ、芸でもしてくれりゃあ割り銭《せん》を投げてやってもいいけどね。あたしは別に、楽しみにも何にもしちゃいないよ」

ユーミの思わせぶりな発言は、それから数分後に解き明かされることになった。なんとその日は肉と果実酒がふるまわれるかたわら、貴族たちによるパレードが敢行されたのである。

いや、パレードというよりは大名行列とでも称《しょう》するべきであろうか。荷物を運ぶ荷車とは別に、箱型のトトス車がぞろぞろと街道を突き進《すす》んでくる。その先頭に立つのは近衛《このえ》兵《へい》団長のメルフリードであり、それに続くトトス車は白装束の兵士たちによって厳重に警護されていた。

兵士たちは仰々《ぎようぎよう》しく槍《やり》を掲げて、何名かは単体のトトスを引いている。これだけ大勢の兵士が町に姿を現すのは、常にないことだ。それだけこの車の中には、やんごとなき身分の人々が乗せられているのだろう。

俺がそのようなことを考えていると、その行列が機械のような正確さでいっせいに足を止めた。先頭は、もうかなり先のほうまで進んでいる。俺たちの眼前にいるのは、二十台ばかりも続くトトス車のちょうど真ん中あたりであっただろう。

人々がざわめきをあげる中、先頭のトトス車の屋根の上に、長身の人影が姿を現した。内部に階段でも仕込まれているのか、屋根の上に突然《とつぜん》ぬうっと人間の輪郭《りんかく》が浮《う》かびあがったのだ。この距離《きより》では詳細《しようさい》も見て取れないが、どうやら近衛兵と同じく純白の甲冑《かつちゆう》を身に纏《まと》っている様子である。その白銀の兜《かぶと》の天辺《てつぺん》からは、背中のほうにまで流れ落ちる紫色《むらさきいろ》の房飾《ふさかざ》りが垂れ下がっていた。

「サトゥラス領の領民たちよ！　そして、我《わ》がジェノスを訪れしセルヴァ、ジャガル、シムの客人たちよ！　ついに太陽神の滅落と再生は、五日の後《のち》に迫《せま》ってきた！」

その人物が、朗々とした声音《こわね》を街道に響かせる。兜のせいでいくぶんくぐもっていたが、それはまぎれもなくジェノス侯爵《こうしやく》マルスタインの声であった。

「キミュスの肉とママリアの酒でもって、その復活の儀《ぎ》を寿《ことほ》ごうではないか！　……太陽神に！」

「太陽神に！」の声が、町をゆるがす。唱和していないのは、おそらく森辺の民とごくごく一部の人間のみであるようだった。

その間に、後方の荷車からキミュスの肉と果実酒の樽《たる》がふるまわれる。人々はいっそうの歓声《かんせい》をあげて、太陽神とジェノス侯爵を祝福する声を轟《とどろ》かせた。

「ま、こういうわけさ。貴族なんか見慣れてるアスタには、何の面白みもなかったでしょ？」

と、肉の詰《つ》まった木箱を抱《かか》えたユーミが通りすがりに声をかけてきた。

「うん。でも、まさか領主みずからが姿を現すとは思っていなかったから、それは驚《おどろ》いたよ」

「ふん。太陽神の復活祭と、あとはでっかい婚儀《こんぎ》か何かがあったときだけは、ああやって偉そうに宿場町を練り歩くんだよ。って言っても、全身あんな鎧《よろい》ずくめで、どんな顔をしているのか、本当の領主なのかもわからないような有り様だけどさ」

それはきっと、「弓矢による襲撃《しゅうげき》などを警戒《けいかい》しているゆえなのだろう。ルド＝ルウやジーダぐらいの腕前《うでまえ》を持つ人間ならば、通りからでも矢を射かけることは容易《たやす》かったはずだ。

ともあれ、宿場町の裏通りに住まうユーミは苦い顔をしていたが、それ以外の人々はあらかた喜びの声をあげていた。その理由の大半は果実酒にあったとしても、このような場で貴族に対する反感をあらわにするのはごく限られた人々のみであるようだった。

「領民たちとともに、喜びを分かち合っている。……というよりは、自分たちの力を誇示《こじ》しつつ、肉と酒で民の心を懐柔《かいじゅう》しているように思えてしまうな」

俺の隣でマルスタインの言葉を聞いていたアイ＝ファは、さして心を動かされた様子もなくそのように言いたてた。

「だがまあ誰が損をするような話でもないし、町の人間たちも大いに喜んではいるようだ。これもサイクレウスらによって引き起こされた騒ぎが無事に収束された証《あかし》なのだと思えば、私たちも喜ぶべきなのであろう」

「うん、まあ、そんな感じだな」

確かにマルスタインがあのときに采配《さいはい》を間違っていたら、また少し違《ちが》った様相になっていたのかもしれない。マルスタインは王都への体面を重んじているのだと、かつてカミュア＝ヨシュはそのように述べていたが、やっぱり領民に対する体面というやつだって二の次にはできないのだろう。悪行の露見《ろけん》したサイクレウスたちを赦免《しゃめん》していたり、森辺の民に対する扱《あつか》いを改めなかったり、義賊《ぎぞく》《赤髭党《あかひげとう》》の生き残りたるバルシャを処刑《しょけい》にしていたりしたら、このようなパレードなど敢行《かんこう》できなかったのかもしれなかった。

そうしてその一団が粛々《しゅくしゅく》と行進を再開し始めると、後には雑多な賑《にぎ》わいだけが残された。すでに『ギバの丸焼き』もラストスパートに差しかかっているし、あちこちの屋台からもキミュスを焼く火の煙《けむり》がたちのぼっている。人々は樽から注いだ果実酒の杯《さかずき》を打ち鳴らし、「太陽神に！」の声を唱和させていた。

「……これがジェノスの祭なんだねえ……」

そんな中、荷車を降りたジバ婆さんが、ミーア・レイ母さんと六名の狩人をともなって屋台のほうに近づいてきた。アイ＝ファは少し心配そうに眉《まゆ》を寄せつつ、そちらを振《ふ》り返る。

「ジバ婆《ばあ》、身体は大丈夫か？　こんなに身体を使ったのはひさかたぶりなのだろうから、あまり無理をしてはいけない」

「なんにも無理はしていないよ……みんなには心配をかけるばっかりで、申し訳ない限りだけどねえ……」

「何が申し訳ないものか！　敬愛すべき最長老の願いをかなえるのは、血族として当然のつとめであろう！」

護衛役の一人、ダン＝ルティムが豪快な笑い声を響かせる。

「それにジバ＝ルウは、本当に元気を取《と》り戻したと見える！　足が悪いので歩き方はおぼつかないが、それ以外は二十歳も若返ったかのようではないか！　俺はそれを、とても嬉しく思っているぞ！」

「ありがとうねえ、ダン＝ルティム……ところで、ダン＝ルティムは果実酒をいただいてこないのかい……？　この前の宴では、町の人間にまざって祝杯《しゅくはい》をあげていたんだろう……？」

「うむ？　そのような告げ口をするのは、ガズランだな⁉　まあ、酒を飲んで責められるいわれもないが、今日はジバ＝ルウを守る役目であるからな！　少しは身をつつしんでおこうと決めたのだ！」

「そうなのかい……？　それは残念だねえ……あたしは森辺の民と町の民が仲良く過ごす姿が見たくて、こんな我が儘《まま》を通してもらってるんだからさ……」

「そうか！　では、最長老の願いをかなえることにしよう！」

ダン＝ルティムはあっさりと言い、俺はずっこけそうになってしまった。

ダン＝ルティムは満面に笑《え》みをたたえつつ、ジザ＝ルウを振り返る。

「とはいえ、あまりジバ＝ルウのそばを離れることはできんからな！　酒樽《さかだる》をこの屋台のそばに運んできてしまえば、用は足りようか？」

「……それで護衛の役を果たせるならば、ご随意《ずいい》に」

さしものジザ＝ルウも、ダン＝ルティムの手綱《たづな》を握《にぎ》る気持ちにはなれなかったらしい。ダン＝ルティムは大喜びで人混《ひとご》みに突入《とつにゅう》するや、巨大《きょだい》な酒樽とそれに付随《ふずい》する町の人々を引き連れて屋台のほうに帰還《きかん》してきた。

「何だ、まだ肉は焼けないのか？　そろそろ中天だぞ？」

「ああ、美味そうな匂いだなあ。この脂のしたたるさまがたまらないな！」

西の民や南の民が、酒気に頬《ほお》を染めながら陽気な声をあげている。ジザ＝ルウは用心深く、ジバ婆さんを数歩だけ彼《かれ》らから遠ざけた。

「何だ、今日は男衆も大勢だな！　あんたたちも、好きなだけ果実酒を口にするといい！　そうすることが、太陽神への祝福だぞ？」

と、南の民の一人がそのように呼びかけてくる。ジザ＝ルウの目があったので、それに応じたのは気さくなギラン＝リリンのみであったが――ミーア・レイ母さんの準備した敷物《しきもの》の上に座したジバ婆さんは、そんな彼らの様子を飽《あ》くことなく見つめていた。

それから小一時間が経過すると、ついに『ギバの丸焼き』が仕上がった。俺たちが火鉢の始末を始めると、もう目ざとい人々が屋台に押しかけてきてしまう。やはり前回のふるまいが評判を呼んだのか、おびただしい人の群れであった。

「少々お待ちくださいね！　すぐに切り分けますので！」

俺とトゥール＝ディンは、子ギバの正式な丸焼きだ。前回と同じ要領で熱いギバ肉を切り分けていくと、しばらくは大皿に溜《た》める余地もなく次々とかっさらわれていってしまった。

西も南も東も区別なく、誰もが満足そうにギバ肉を頬張《ほおば》っている。お酒の入っている方々が大半であるので、普段の商売のときよりもなおさら遠慮《えんりょ》はない。この遠慮のなさこそがジバ婆さんにさらなる感銘《かんめい》を与《あた》えることを俺は願った。

それに、ジザ＝ルウとスフィラ＝ザザもだ。彼らはもう、ジバ婆さん以上にこういった光景を目の当たりにしている。宿場町で商売をすることは、森辺の民にとっての薬になるのか毒になるのか——彼らはどのような思いを巡《めぐ》らせてくれているのだろう。

「うむ！　今日はあちらのあばら肉をいただくか！」

そのように言いながら、ダン＝ルティムはレイナ＝ルウたちの屋台からあばら肉をいただいていた。それは子ギバより成獣のギバのほうが食い出はあるだろう。同じものを受け取ったギラン＝リリンも、笑顔《えがお》で肉をかじっている。

それからドーラ一家の御一行も到着《とうちゃく》すると、俺たちの屋台の周囲はいっそう騒がしくなった。親父さんや息子さんたちはまたダン＝ルティムと酒杯《しゅはい》を酌《く》み交《か》わし、ターラはリミ＝ルウたちの屋台にへばりつく。

「……今日も、あっという間に肉は尽《つ》きてしまいそうですね？」

と、一緒に肉を切り分けていたトゥール＝ディンがひかえめに囁《ささや》きかけてくる。

「そうだねえ。思いきって、次の祝日にはもう二台の屋台も出して、五頭分の肉を焼いてしまおうか」

「え……ですが、その肉の代価はファとルウが出しているのですよね？」

「うん、だけど、年に一度のことだからさ。もちろん、アイ＝ファやドンダ＝ルウの気持ち次第だけど」

「私が反対するとでも思うのか？」と、アイ＝ファがぬうっと俺たちの間に割り込んでくる。

「どうせ銅貨など使い道はないのだから、好きにしろ。森辺の民の食べる分さえ守られれば、残りのギバ肉をどう扱おうがかまいはしない」

「わかった。それじゃあその方向で計画を立ててみるよ」

そんな会話をしている間にも、ギバ肉は見る見る減じていく。あと十分もしたら、脳と目玉の摘出《てきしゆつ》だな――と、俺がそのように考えたところで、見覚えのある一団が屋台の前に立った。

「今日ものんびりしすぎちまったねェ。ギバも骨ガラになる寸前じゃないかァ？」

「ああ、どうも。本当にぎりぎりのところでしたね」

言うまでもなく、《ギャムレイの一座》の人々である。本日は、曲芸師のピノ、怪力《かいりき》男のドガ、笛《ふ》吹きのナチャラ、獣《けもの》使いのシャントゥ、壺《つぼ》男のディロに加えて、吟遊《ぎんゆう》詩人のニーヤ、アルンとアミンの双子《ふたご》の姿もあった。

「おお、麗《うるわ》しき人よ。今日こそ君の名を明かしてもらえるかな？」

背中に楽器をかついだニーヤが、性懲《しょうこ》りもなくアイ＝ファへと呼びかける。アイ＝ファは無言でそっぽを向き、ジザ＝ルウは立ち位置を変えて彼らの目からジバ婆さんの姿を隠《かく》した。

「ほら、せっかく出向いてきたんだから、アンタがたもひと切れずついただきなァ。ぼんくらどもにつきあって干し肉なんざをかじるこたァないんだよォ」

ピノにうながされて、双子の兄妹《きょうだい》もおずおずと手をのばしてくる。それを横目に、ピノは小《こ》馬鹿《ばか》にしきった面持《おもも》ちでニーヤを振り返った。

「で？　アンタはけっきょく女を口説きに来ただけかい？　まったく、色ぼけにつける薬はないねェ」

「こんなに胸が満たされてしまったら、肉など咽喉《のど》を通るものではないよ。ま、お前みたいな無粋《ぶすい》者には一生わからないだろうけどね」

ニーヤはへこたれた様子もなく肩《かた》をすくめる。

「それに、何度も言ってるだろう？　ギバの肉だか何だか知らないが、こんな道端《みちばた》で焼かれている粗末《そまつ》なものを口にする気にはなれないよ。この後は、城下町の茶会に招待されてるんだからさ」

「ふうん？　通行証を賜《たまわ》ったぐらいで、旅芸人風情《ふぜい》がここまで増長できるものなのかねェ。アンタだって、座長に拾われるまでは泥水《どろみず》をすすってたクチだろうにさァ」

「そんな大昔のことは忘れたよ！　ギバ肉なんざを口にして、腹でも壊《こわ》しちまったら一大事じゃないか？　こんなものをありがたがるのは、カロンの肉も満足に買えないような貧しい人間たちぐらいだろうさ」

「……よくもまあこんなに大勢の森辺の狩人を前にして、そんな馬鹿《ばか》げた口を叩けるもんだ。アンタと一緒《いっしょ》にいたら、こっちまでいらぬ恨《うら》みを買っちまうよォ」

珍《めずら》しく、舌打ちでもしそうな表情でピノがそのように言い、屋台の背後に控《ひか》えたジザ＝ルウのほうに視線をくれた。

「まったく申し訳ありませんねェ、ジザ＝ルウ。腹に据《す》えかねたら、このぼんくらを好きにいたぶってやってくださいなァ。口と指先さえ残してもらえれば、銅貨を稼《かせ》ぐのに不都合もないでしょうからねェ」

「……べつだん、そのような口を叩くのはその者に限った話ではない。数ヶ月前までは、ギバの肉を口にする町の人間など一人として存在しなかったのだからな」

感情の読めない声で、ジザ＝ルウはそのように応じる。

「ただし、同じ調子で森辺の民を愚弄《ぐろう》するような言葉を聞かされたら、俺たちも黙《だま》ってはいられなくなる。そのことだけは、注意していただきたい」

ジザ＝ルウは普段通りの柔和な表情であったが、まあ彼の気性《きしょう》を知る者であれば悪寒《おかん》を禁じ得ないところであろう。もちろんニーヤはジザ＝ルウの気性などひとつもわきまえていないので、悪びれた様子もなくへらへらと笑っていた。

「別に俺は、森辺の民を愚弄しているわけではないさ。ただ、こんな不味そうな肉をありがたがって食べなきゃならない皆《みな》さんを気の毒に思っているだけのことで――」

「だから、そういう口を叩くなって言ってるんだよォ。度《ど》し難《がた》いぼんくらだねェ、まったく……それに、アンタは知らないだろうけど、このアスタってお人はなんべんも城下町に足を運んでいる立派な料理人なんだよォ？」

色っぽく、そして冷たい眼差しで、ピノがニーヤをねめつける。

「アスタのギバ料理は、ジェノスの領主様のお墨付《すみつ》きなのさァ。アンタはあんな大きなお城の領主様まで気の毒に思ってるってわけかい、ええ、ぼんくら吟遊詩人？」

「そいつはまた、ずいぶん大きな風呂敷《ふろしき》を広げたもんだ。そんな与太話《よたばなし》を、お前はどこで拾ってきたんだ？」

「どこでも何も、カミュアの旦那《だんな》と出くわしたときに、そんな話で大いに盛り上がったじゃないかァ？　ま、アンタはあの御仁を苦手にしてるから、声も届かない隅《すみ》っこで小さくなっていたんだろうけどねェ」

「……ふん」と初めてニーヤが黙り込み、そして、たぶん初めて俺の姿をじろじろと見回してきた。

「そんなのは、カミュア＝ヨシュ得意の冗談《じょうだん》だったんだろうさ。こんな貧相な兄さんが城下町に招かれるだなんて……」

「おい」と、裂帛《れっぱく》の気合をはらんだ声がニーヤの言葉をさえぎった。

それが誰の声であったかなどとは、説明の必要があっただろうか。

「お前はジザ＝ルウの言葉を聞いていなかったのか？　私の家人を愚弄するならば、ファの家の家長として黙ってはおられんぞ？」

ニーヤはきょときょとと周囲を見回してから、最後に視線をアイ＝ファのもとで固定させた。

「あ、あれ？　今のは君の声だったのかな、愛《いと》しき人？」

「今すぐにその口を閉ざすか、あるいはこの場から消え失《う》せろ。それでお前の罪は不問にしてやる」

アイ＝ファの瞳《ひとみ》は爛々《らんらん》と燃えさかり、鼻のあたりに皺《しわ》が寄っていた。ガージェの豹や銀獅子《じし》も顔負けの山猫《やまねこ》フェイスである。

「な、何をそんなに怒《おこ》っているんだい？　家人？　家人って――」

と、ニーヤの目が驚愕《きょうがく》に見開かれる。

「それじゃあまさか、その若衆《わかしゅ》が君の伴侶《はんりょ》なのか⁉　いくら何でも、そんな馬鹿げたことは――！」

「そのようなことはどうでもいい！　今すぐその口を閉ざさぬと――」

アイ＝ファの怒声《どせい》に、ぺしんという間抜《まぬ》けな音色がかぶさった。ピノがいきなりのびあがり、ニーヤの顔面に正面から平手打ちをかましたのだ。まともに鼻っ柱を叩かれたニーヤは「ぎゃあ」とのけぞり、ピノは「ふん」と手の先を服でぬぐった。

「アンタみたいなぼんくらを放っておいたら、ほんとに刃傷沙汰《にんじょうざた》になっちまいそうだよォ。……ドガ」

寡黙《かもく》な大男は無言でニーヤの襟首《えりくび》をひっつかむと、その細っこい身体を軽々と肩の上に担《かつ》ぎあげてしまった。

「申し訳ありませんでしたねェ。言われた通り、アタシらは姿を消しましょォ。あっちでもう二、三発ひっぱたいておくんで、どうか勘弁《かんべん》してやってくださいなァ」

「馬鹿、やめろ！　楽器！　楽器が傷《いた》むだろ！」

わめくニーヤを担いだまま、ドガはのっしのっしと天幕に向かって歩いていく。事情を知らない街道の人々は、楽しそうにそれをはやしたてていた。

そうしてピノたちも姿を隠すと、ルド＝ルウが「何だかなー」と呆《あき》れたような声をあげた。

「あいつ、あんなんでよく今まで生きてこられたな？　マダマラの大蛇《だいじゃ》が口を開けてる前でキイキイ鳴いてるギーズの鼠《ねずみ》みたいだったぜ」

確かに、あそこまで余人の気持ちを察せない人間はちょっと珍しいかもしれない。何か人として大事なものが欠落してしまっているのではないだろうか。

「だけど、アイ＝ファもちょっと短気すぎんだろ。貧相の一言でそこまで怒ることはねーんじゃん？」

「……それではお前は、リミ＝ルウを同じように愚弄されて黙っていられるというのか、ルド＝ルウよ？」

「なんでリミを引き合いに出すんだよ。……んー、まあ確かに、そんときは黙ってられねーだろうけどよ」

すると、糸のように細い目で思案していたジザ＝ルウも発言した。

「あのピノという娘は、町の人間としては強い信義の心を持っているように見受けられる。しかし、その仲間の全員がそうであるとは限らないようだな。……ルドよ、それでもお前はまだあの者たちに近づこうというのか？」

「んー？　俺は別にどうでもいいんだけど、リミとか他《ほか》の連中が行きたがってるんだよ」

そう、リミ＝ルウたちは本日の夜、また《ギャムレイの一座》の天幕に出向く計画を立てているのである。まさか再び野盗に襲撃されることはあるまいと、ドンダ＝ルウも渋々《しぶしぶ》ながら許可を出したようだが、当然ジザ＝ルウとしては承服しかねる部分があるのだろう。

「……家長ドンダが気持ちを変えぬようなら、今日は俺も同行するぞ」

「あー、いいんじゃね？　あの黒猿ってのは、ちょっと見ものだよ。ジバ婆の親父たちなんかは、黒き森であれを狩《か》ってたってことなんだろうからなー」

ルド＝ルウがそのように応じると、ジザ＝ルウの背後からそのジバ婆さんが笑い声をあげた。

「婆は夜に町を出歩くことも、あやしげな天幕に近づくことも、ドンダに許されなかったけど……次代の家長であり族長であるジザには、黒猿の姿を見ておいてほしい気がするねえ……」

「そうか」と、ジザ＝ルウは静かに応じる。俺がこっそりその背後を覗《のぞ》き込むと、ジバ婆さんはいつもの感じで穏《おだ》やかに笑っていた。

「……それにしても、町には色々な人間がいるもんだ……なんとも面白《おもしろ》い話だねえ……」

「面白いで済む話ではなかったぞ」

アイ＝ファは不満顔でぼやいたが、ジバ婆さんは笑顔のままだ。

ともあれ、丸焼きの肉は残りわずかであり、俺《おれ》たちにとっての『中天の日』の昼の部は、早くも終わりが目前に差《さ》し迫っていた。

3

そして、夜である。

俺たちは、再び夜の宿場町で屋台の商売に取り組むことになった。

料理の数は、日替《ひが》わりメニューを三十食分、汁物《しるもの》とパスタを五十食分ずつ追加して、今のところはこれが上限いっぱいだ。

なおかつ、本日からは新しい試みにもチャレンジしていた。それは、下ごしらえに手間のかかる『ギバ・バーガー』と『ギバまん』を売りきったら、その後に同じ屋台で『ミャームー焼き』と『ポイタン巻き』を売る、という試みであった。

挽《ひ》き肉《にく》を使用する『ギバ・バーガー』と『ギバまん』は、どうしたって他の料理よりも下準備に手間がかかってしまう。よってこれまでは、どちらも百二十食分しか準備していなかった。それに対して、『ミャームー焼き』と『ポイタン巻き』は毎回百六十食分ずつを準備していた。価格に赤銅貨〇・五枚分の差があるので、それでちょうど売り上げ的には五分の計算になるのである。

が、俺たちは売り上げよりも利用客の数を重んじている。現段階では、一人でも多くの人間にギバ肉の美味《おい》しさを知ってもらう、ということが肝要《かんよう》であるのだ。それで本日はたまたま『ギバ・バーガー』と『ギバまん』を売りに出すスケジュールであったので、だったら準備に手間のかかるそれらはこれまで通りの量を用意し、その後で四十食分ずつ『ミャームー焼き』と『ポイタン巻き』を売りに出せば、来客数をキープしたまま売り上げをのばすことさえ可能になるではないか、という結論に落ち着いたのだった。

ということで、料理の数はトータルで千百五十食である。五台の屋台でそれだけの料理を売れば、他の店と比べて倍以上の来客数ということになる。もちろんそれは汁物料理だけで四百食分も準備している効果が絶大であったが、とにかく破格の数字であろう。『暁《あかつき》の日』と比べて一気に百六十食分も追加した計算になるが、あのときは予定よりもだいぶん早く店じまいをすることになったので、お客の勢いが極端《きょくたん》に落ち込まない限り、決して分の悪い勝負ではないはずであった。

卓《たく》と椅子《いす》のないスペースのほうにもようやく屋根を張ることができたし、食器も今度こそゆとりをもって取りそろえている。『暁の日』の反省を活《い》かして、俺たちは万全《ばんぜん》の体勢でこの夜の仕事に取り組むことができた。

護衛役は、ジバ婆さんもいないので元通りの十二名だ。が、本日も選《よ》りすぐりの精鋭たちである。ルウ本家の三兄弟の指揮のもと、屋台と食堂に六名ずつの狩人が配置され、俺たちのことを見守ってくれている。監査役のスフィフ＝ザザなども、その頃《ころ》にはついに食堂のほうを手伝ってくれるようになっていた。

「……本当にこれは、町の人間たちにとっての宴《うたげ》なのですね」

俺の仕事を手伝いながら、初めての夜勤となるフェイ＝ベイムがぽつりとつぶやいた。

確かに町の様相は、日を重ねるごとに祭らしさを増している。この夜などは、特にあちこちで笛や太鼓《たいこ》などが持ち出され、楽しげに踊《おど》る人々の姿を目にすることさえできた。若い娘が中心となって、街道の端《はし》で輪を作り、くるくると陽気に踊っているのである。それに、《ギャムレイの一座》ばかりでなく、旅芸人や吟遊詩人などが多く流れてきたのだろう。どこに行っても何かしら演奏の音色が耳につき、それがいっそう祭らしさを演出していた。

《ギャムレイの一座》の天幕も、本日は大入りの様子である。ついに天幕の外まで行列ができ始め、いっかな収まる様子もない。また、それらの人々からのおひねりを期待して、余所《よそ》の芸人たちまでもがこぞって道端で芸を始めているので、この露店《ろてん》区域の北端《ほくたん》も中央部に劣《おと》らぬ賑わいを見せているのだった。

「しかもこの宴は、十日以上も続くのでしょう？　まったく呆れたものですね」

「ええ。ですがやっぱり、祭の最高潮となるのは『滅落の日』の夜みたいですね。銀の月に入ったら、みんな脱力《だつりょく》してしまうそうです。だから、このように騒《さわ》ぐのはきっかり十日間ということになるのでしょう」

「それでも十分に長いと思います。今日でようやくその半分ということなのでしょうし」

何やら不満めいた口調に聞こえるが、俺はもうそれで心配になることもなかった。無愛想な仏頂面《ぶっちょうづら》も、見慣れてしまえばどうということもない。それで意外に気性は繊細《せんさい》なのだから、スフィラ＝ザザにも通じる好ましいギャップであろう。

そんな俺たちが売りに出しているのは、新メニューたる『ギバの揚《あ》げ焼き』であった。これはもう、『ギバ・カツ』の簡易版ともいうべきメニューである。つい一昨日にも『ギバ・カツ』を再販《さいはん》したばかりであるのだが、どうしてこれを毎日売らないのだという声があがるぐらいの好評であったため、苦肉の策としてこの料理を考案することになったのだった。

作製方法はシンプルで、薄《うす》切《ぎ》りにしたロースに塩とピコの葉で下味をつけて、キミュスの卵とフワノ粉をまぶし、たっぷりのレテン油で揚げ焼きにするばかりである。肉が薄《うす》いので熱を通すのに時間はかからないし、見た目も平たい代わりに面積が大きくなるので、なかなか豪快だ。『ギバ・カツ』と同じように半分はウスターソース、半分はシールの果汁《かじゅう》で召《め》し上《あ》がっていただき、つけあわせの生野菜サラダは干しキキの果汁を加えた特製ドレッシングとともに提供する。そして分量も、おもいきっての百八十食だ。四百食の『照り焼き肉のシチュー』や二百五十食の『カルボナーラ』には及《およ》ばないものの、こちらは赤銅貨二枚の高額商品である。既《き》存《そん》の料理に劣らずお客さんたちに喜んでもらえれば幸いであった。

そんな俺たちのかたわらでは、マイムとユーミも元気に商売に励《はげ》んでいる。初めて夜の部に参戦するマイムは、普段《ふだん》よりもたっぷり時間をかけて下準備をすることができたので、百五十食分もの料理を用意していた。

日を重ねるにつれて、マイムの屋台に押しかけるお客の勢いはぐんぐんと増していっている。正直に言って、すべてのギバ料理の屋台の中で、一番勢いが激しいぐらいだろう。何というか、まずマイムの屋台で料理を買い、それをかじりながら俺たちやユーミの店に並ぶ、というお客さんがずいぶん多く存在するように見受けられるのだ。

もちろんマイムの料理は手づかみで食べられるし、焼き物料理のように作製の時間もかからない。が、同じ条件の『ギバまん』や『ギバ・バーガー』に比べると、遥かにお客の利用率は上回っている様子である。やっぱりマイムの料理には、人をひきつける何かがあるのだ。

そうして下りの六の刻が近づき、街道の照明器具に明かりが灯《とも》される頃には、マイムが準備してきた三つの鍋《なべ》の内、二つまでもが空になってしまっていた。このまま客足が落ちなければ、あと三、四十分ていどで百五十食分も準備してきた料理も売り切れてしまうということだ。そのかたわらのユーミなどは、一番遅《おそ》くに店を開いたということもあって、まだ五十食ていどしか売れていない様子である。

「いいんだよ！　こっちはマイムやアスタたちが店じまいをしてからが第二回戦なんだから！　値の張る食材も使っていない貧乏《びんぼう》料理で、アスタたちにかなうとは思っちゃいないよ」

ユーミは笑いながら、そのように言っていた。

「アスタたちが帰った後だって、町はぞんぶんに賑わってるんだからね。宵《よい》っ張《ぱ》りには宵っ張りの商売ってもんがあるんだよ」

いかにも生粋《きっすい》の宿場町っ子らしいきっぷのよさで、頼《たの》もしい限りである。やっぱりユーミやマイムたちも、森辺の民《たみ》にとっては愛すべき戦友であり競争相手なのだなと痛感することができた。

「よお、ものすごい賑わいだな」

と——ついに太陽が西の果てに没《ぼっ》したあたりでそのように呼びかけられたので振り返《かえ》ると、ちょっと懐《なつ》かしい人物が笑顔で屋台の脇《わき》に立っていた。《守護人》のザッシュマである。

「ああ、おひさしぶりですね。ジェノスに戻《もど》られていたのですか」

「今日の夕刻に戻ったんだ。顔をあわせるのは、ひと月以上ぶりかな？」

ザッシュマは、ダバッグの奸臣《かんしん》たちをとっちめるためにジェノスを出立した調査団に同行し、それ以降は姿を見せていなかったのである。風の噂《うわさ》で別の土地へと旅立ったのだと聞いていたが、詳細は不明のままであった。

「俺はすぐに戻ろうと思っていたんだが、向こうで別の仕事が舞《ま》い込んでな。せっかくだから、復活祭を楽しむための銅貨を稼いできたんだよ。……しかしこいつは、とんでもない騒ぎだな」

「あはは。ザッシュマはこの野外食堂すら初のお目見えになるのでしたっけ」

「ああ、まったく呆れるばかりだよ。まさかジェノスで、ここまでギバ料理がもてはやされるとはなあ」

笑いながら、ザッシュマは頑丈《がんじょう》そうな下顎《したあご》をまさぐった。

「それじゃあ俺も約束通り、ギバ料理ってのを堪能《たんのう》させていただくか。これだけ品数があると迷っちまうが、いったいどいつを注文したもんかね？」

「そうですね。俺が作っているこの料理は、期間限定になるかもしれないのでおすすめです。あとはあっちの汁物料理と……この隣のパスタが物珍《ものめずら》しくていいかもしれません」

「ふうん？　ひとつの料理の量が少ないってことか？　普通《ふつう》は二品も注文すれば十分だが」

「ええ、ギバ肉の価格が上がってしまったので、一品ずつの量と価格を抑《おさ》えているんです。ザッシュマだったら、これでも足りないぐらいかもしれません」

「足りなかったら、別の料理を注文させてもらおう。……もちろんギバがカロンに負けないぐらい美味《うま》かったら、の話だけどな」

　ザッシュマと初めて顔をあわせたのは、たぶんもう半年も昔のことになる。そのザッシュマにようやくギバ料理を食べてもらえる日がやってきたのだ。それは何だか、とても感慨深《かんがいぶか》いことだった。

「あ、食堂のほうにはダン＝ルティムとガズラン＝ルティムもいるはずですよ。今日は親子で護衛役をつとめてくれているんです」

「そいつは楽しみだ。もっと果実酒を余分に買ってくるべきだったな」

　そうしてザッシュマが三種の料理を購入《こうにゅう》して姿を消すと、また物珍しいお客さんがやってきた。宿場町の、組立屋のご主人である。

「あれ？　ご主人が露店区域にやってくるなんて珍しいですね」

「ああ。普段は用事もないからな」

　トトスの荷車や食堂の座席、それに食器に関しても何かと便宜をはかってくれたご主人である。そんなに頻繁に顔をあわせる機会はないが、こちらもつきあいは五ヶ月《かげつ》ぐらいに及ぶ。なおかつ、出不精《でぶしょう》の彼が露店区域に姿を現したのは、これが初めてのことであるはずであった。

「俺だって、祭の間は足をのばすこともあるんだよ。またうちの若い連中が、たいそうお前さんたちの屋台をほめちぎっていたからなあ」

見た目は武骨だが気のいい親父《おやじ》さんなのである。その若い連中という人々も、親父さんの背後で果実酒の土瓶《どびん》を傾《かたむ》けている。

「しかし、ここまで賑わってるとは思っていなかったな。どの屋台よりも繁盛《はんじょう》しているみたいじゃないか」

「ええ、おかげさまで。復活祭を迎《むか》えてからは、ますます順調です」

「たっぷり稼いで、また俺たちにも仕事を回してくれよ。荷車でも卓でも椅子でも、何だって好きなだけこさえてやるからな」

森辺の民は現在、ジェノス城からの褒賞金《ほうしょうきん》をどのように扱うか検討中である。それで新たな荷車を購入することになれば、またお世話をかけることになるだろう。

「それじゃあ、どいつを注文したもんかな。……おい、お前らが騒いでいたのは、そっちのうねうねした妙《みょう》な料理か？」

「そうそう！　ちっとばかり食いにくいんだけど、そいつがまた美味いんだよ！」

「あと、あっちの汁物も抜群《ばつぐん》っすよ」

いつも親父さんには手土産《てみやげ》でギバ料理をお届けしているが、パスタやシチューは初のお目見えとなるはずである。若衆たちの言われるままに料理を購入して、親父さんもまた食堂のほうへと歩み去っていった。

「……アスタは本当に、町の人間ともわけへだてなく縁《えん》を結んでいるのですね」

「ええ、もちろんです。森辺の民とはずいぶん気性が異なるでしょうが、そんなに悪い人ばかりではないでしょう？」

俺の言葉に、フェイ＝ベイムはむっつりと黙り込んだ。不機嫌そうな表情はいつものことだが、どことはなしに普段と異なる気配を感じる。

彼女《かのじょ》が次に口を開いたのは、新しい料理を仕上げて、それを並んでいたお客さんたちに提供した後のことだった。

「……ベイムの人間は、ジェノスの民を快く思っていません」

「ええ、それは森辺の民の大半がそうであったでしょうね」

「違います。ベイムには、他の氏族以上にジェノスを憎《にく》む理由があるのです」

フェイ＝ベイムは、じゅわじゅわと焼きあがっていくギバ肉を見つめながら語り始めた。

「アスタは、数十年前にジェノスで処刑された森辺の民のことを聞《き》き及んでいますか？」

「はい。家人を町の無法者に害されて、その仇《あだ》を討《う》つために掟《おきて》と法を破ったという狩人のことですね」

『そうです。その狩人は、ベイムの眷族《けんぞく》の家長でありました」

街道は、変わらずに賑わっている。その賑わいに半ば消されてしまいそうなほど低い声で、フェイ＝ベイムはそのように言《い》い継《つ》いだ。

「家長が罪を犯《おか》してしまったため、その眷族は氏を失うことになりました。残された人間は、みなベイムの家人として生きていくことになったのです。……その内の一人、処刑された狩人の娘《むすめ》がわたしの母、現在の家長の嫁《よめ》となります」

「……そうだったのですか」

「はい。もちろん祖父は、族長らの言葉も聞かずに復讐《ふくしゅう》を果たしたのですから、処刑される他なかったのでしょう。わたしたちがジェノスを憎むのは筋違《すじちが》いだということもわかっています。……しかし、最初に法を犯したのは町の人間たちなのですから、ベイムが血族の不幸を無念に思うのは当然のことでしょう？」

「……ええ、そうですね」

俺は、焼きあがった肉を鉄網の上に引き上げる。料理の完成を待ちわびているお客さんたちは、フェイ＝ベイムの述懐《じゅつかい》も耳には入っておらず、楽しげに果実酒をあおっていた。

「別に今さら恨み言《ごと》が言いたかったわけではありません。ただ、わたしの父や母が理由もなく宿場町での商売に反対しているわけではないのだということを、アスタに知っていただきたかったのです」

「はい、話してくれてありがとうございます。ベイムにそのような事情があるなどとは、俺は思ってもみませんでした」

新しい肉に衣《ころも》をつけてそれを鉄鍋《てつなべ》に投じつつ、俺はそのように答えてみせた。

「不幸な事件があったということは聞き及んでいたのですが、その家人たちがどのような思いで過ごしているか、ということにまでは頭が回っていませんでした。たとえ数十年前の出来事であっても、当事者にとっては忘れられるほどの歳月《さいげつ》ではない、なんて……そんなのは、当たり前のことですよね。自分の浅はかさが恥《は》ずかしいです」

「…………」

「そんな思いを抱えながら、こうしてきちんと俺たちの行動を見極《みきわ》めようとしてくれているベイムの家に感謝します。……本当にありがとうございます」

「……別にわたしは、感謝をされたくて話をしたわけではありません」

フェイ＝ベイムはぶっきらぼうに言い、木皿に野菜を盛りつけた。俺も油の切れた肉にウスターソースとシールの果汁を塗《ぬ》り、それを木皿に移動させる。銅貨を支払《しはら》い、商品を受け取って、数名ばかりのお客さんが食堂のほうに歩いていき、また新たなお客さんたちが立ち並ぶ。

「フェイ＝ベイム、この屋台を貸し出してくれている宿屋のご主人は、十年前にスン家に害された方のご身内であるのです」

俺が言うと、フェイ＝ベイムはいぶかしそうに振り返った。

「そのご主人、ミラノ＝マスは、奥方《おくがた》とその兄を失うことになりました。でも、ザッツ＝スンたちが裁かれたことによって、森辺の民に対する憎しみを捨ててくれたんです。……いや、その真情はわかりませんが、憎しみを捨てるべきだと思い、こうして森辺の民と縁を繋《つな》いでくれているのです」

「……はい」

「ミラノ＝マスたちやベイム家のように、実際に苦しい思いをしてきた人たちが自分の無念を抑えることで、森辺とジェノスはこうして新たな絆《きずな》を結ぶことができているんでしょう。まだこの先はどうなるかわかりませんが、それだけは決して忘れずに、俺は正しいと思える道を選んでいきたいと思います」

フェイ＝ベイムは、やっぱり「はい」としか答えなかった。

だけど、その瞳に迷いや逡巡《しゅんじゅん》の光は見られない。ベイム家は、まだミラノ＝マスほど無念の思いを捨て去ったわけではないのだろう。それでも、憎しみにとらわれたままジェノスを拒絶《きょぜつ》し続けるべきか――あるいは、ファとルウの言葉に従って、ジェノスと新しい絆を結び、豊かな生活を手に入れるべきか、それを見極めようとしてくれているのだ。

森辺の民はスン家の罪を贖《あがな》うために、全員が正しく生きていくことを誓《ちか》った。その誓いに偽《いつわ》りがないか、今、ジェノスの人々に審問《しんもん》されているさなかである。それと同時に、ジェノスの人々だって、森辺の民に審問されているさなかなのだろう。この行いに懐疑《かいぎ》的《てき》なベイム家やザザ家、それにジザ＝ルウばかりでなく、ドンダ＝ルウだってアイ＝ファだって、ジェノスに友たる資格はあるか、それを見極めようと神経を研《と》ぎ澄《す》ましつつ、宿場町での商売を敢行しているはずであるのだ。

否応《いやおう》なく、俺は昨晩のジバ婆《ばあ》さんやミシル婆さんとのやりとりを思い出していた。やはり、過去というのは切り捨てていいものではない。苦しい過去をしっかりと踏《ふ》まえながら進んでいかなくては意味がないのだ。宴に酔《よ》いしれる人々の姿を前にしながら、俺は一人そのような思いを新たにすることになった。

そうして着々と時間は過ぎていき、料理も順調に減じていった。

まずは予想通り、営業開始から一時間半ていどでマイムが料理を売り切り、バルシャに護衛されつつトゥランへと帰っていった。それから遅《おく》れること、四、五十分。『ギバ・バーガー』と『ギバまん』が無事に完売の運びとなり、鉄鍋と蒸《む》し籠《かご》は鉄板に差し替《か》えられ、『ミャームー焼き』と『ポイタン巻き』の販売《はんばい》が開始される。

その後に料理を売り切ったのは、ありがたいことに『ギバの揚げ焼き』であった。そこそこ手間のかかる料理であるとはいえ、それでも『カルボナーラ』ほどではない。分量だって『カルボナーラ』よりは少なかったのだから、同じぐらいの人気であればこれが当然の結果であったのだろう。

俺とフェイ＝ベイムは青空食堂の給仕《きゅうじ》と皿洗いを手伝い、そうこうする内に今度は『ミャームー焼き』が売り切れた。最古参のメニューでありながら、やはり『ギバ・バーガー』と『ミャームー焼き』は変わらぬ人気を博しているようである。

そうすると四名も人手が浮《う》くので、食堂の仕事はずいぶんゆとりが生まれることになった。それはそれで喜ばしいことであるが、いささか偏《かたよ》りが生じることは否《いな》めない。特に、残された三つの屋台では『カルボナーラ』担当のトゥール＝ディンが一番の苦労を負っていたので、俺としても忸怩《じくじ》たる思いであった。

（一番の売り上げを叩《たた》き出《だ》しているのは汁物料理だけど、あっちは器によそって、あとは追加分を温めなおすだけだもんな。常にパスタを茹《ゆ》であげて、茹であがったそばから調理しなきゃならないトゥール＝ディンは気が休まる時間もないはずだ）

現在のローテーションを守るとなると、次の祝日でもトゥール＝ディンは『ギバ・カレー』でなく『カルボナーラ』を受け持つことになる。そのときは、俺が日替わりメニューを売り切った後、自分の屋台でも『カルボナーラ』を調理できるように段取りを整えれば、トゥール＝ディンの負担を軽くすることができよう。

（いや、いっそのこと、その日は日替わりメニューをカレーにしてしまおうかな。幸いカレーも好評みたいだから、不満の声があがることもないだろうし……それだったら、ヤミル＝レイのほうが先に『ギバまん』を売り切っても、カレーのほうを彼女にまかせて、俺がパスタに移行することができる）

そのような戦略を練りたおすのも、俺にとっては楽しい仕事であった。

じきに『ポイタン巻き』も完売の運びとなり、次いで、『照り焼き肉のシチュー』も底をつく。最後に残ったのはやはり『カルボナーラ』となってしまったが、それも営業時間が三時間を突《とっ》破《ぱ》する頃には、無事に売り切ることができた。

「本当にすべて売り切ってしまいましたね。明日からはどうしましょう？」

積まれた木皿を洗いながら、レイナ＝ルウが問うてくる。料理は尽きてもまだ食堂で食べているお客さんがどっさり居残っているので、この間に後片付けを進める算段である。

「そうだねえ。おもいきって今日と同じ量を準備してもいいけど、でも、昨日の昼以上に客足はのびるのかな？　下準備のこともあるから、昼の仕事では営業時間も延長できないしね」

「そうですね。では、汁物だけでも同じ量を準備しましょうか？　余れば、それは晩餐《ばんさん》で食べることにします」

「うん、それはおまかせするよ。それじゃあこっちは、余っても使い回せるような焼き物の献立《こんだて》にしようかな」

　料理の準備はレイナ＝ルウとシーラ＝ルウ、銅貨の管理はツヴァイが受け持ち、ルウ家のほうも立派に屋台の経営をこなしている。復活祭の期間はかなり手探《てさぐ》りの部分が多いので、その対応力は賞賛に値するだろう。

「それで三日後は、いよいよ城下町ですか。ヴァルカスにまみえるのはひさびさなので、とても楽しみです」

「そうだねえ。彼と一緒に仕事をしたのはダバッグに出向く前のことだったから……ざっと五十日ぶりぐらいになるんだね」

　そしてその場には、もっとひさびさのティマロも登場する。レイナ＝ルウたちは無関心であったが、城下町の作法をだいぶん知ることができた現在ならば、また違《ちが》った側面から彼の料理を分析《ぶんせき》できるのではないかと俺は期待していた。

　さらにもう一点、俺は頭の片隅《かたすみ》に追いやられていた疑問も思い出す。

「そういえば、めっきりロイも姿を見せなくなってしまったね。彼はどこで何をやっているんだろう」

「さあ」と、レイナ＝ルウは眉《まゆ》をひそめる。

「あの者ももともと城下町の人間なのですから、姿を見せずとも不思議はないでしょう」

しかし彼は、レイナ＝ルウらのこしらえた『ギバのモツ鍋』に衝撃《しょうげき》を受け、それからぱったりと姿を消してしまったのである。最後はちょっとレイナ＝ルウと口論になるような形になってしまったし、俺としては気になるところであった。

「……あの者と話していると、わたしは妙に胸が騒いで自分の狭量《きょうりょう》さを思い知らされてしまうので、姿を見せないのならそれに越《こ》したことはない、と思えてしまいます」

「うん、そっか」

このような時期にレイナ＝ルウが精神的負荷《ふか》を負うのは望ましくないことだ。この復活祭が無事に終わってから、ヤンのツテを頼ってロイの現状を突《つ》き止《と》めてもらおうかなあと、俺は内心で疑念を処理することにした。

「アスタ、レイナ、こっちはみぃんな片付いたわよぉ……あとはお客が帰るのを待って、残りの皿を洗うだけだから、そっちの用事を片付けてきちゃえばぁ……？」

と、屋台の後片付けを担当していたヴィナ＝ルウがそのように言ってくれた。俺たちは、これから《ギャムレイの一座》の天幕に出向く予定なのである。

「ありがとうございます。でも、ヴィナ＝ルウは本当にご一緒しなくていいんですか？」

「うん、これ以上そっちに向かう人数が増えたら、ジザ兄が大変そうだし……わたしは大人しく留守番をしてるわよぉ……」

確かにまあ、今日も五名のかまど番およびターラが参戦する予定であるので、前回とあまり変わらぬ大人数である。リミ＝ルウも当番ではなかったのに、前回のララ＝ルウと同じ手段で仕事のメンバーに潜《もぐ》り込んでいたのだ。

「それじゃあ、お言葉に甘《あま》えて出発させていただきます。もう森辺の民にとっては、いつもの就寝《しゅうしん》の時間を過ぎていますしね」

「本当よぉ……あなたたちは、元気よねぇ……」

そうして色っぽく「あふぅ……」とあくびをするヴィナ＝ルウに見送られつつ、俺たちはジザ＝ルウのもとに馳《は》せ参《さん》じた。本日の護衛役を選定していただくためである。

「あちらに出向くのは、アスタ、レイナ、リミ、それにアマ・ミン＝ルティムとスドラの女衆、野菜売りの娘、合計で六名か」

ジザ＝ルウは、考え深げに頬《ほお》を撫《な》でる。

「それでは護衛役は、俺とルドとアイ＝ファと……ガズラン＝ルティムにダン＝ルティム、それにもう一名は──」

「ああ、ジザ＝ルウよ、よかったらまた俺にその仕事を任せてはもらえぬか？」

そのように言いだしたのは、ギラン＝リリンであった。糸のように細い目でそちらを見返し、

「うむ」とジザ＝ルウは首肯《しゅこう》する。

「貴方《あなた》の力量ならば、何も心配はない。では、こちらの護衛は任せたぞ、ダルム」

「ああ、了解《りょうかい》した」

「今日も男衆と女衆が一名ずつで組となる。レイナに俺がつけば、残りは前回と同じ顔ぶれになるはずだな」

確かに、ララ＝ルウとシン＝ルウのペアが不在で、シーラ＝ルウがレイナ＝ルウと入《い》れ替わった格好なのだから、それで平仄《ひょうそく》は合うはずだ。

「野盗に襲撃《しゅうげき》される恐《おそ》れはなくとも、決して油断はすまい。それでは、出発だ」

そうしてその日の締《し》めくくりとして、俺たちは再び夜の天幕へと出向くことになった。

4

《ギャムレイの一座》の天幕は、本当に賑《にぎ》わっていた。天幕の外にまで二十名ぐらいの行列ができてしまっているし、入口脇の占《うらな》い小屋にも十名ぐらいの人々が立ち並んでいる。客層はやはり若者が主であるようだが、家族連れやご老人が皆無《かいむ》なわけでもない。ただし、占い小屋のほうは若い娘さんが過半数で、そこにぽつぽつと商人風の男性がまじっている感じであった。

「ヒューイに会うの、楽しみだなー。また明るい内にも見に来たいなー」

ターラと手をつないだリミ＝ルウが、にこにこと笑いながらそのように言っている。ざっと見る限り、この余興にもっとも心を弾《はず》ませているのはその年少組二名と、ダン＝ルティムおよびギラン＝リリンであるように感じられた。

ただし、お行儀《ぎょうぎ》よくふるまっているアマ・ミン＝ルティムやユン＝スドラも、再度の来訪を望んだぐらいなのだから内心では楽しみにしているのだろう。——などと俺が考えている間にも、ぞくぞくと行列は長くなっていく。気づけば、俺たちの背後には早くも十五名ばかりの人々が押《お》しかけてしまっていた。

これじゃあずいぶん帰りが遅くなってしまうのではないだろうか、と俺が心配になったところで、いきなり前方に並んでいた十名ばかりの人々がぞろぞろと天幕の中に消えていく。

「ああ、ひょっとしたら、一度に入れる人数を制限しているのかな」

俺がつぶやくと、アイ＝ファが「うむ？」と振《ふ》り返ってきた。

「いや、芸をしているところに次から次へとお客さんが詰《つ》めかけたら、ちょっと興ざめになる部分もあるじゃないか。だから、十名ぐらいを通したら少し時間を取って、それからまた新しい十名を、という風に時間を区切って入場させているのかなと思ったんだ」

「……よくわからんが、思ったよりは待たされずに済みそうだな」

アイ＝ファの言葉通り、それから二分と経《た》たずして、俺たちは暗い天幕の中に足を踏み入れることができた。天幕内の通路も、二十名ぐらいは並べる長さがある。それからまたほどなくして前方の十名が垂れ幕の向こうに姿を消すと、ついに俺たちの順番が来た。

「ああ、今宵《こよい》もいらしてくださったんですねェ。歓迎《かんげい》いたしますよォ、森辺の皆サンがた」

本日受付に立っていたのは、曲芸師のピノである。

「パプルアの花をお持ちですねェ？　それじゃあ、お代は不要ですよォ」

「ありがとうございます。……あの、今日はおひとりなんですね？」

「ええ、ぼんくら吟遊《ぎんゆう》詩人がどっかに雲隠《くもがく》れしちまってねェ。アタシがさんざんいたぶってやったから、どこぞでべそでもかいてるんでしょうよォ。おかげでアタシは、休むひまもなく立ちんぼでさァ」

俺から受け取った赤い花の塊《かたまり》を草籠に投げ入れつつ、しばし雑談で時間調整をしてから、ピノが垂れ幕をまくりあげる。

「それでは、どうぞごゆっくりィ。ひとときの夢をお楽しみくださいませェ」

勝手知ったる天幕である。ジザ＝ルウとレイナ＝ルウを除けば夜に来訪するのも二度目となるので、俺たちは迷いなく歩を進めることができた。

とはいえ、夜の雑木林が封《ふう》じ込められた奇怪《きかい》な空間である。狩人ならぬ身では足もともおぼつかないし、何かしらの感覚は狂《くる》わされてしまう。まさしく、半覚醒で夢の中をさまよっているような心地《ここち》だ。

まずは最初の道の突き当《あ》たりで、銀獅子とガージェの豹《ひょう》の姿を満喫《まんきつ》する。リミ＝ルウとターラは大喜びで、初参戦のレイナ＝ルウも「まあ」と驚《おどろ》きの声をあげていた。

「……これで本当に危険はないのだろうか？」

ジザ＝ルウの問いかけに「はい」と応じたのは、ガズラン＝ルティムであった。

「あの獣《けもの》たちの瞳をご覧ください。警戒《けいかい》はしていますが、害意はまったく感じられぬでしょう？　それでいて、主人の命《めい》があれば野盗を傷つけずに捕《と》らえることも可能なようです」

「……ギバをこのように手懐《てなず》けることができるとは、とうてい思えんな」

リミ＝ルウたちが満足するまでヒューイとサラの美しくも雄々《おお》しい姿を満喫し、俺たちは道を折り返した。次に待ち受けるは、壺男《つぼ》ディロの間である。先陣《せんじん》を切って垂れ幕の向こうに踏み込んだリミ＝ルウが、「わ」と声をあげるのが聞こえてきた。

本日も、部屋の中心に壺が置かれている。そして、その脇にもっと奇妙《きみょう》なものも置かれていた。壺と同じぐらいの大きさをした、黒くて丸いぼろきれのような物体である。

十二名の全員が部屋の中に収まると、たちまちその黒い物体が踊るように動き始めた。ぴょんぴょんと壺の回りを飛びはねたかと思うと、ごろごろ転がって部屋の中を行き来する。手も足もない黒い塊がわずかに表面を蠢動《しゅんどう》させながら、これでもかとばかりに大暴れしているのである。その正体を予想するのは容易《たやす》かったが、奇怪なことに変わりはなかった。

そうして三十秒ばかりも大暴れしたのち、いきなり黒い塊がにゅうっと縦方向にのびあがる。側面からは二本の腕《うで》がしゅるしゅると生えのびて、最後にぬるんと顔が飛び出す。瞬《また》く間《ま》に、黒いボールは長衣を纏《まと》った長身痩躯《そうく》の人間へと変じてしまった。

「……《ギャムレイの一座》にようこそおいでくださいました……わたしは夜の案内人、ディロと申します……」

「やっぱりお前さんだったか！　本当にお前さんは、奇《き》っ怪《かい》な真似《まね》ができるのだな！」

「……ここから道はふたつに分かれております……右の扉《とびら》は騎士《きし》の間、左の扉は双子《ふたご》の間……お客人は、どちらの運命をお選びになりましょう……？」

ダン＝ルティムの声など聞こえておらぬかのように、壺男ディロは陰気《いんき》な声で囁《ささや》いた。

「前回は、騎士とやらの愉《ゆ》快《かい》な芸を見せてもらったな！　それでは今日はもう片方の芸を拝見したいが、どうであろう？」

誰《だれ》にも異論はなかったので、俺たちは左の垂れ幕をくぐることになった。前回はもっと太くて開けた道であったが、今回は内幕にはさまれた細い道だ。その向こうから、騎士王ロロの奇怪な雄《お》叫《たけ》びが聞こえてくる。

突き当たりには、また同じような垂れ幕があった。それをダン＝ルティムが引き開けると同時に、妙《たえ》なる音色が薄闇《うすやみ》に響《ひび》きわたる。待ち受けていたのは、笛《ふ》吹きのナチャラであった。

少し浅黒い肌《はだ》をした、妖艶《ようえん》なる美女である。褐色《かっしょく》の髪《かみ》を高々と結《ゆ》いあげて、こまかい紋様《もんよう》が刺繍《ししゅう》された長衣を纏ったそのナチャラが、部屋の奥《おく》で横座《よこずわ》りになり、横笛を吹いている。何か、脳の奥にまで忍《しの》び込んでくるような――ピノの不思議な声音《こわね》を彷彿《ほうふつ》とさせる、あやしげな音色であった。

その音色に呼ばれるようにして、左右の垂れ幕からそれぞれ双子たちが進み出てくる。天使のように可愛《かわい》らしい少年と少女、アルンとアミンである。

アルンとアミンは、玉虫色に輝《かがや》く美しい薄物《うすもの》を羽織っていた。森辺の女衆が宴で身につけるものと同一の素材だろう。袖《そで》が太くて、裾《すそ》は足もとまでふわりと広がっている。それがカンテラの光を受けて、幻想的《げんそうてき》なきらめきを闇《やみ》に散らしていた。

そのまま二人は、左右対称《たいしょう》の動きで踊り続ける。まるで鏡合わせのように正確な動きである。その幼くも端整《たんせい》な面《おもて》はどちらも無表情で、まるで人形が魂《たましい》を授《さず》かったかのようだ。不思議な横笛の旋律《せんりつ》と相まって、何とも幽玄《ゆうげん》なるその姿に、俺はいっそうの非現実感にとらわれることになった。

それからどれほどの時間が経ったのか、横笛の音色がいくぶん潜《ひそ》められていくと、双子たちは部屋の中央でぴったりと身を寄せ合った。

その片方が懐《ふところ》から黒い布を引っ張り出し、それをもう片方の目もとに巻いていく。目《め》隠《かく》しをされたほうはそのまま俺たちに背を向けて地面にうずくまり、もう片方だけが音もなく俺たちのほうに近づいてきた。

「《ギャムレイの一座》にようこそおいでくださいました……どうぞわたしの身にお触《ふ》れください……」

「うむ？　身に触れよとはどういう意味だ？」

「……それがわたしどもの芸となります……」

これはたぶん、俺が男の子と踏んでいるアルンのほうだ。アルンは表情の欠落した面のまま俺たちの前に立ち、玉虫色の光に包まれた腕を左右にのばしていた。

一番近くにいたダン＝ルティムが首を傾《かし》げながら、少年の小さな頭にぽんと手を置く。その瞬間《しゅんかん》、目隠しをして地面にうずくまったアミンのほうが「頭でございます……」とつぶやいた。

ダン＝ルティムは眉をひそめ、今度はアルンの右手の先をつつく。

「右手でございます……」

「何と！　これは、いかなる術なのだ⁉」

もちろん、答えられる者はいなかった。

期待に瞳《ひとみ》を輝かせながら、リミ＝ルウがアルンの足もとの裾をつまむ。しかし、アミンは何も語ろうとしなかった。

「申し訳ありません……肌に触れねば、感ずることはできないのです……」

アルンの言葉に、今度は左足をちょんとつつくと、たちまち「左足です……」の声が響く。

「ふむ。これはまた不思議な芸だな」

相方のユン＝スドラとともにギラン＝リリンが進み出て、アルンの右耳をきゅっとつまむ。

「右耳でございます……」

さらにターラが左手に触れ、ルド＝ルウが下顎をつまんでも、アミンが答えを外すことはなかった。

やはりみんなもアルンを男子とみなしているのだろうか。男衆と幼子以外は、アルンの身に触れようとはしない。十歳《さいこ》を超えた異性の身にみだりに触れてはならないというのが、森辺の習わしであったのだ。

「わたしとアミンは、もとは一人の人間でありました……それゆえに、離《はな》れていてもおたがいの肉体を我《わ》が身《み》と同じように感ずることができるのです……」

「それは面妖《めんよう》な話を聞くものだ」

と、ジザ＝ルウがレイナ＝ルウをともなって進み出た。

その逞《たくま》しい指先が、いきなりアルンの左肩《ひだりかた》をわしづかみにすると、アミンは「痛ッ」と叫《さけ》び

――それから、「左肩でございます……」とつぶやいた。

「……なるほど、面妖だ」

アルンは深々とお辞儀《じぎ》をすると、こちらを向いたままアミンのもとへと後ずさっていった。その白い指先に目隠しを外されて、アミンもこちらに向きなおる。そうして双子がまた同時に頭《こうべ》を垂れると、静かに空気を震《ふる》わせていた笛の音がフェードアウトしていった。

「これにて、双子の芸は終了《しゅうりょう》と相成ります。お気《き》に召しませば、ご慈愛《じあい》を賜《たまわ》りたく思います」

ナチャラが優美な声でそのように述べてから、ひょるりともう一度笛を鳴らす。すると、それに応じて今度は灰色の幼獣がちょこちょこと垂れ幕の向こうから姿を現した。

「わー、ドルイだあ！　こんなところにいたんだね！」

ターラとリミ＝ルウが率先《そっせん》して、ドルイのくわえた草籠に割り銭《せん》を放《ほう》り込む。女衆らはドルイを抱《だ》かせてはくれないかとナチャラに懇願《こんがん》したが、妖艶なる美女は耳もとに手をやってから申し訳なさそうに微笑《ほほえ》んだ。

「あいすみません。次のお客人が近づいてきているようです。このまま奥の間へとお進みくださいませ……」

よほど聴覚《ちょうかく》が優《すぐ》れているのか、それとも小男のザンあたりが何か合図でも送ったのか、とにかく俺《おれ》たちは早々にその場を立ち去ることになった。

垂れ幕の向こう側は、また内幕にはさまれた通路だ。しかし今度は真《ま》っ直《す》ぐでなく、うねうねと曲がりながら張《は》り巡《めぐ》らされている。

「よし、お次はいよいよ、あの片腕《かたうで》の男だな！　あやつはどのような芸を見せてくれるのであろうな！」

年少組およびルド＝ルウと先頭を歩くダン＝ルティムが、また陽気な声をあげている。その後を追従していると、後方から「まあ！」という女衆の非難がましい声が聞こえてきた。

「どうしたんですか？　アマ・ミン＝ルティムがそのような声をあげるのは珍《めずら》しいですね」

「ああ、申し訳ありません、アスタ……でも、ガズランがひどいんです」

と、アマ・ミン＝ルティムはきろりと伴侶《はんりょ》の顔をにらみつけてから、俺のほうに顔を寄せてくる。ますます彼女らしからぬ挙動である。そうしてアマ・ミン＝ルティムは、俺にだけ聞こえるように潜めた声で囁きかけてきた。

「さきほどの芸は、何か合図が決まっていて、それを後ろの女衆が笛の音で伝えていたのではないかと……ガズランは、そのように言いたてているのです」

「ああ、それはありうるかもしれませんね。……でも、いったい何がひどいのですか？」

「だって、そのようなことを聞かされたら、せっかくの驚きが失われてしまうではないですか？せめて気づくのなら、自分の力で気づきたかったです」

憤懣《ふんまん》やるかたないといった口調と表情である。たぶん冷静さを失って、自分がガズラン＝ルティムと同じ仕打ちを俺にしていることにも気づいていないのだろう。そのかたわらにあるガズラン＝ルティムの姿を仰《あお》ぎ見《み》ると、彼《かれ》は困り果てた顔で笑っていた。

「不調法《ぶちようほう》で申し訳なかった。そんなに怒《おこ》らないでくれ、アマ・ミン」

「知りません」と、アマ・ミン＝ルティムはショートヘアを揺《ゆ》らしてそっぽを向いてしまう。が、おしどり夫婦《ふうふ》の彼らであるので、そんな姿も微笑ましかった。

（それに、本当のところはわからないよな。ジザ＝ルウがアルンの肩《かた》をつかんだ瞬間に、アミンは痛そうな声をあげていたし……ナチャラとアミンの両方が森辺の狩人なみの反射神経でも持っていないと、そんなトリックは通用しなそうだ）

よって俺は、べつだん興をそがれることもなかった。ギャムレイの炎術《えんじゅつ》と同じように、トリックだとしても驚嘆《きょうたん》に値する芸であろう。

そうしてうねうねと続く道を踏破《とうは》して次なる垂れ幕を引き開けると、数日前と同じように頭上から不気味な声音が降ってきた。

「ヨウコソ……ぎゃむれいノイチザニ……ワタシハぜったデス……」

聞き取りづらい、くぐもった声。人獣ゼッタの声である。

「ザチョウぎゃむれいノモトニ、ゴアンナイイタシマス……ドウゾコチラニ……」

がさがさと茂《しげ》みが鳴り、黒い影《かげ》が頭上の梢《こずえ》を移動する。時折きらりと瞬《まばた》くのは、獣じみた黄金色《こがねいろ》の眼光だ。

「なるほど。確かに獣のごとき姿と気配だ。モルガの野人とて、もういくばくかは人間がましい姿をしていることだろう」

誰にともなく、ジザ＝ルウがそのようにつぶやいている。前回にも、誰かが同じような述懐をこぼしていたはずだ。

ともあれ、今宵は無法者に襲撃されることなく、俺たちは道を進むことができた。五、六メートルも歩かされたところで、再びゼッタの声が降ってくる。

「ソコニヒミツノイリグチガゴザイマス……アシモトニオキヲツケクダサイ……」

道はまだ中ほどだ。が、よく見ると左手の方向に垂れ幕らしき切れ目がうかがえる。きっと前回は、逆側の入口からこの道を辿っていたのだろう。俺たちが野盗に襲《おそ》われたとき、ギャムレイが現れたのがこの垂れ幕であったのだ。

ダン＝ルティムが恐れげもなくその垂れ幕を引き開けると、そこは天然の広間であった。あの、騎士王ロロや怪力《かいりき》男ドガが取っ組み合っていた場所と似たような造りで、正面の他《ほか》には天幕の布地も見えず、左右の空間は闇に溶《と》けている。ここはこれまで通ってきた道や部屋よりもカンテラの数が少なく、いっそう闇が濃密《のうみつ》であった。

その正面の垂れ幕から、ぬうっと赤い人影《ひとかげ》が出現する。

「ようこそ、《ギャムレイの一座》に！　ここが今宵の最後の幕となります！」

俺たちの姿を見分けたのかそうでないのか、ギャムレイは飄然《ひょうぜん》と広間の中央に進み出てきた。

ギャムレイとは、これで三度目の対面だ。赤い布を頭に巻きつけ、赤い長衣を颯爽《さっそう》となびかせた、海賊《かいぞく》のごとき姿である。隻眼《せきがん》に隻腕《せきわん》という特徴《とくちょう》も、ちょっと海賊めいて見えてしまう。

「まったく危険はございませんので、ごゆるりとお楽しみください。……まずは宙に火の花を咲《さ》かせましょう」

そうして披露《ひろう》されたギャムレイの炎術は、実に見事の一言に尽《つ》きた。

闇の中に、赤や青や緑の花が咲く。炎が地面を走《はし》り抜《ぬ》け、行き着いた先でポンと鮮《あざ》やかな火花を撒《ま》き散《ち》らす。あの、野盗どもを蹂躙《じゅうりん》した炎術が、今宵はれっきとした火の芸として俺たちの前に明かされたのである。

ギャムレイが右腕《みぎうで》を頭上に差しのべると、そこから生まれでた三色の炎が蝶《ちょう》の形となって天井《てんじょう》近くまで羽ばたいていく。ギャムレイが虚空《こくう》に指先を走らせると、そこに炎の残像が残り、奇怪な図形や文字らしきものを浮かばせては消える。本当にこれは、火薬や油を使ったトリックなのだろうか。そもそも俺は、この世界で火薬というものにお目にかかったことがない。仮に火薬が存在するのだとしても、それほど世間には流通していないはずだ。そんなものを見世物にするために調合し、これほど巧《たく》みに使いこなすまで修練を積む、などというのは、何だかひどく現実離《ばな》れしていることのように思えてならなかった。

(だからこその、芸なのかな)

双子たちの芸だって、壺男ディロの芸だって、然《しか》るべきトリックで何とかなりそうな気配を漂《ただよ》わせつつ、実際のところはどうなのかわからない。本当に、アルンとアミンは魔法《まほう》で分裂《ぶんれつ》させられた子供たちなのかもしれない。ディロも関節を外しているのではなく、魔法で身体を縮めているのかもしれない。ゼッタはこの世ならぬ人獣であり、ピノは年を取らない不老不死の存在であり――と、そういう夢とうつつの狭間《はざま》に、彼らは生きているのではないだろうか。

さっきのガズラン＝ルティムはちょっと気の毒であったが、その内情を暴《あば》いてしまうのは、やっぱり野暮《やぼ》なことなのだ。不思議なことは不思議なこととして楽しめばいい。俺の故郷ではもう科学文明や物理法則といったものどもが蔓延《まんえん》しすぎて、そのような夢や不思議を楽しむ余地もほとんどなくなってしまっていたが、それではやっぱり味気ないではないか。

「それでは、最後の芸となります」

ギャムレイが、眼帯をむしり取った。

その左の眼窩《がんか》に埋《う》め込まれた真紅《しんく》の石が、炎そのもののようにぎらりと輝く。

「火神ヴァイラスよ、汝《なんじ》の忠実なる子にひとしずくの祝福を！」

野盗どもを殲滅《せんめつ》したときと同じ文言を唱え、ギャムレイは赤い長衣をひるがえした。その動きにともなって、赤と青と緑の炎が、すさまじい勢いで虚空に渦《うず》を巻く。まるで三色の竜《りゅう》がもつれあうように、炎は宙を走り抜け、大気を焦《こ》がし、世界を鮮やかに彩《いろど》った。

最後に、パアンッと激烈《げきれつ》な爆音《ばくおん》を響かせて、炎の竜は弾け散る。火の粉が雪のように地面に落ち、その最後の一粒《つぶ》が消え去ったところで、俺たちは手を打ち鳴らしていた。

ジザ＝ルウやアイ＝ファなどは口もとに手をやったり眉をひそめたりして不動であるが、それ以外は狩人たちも拍手《はくしゅ》をし、ダン＝ルティムやギラン＝リリンなどは喝采《かっさい》まであげていた。

それに値《あたい》するほどの、ギャムレイの芸であった。

「今宵は斯様《かよう》な場所までお越しいただき、恐悦至極《きょうえつしごく》。うつつへと戻《もど》る道はあちらになります」

ギャムレイは膝《ひざ》を折り、気取った仕草で右側の闇を指し示した。これだけの芸を見せて、彼は銅貨を徴収《ちょうしゅう》しないらしい。俺たちは目の奥に炎の残像を残しつつ、いっそう暗く感じられる雑木林の道へと踏み入った。

道はやはり荒縄《あらなわ》でルートを作られており、一回直角に曲がると、行く手に革《かわ》の幕が見えてきた。それは内幕ではなく、外界への出入口であった。

足を一歩踏み出すなり、往来の熱気とざわめきが五体に襲いかかってくる。革の幕を一枚隔《へだ》てたこちらとあちらで、やはり世界は別物のように感じられてしまった。

「いやあ、興味深い見世物であった！　もっと銅貨を支払うべきなのではないかと思わされるほどであったな！」

ガハハと笑うダン＝ルティムのかたわらで、ジザ＝ルウが「はて」と首をひねった。

「しかしけっきょく、黒猿《くろざる》という獣は最後まで姿を現さなかったな。俺は最長老ジバからその姿を見ておくようにと言われていたのだが……」

「おお、そうだったのか!?　それは済まぬことをした！　かの黒猿めは、俺たちの選ばなかった道のほうで芸をしているのだ！」

ダン＝ルティムの声を受けて、リミ＝ルウがジザ＝ルウの手をくいくい引っ張る。

「それじゃあ今度は、昼にも見に来ようよ！　黒猿もいるし、ヒューイやサラの芸も見られるから！」

ジザ＝ルウは小さく息をつきつつ、リミ＝ルウの小さな頭にぽんと手をのせる。これだけ長いつきあいでありながら、俺はジザ＝ルウとリミ＝ルウの交流というものを数えるぐらいしか見たことがなかったのだが、それは年齢《ねんれい》の離れた妹を慈《いつく》しんでいることが十分に感じられる仕草であった。

「それでは森辺に帰るとするか！　いや、実に愉快な夜だった！」

陽気な声をあげるダン＝ルティムを先頭に、俺たちは同胞《どうほう》の待つ青空食堂のほうに足を向けた。俺はまだ現実世界への揺り戻しで頭がクラクラしていたが、帰って休まねば身がもたない。この放埒《ほうらつ》なる感覚に身をゆだねて酒のひとつでもあおってみたら、さぞかし楽しい気分なのだろうなと、そんな感慨《かんがい》を抱かされることになった。

「うむ？　何だ、お前さんは？」

先頭を歩いていたダン＝ルティムが声をあげると、俺のかたわらでアイ＝ファが身じろぎをした。一人の若者が石の街道《かいどう》に片膝《かたひざ》をつき、俺たちの行方《ゆくえ》をさえぎっていたのだ。

「ちょいとお待ちを、森辺の皆様《みなさま》がた！　――この夜は、俺の歌でしめくくらせてはいただけませんか？」

吟遊詩人のニーヤである。

何か声をあげようとしたダン＝ルティムのかたわらに、ジザ＝ルウが進み出た。

「何のつもりかわからんが、俺たちは森辺に帰るところだ。邪魔立《じゃまだ》てはよしてもらおう」

「決して時間は取らせませぬ。昼間の無礼を、どうぞすがせてやってください」

そのように言って面を上げたニーヤは、いつになく切なげな表情をしていた。

「俺は座長の怒《いか》りに触れてしまいました。皆様からのお許しをいただけなければ、《ギャムレイの一座》を名乗ることも許されなくなりましょう。ですから、何卒《なにとぞ》――」

「許す許さぬという話ではない。そのように行く手をさえぎられることこそが一番の迷惑《めいわく》だ」

「いや、ですが――」

あたりが、ざわつき始めていた。往来の真ん中で、町の人間が森辺の民《たみ》に膝を折って許しを請《こ》うているのである。事情を知らない人間が見たら、あらぬ疑いをかけられてしまいそうなシチュエーションであろう。それを敏感《びんかん》に感じ取ったのか、ジザ＝ルウはいくぶん口調を改めた。

「……とにかく、そのように大仰《おおぎょう》な話ではないはずだ。自分で無礼と感じたならば、今後は身をつつしめばいい。それで俺たちの側に不服や不満はない」

「しかし自分は、かの愛《いと》しき人を怒らせてしまったのでしょう？」

雨に打たれる子犬のような目つきで、ニーヤがアイ＝ファへと視線を転じる。地獄《じごく》のように不機嫌《ふきげん》そうな表情で、アイ＝ファはその姿をにらみ返した。

「私が許すと答えれば、お前はここから立ち去ってくれるのか？」

「その前に、自分の歌を皆様に捧《ささ》げたく思います。自分はそれぐらいしか、捧げるものも持ち合わせていないので……」

「とにかく、このような場所では町の民の邪魔《じゃま》となる。まずはあちらの同胞のもとに戻らせていただこう」

ニーヤの言葉をさえぎって、ジザ＝ルウは再び歩を進め始めた。俺たちもそれに追従し、ようやく立ち上がったニーヤもとぼとぼついてくる。

「お疲《つか》れさまでした、アスタ。……どうかされたのですか？」

「ああ、うん、まあちょっとね」

留守番組のトゥール＝ディンらは青空食堂のスペースに固まっていたので、まずはそちらと合流することになった。ツヴァイは卓《たく》に突っ伏《ぷ》してすぴすぴと寝息《ねいき》をたてており、ヴィナ＝ルウもそのかたわらで微睡《まどろ》んでいた様子だ。ヤミル＝レイにスフィラ＝ザザ、フェイ＝ベイムや他の女衆も、みんな変わりなく顔をそろえている。

護衛役の狩人たちは、そんな彼女《かのじょ》たちを間遠《まどお》に取り囲むようにして立ち並んでいる。その中のダルム＝ルウに小声で何かを伝えてから、ジザ＝ルウはニーヤに向きなおった。

「それで、そちらはどうしたいというのであろうかな」

「一曲、歌をお聞きください。一曲で数十枚の銅貨を得られる俺の歌を森辺の民に捧げることで、ようやく俺の罪をすすぐことができるのです」

「……俺たちは、一刻も早く森辺に帰りたいのだがな。明日に持《も》ち越してはどうだ？」

「それでは俺は、この夜に帰る場所を失ってしまいます……」

言ってはなんだが、ニーヤの言動はあまりに芝居《しばい》がかっていた。困っているのは本当で、歌を捧げねば天幕に戻れないというのも真実なのかもしれないが、たぶん心から森辺の民に詫《わ》びる気持ちなどはないのだろう。それが透《す》けて見えるからこそ、ジザ＝ルウもアイ＝ファもこのようにに素っ気なくふるまっているのだろうと思われた。

「面倒《めんどう》くせーなー。歌って気が済むなら、歌わせときゃいいんじゃねーの？」

ルド＝ルウの言葉を受けて、ジザ＝ルウも何かをあきらめたようにひとつうなずいた。

「繰《く》り返《かえ》すが、俺たちはすぐにでも森辺に帰りたい。それをわきまえた上で振る舞《ま》うがいい」

「ありがとうございます！　今すぐに！」

ニーヤはいそいそと、背に負っていた楽器を下ろした。七本の弦《げん》が張られた、ギターかマンドリンのような形状の楽器である。このジェノスでは、他に見かけたことのない楽器だ。それを何度か爪弾《つまび》いて調弦《ちょうげん》をしてから、ニーヤは食堂の座席にそっと腰《こし》を下ろした。

「それではお聞きあれ。東の王国シムに繁栄《はんえい》をもたらした、白き賢人《けんじん》ミーシャの物語です」

そのように宣言するなり、アルペジオの旋律を夜の宿場町に響き渡《わた》らせる。やはりアコースティックギターのような音色であるが、何というか、俺の故郷とは異なる音楽理論に基《もと》づいた進行なのだろう。俺の浅薄《せんぱく》な知識ではアラビア風としか形容のしようもない、エスニックな旋律である。

そうして、ニーヤの歌声がその旋律にやわらかくかぶさった。喋《しゃべ》る声とはまったく異なる、のびやかで張りのある声音だ。それでいて、とても繊細《せんさい》かつ美麗《びれい》な歌声でもあったので、どこか中性的にも聞こえてしまう。そんなに大きな声を張り上げているわけでもないのに、町のざわめきに邪魔されることなく、その声は夜の宿場町にゆるゆると広がっていった。

道をゆく人たちも足を止めて、食堂の周りに集まってきてしまっている。それぐらいの、見事な歌いっぷりであった。

（さすがは歌で食べているだけはあるな。あの失礼な人間と同一人物とは思えないや）

そういえば、この若者はなかなか端整な顔立ちをしているのである。まぶたを閉ざして七本の弦を爪弾き、妙なる歌声を響かせるその姿は、まるで一幅《いっぷく》の絵画のごとくサマになっている。

これならば、城下町の貴婦人たちをうっとりさせることも可能なのかもしれない。

そして、その歌の内容もまた幻想的で美しかった。

白き賢人ミーシャという、東の王国シムに未曾有《みぞう》の繁栄をもたらした人物の物語である。

シムには、七つの部族が存在する。舞台《ぶたい》となっているのは、ラオという部族の版図であった。

数百年の昔、ラオの一族は滅亡《めつぼう》に瀕《ひん》していた。シムの中でも気性《きしょう》の荒《あら》い山の民と海の民から同時に戦《いくさ》を仕掛《しか》けられ、肥沃《ひよく》な草原地帯から追放されてしまったものらしい。泥《どろ》の沼《ぬま》と痩《や》せた土地しか存在しない辺境の区域に追いやられたラオの一族は、このまま滅《ほろ》ぶか他の部族の軍門に降《くだ》るかの選択《せんたく》を迫《せま》られた。そんな絶望的な状況《じょうきょう》の中で、白き賢人ミーシャという魔法使《まほうつか》いがラオの長の前に現れ、その窮地《きゅうち》を救い、ついにはシムの全土を平定させるに至ったという、そういう英雄譚《えいゆうたん》であるようだった。

シムの民でありながら白い肌と金色の髪を持つミーシャというその魔法使いは、数々の魔法でラオの一族を助けていった。泥から固い煉瓦《れんが》を造り出し、それで石の壁《かべ》や城を築き、敵の進軍を食い止めてみせた。また、石材と木材で強力な武器をあみだし、それで敵軍を討《う》ち倒《たお》していった。そうして百日に及《およ》ぶ戦の果てに、恒久的《こうきゅうてき》なる平和と絶大なる繁栄をもたらしたのだそうだ。

のちにラオの一族は、シムの全土をも支配せしめた。七つに分かれて相争っていたシムの国がひとつにまとめあげられて、ラオの長は国王としての座を得るまでに至ったのである。

ラオの長、あらためシムの王は、ミーシャに宰相《さいしょう》としての地位を与《あた》えた。ミーシャはいっそうの力をふるい、王都にさらなる繁栄をもたらした。その栄光に亀裂《きれつ》が生じたのは、ミーシャが王の娘《むすめ》と恋《こい》に落ちてしまったためであった。

さすがの王も、素性《すじよう》の知れない魔法使いに大事な娘を与えることだけは是《ぜ》としなかった。二人の恋は父親に引《ひ》き裂《さ》かれ、やがてミーシャはシムを追放されることになった。

それでもミーシャはシムの人々を恨《うら》もうとはせず、どこへともなく消えていった。嘆《なげ》き悲《かな》しんだ娘は尼僧《にそう》となって石の塔《とう》に引きこもり、王は己《おのれ》の不明を恥《は》じた。しかしミーシャが帰ってくることはなく、娘は一生を彼の建てた塔の中で過ごすことになった。

それで物語は終わりであった。

魔法で恵《めぐ》みがもたらされる部分は明るく陽気に、侵略者《しんりやくしや》を撃退《げきたい》するくだりでは勇ましく、王の娘とのくだりでは甘くロマンチックに、別れの場面では悲しく美しく――と、物語にそって歌や演奏は色彩《しきさい》を変え、五分以上もある長い曲であったにも拘《かか》わらず、まったく聴衆《ちようしゆう》を飽《あ》きさせることもなかった。ニーヤの口が閉ざされて、そのなめらかな指先が最後の一音を奏《かな》でると、往来に集まった人々の間からは惜《お》しみない拍手と喝采が届けられることになった。

「いや、実に見事な歌だった！」

「もう一曲お願いするよ、兄さん！」

男たちはそのような声をあげ、娘たちの中にはそっと目もとをぬぐっている者もいる。音楽などというものにはまったく造詣《ぞうけい》のない俺ですら、ニーヤが素晴《すば》らしい歌い手であるということを疑う気持ちにはなれなかった。

「……白き賢人ミーシャの物語でありました。多少は皆様のお気持ちをお慰《なぐさ》めすることはかなったでしょうか？」

人々の喝采や、そちらから放り込まれる割り銭には目もくれず、ニーヤは俺たちに向かってそのように言い放った。歌っている本人もぞんぶんに没入《ぼつにゅう》していたのだろうか。少し瞳の焦点《しょうてん》が合っておらず、表情も何やらぼやけてしまっている。

「ふむ。見事な歌いっぷりであったな。あの天幕のお仲間たちにも負けぬ芸であろう」

口髭《くちひげ》をひねりながら、ダン＝ルティムがそのように申し述べる。

「しかし、ミーシャという魔法使いは男であったのだな。名前からして女衆と思っていたので、どうしてシムの姫《ひめ》などと恋に落ちたのか、最初は意味がわからなかったぞ」

「異国では、名前のつけ方も異なってくるのでしょう」

うっすらと笑いながら、ニーヤはそのように囁いた。

「なおかつ、ミーシャというのは俗称《ぞくしょう》であったようです。あまりに複雑で長い名前をしていたために、自ら俗称を名乗っていたのだと語《かた》り継《つ》がれています」

「ふむ？　しかしシムの民ならば、誰でも長ったらしい名前をしているのではなかったか？」

ダン＝ルティムがヴィナ＝ルウを振り返ったが、もちろんヴィナ＝ルウはすねたような面持《おもも》ちで答えようとはしなかった。そんな二人を見比べながら、ニーヤはまだぼんやりと微笑んでいる。

「ミーシャというのは、シムの民ですらなかったのですよ。その姿からしてマヒュドラからの流れ者であったのではないかという伝承も残されておりますが、それも確かではありません」

ニーヤの色の淡《あわ》い瞳が、あやしげな光をたたえて俺を見る。

「……また別の伝承では、ミーシャは『星無き民』であったと伝えられています」

その言葉は、ねっとりとした重みをともなって俺の心にからみついてきた。

「真の名は、ミヒャエル＝ヴォルコンスキー……四大王国において、そのように奇怪な名を持つ人間は他に存在しません。彼は四大神の子ならぬ、遠き異郷より訪《おとず》れた人間であったのでしょう」

「…………」

「あなたも『星無き民』であるそうですね、ファの家のアスタ。占い小屋のライ爺《じい》からそのように聞きました。……目の光を持たない代わりに他者の星が見えてしまうライ爺には、どうしてもあなたがその場に存在するのだということを感じ取れなかったそうです」

アイ＝ファが俺を押しのけるようにして、ニーヤの前に立った。

ニーヤはまだ虚《うつ》ろな顔で笑っている。

「あなたの大事な家人のために、この歌を選んだのです、愛しき人……これで俺の罪を許していただけますか？」

「消《き》え失《う》せろ」としか、アイ＝ファは言わなかった。

ニーヤはくすくすと笑いながら一礼し、楽器を右肩《みぎかた》にひっかけた。地面に落ちていた割り銭を拾い集めていた小さな女の子がそれを差し出すと、「ありがとう」と言ってまた微笑む。

「それでは失礼いたします。……俺の歌をご所望《しょもう》でしたら、天幕の前にどうぞ。眠《ねむ》る前に、もう一曲ぐらいは太陽神に俺の歌を捧げましょう」

そうしてニーヤは大勢の人々を引き連れて姿を消し、後にはいくぶん重苦しい静寂《せいじゃく》だけが残された。そんな中、アイ＝ファがぐいっと俺のほうに顔を近づけてくる。

「アスタよ、お前は……」

「大丈夫《だいじょうぶ》だよ。心配するなって」

俺はうなずき、笑顔《えがお》を作ってみせた。

「ちょっと……いや、かなり驚かされたけど、そんな何百年も昔の人物のことで心を揺らしたってしかたないしな。そのミーシャってのが本当に『星無き民』だったのかもわからないし……そもそも俺たちには『星無き民』が何なのかってことも理解できていないんだからさ」

アイ＝ファは無言で、いっそう詰め寄《よ》ってくる。俺の瞳を覗《のぞ》き込み、その発言が虚勢《きょせい》でないかを確かめようとしているのだろう。

「何がどうでもかまわないじゃないか？　森辺の民は、俺を追放したりはしないだろう？」

「当たり前だ」とアイ＝ファは怒った声で言い、俺の胸を小突《こづ》いてきた。

それからふっと息をつき、俺から身を離す。

「私はもとより、どうとも思っていない。お前が心を乱されていなければ、それでいいのだ」

「乱されてないとは言わないけれど、今はそれどころじゃないからな。さっさと帰って明日に備えなきゃなあというのが、一番の本心だよ」

森辺において、虚言《きょげん》は罪だ。だから俺は、至極《しごく》正直に自分の心情を述べてみせた。

静かに俺たちのやりとりを見守っていたジザ＝ルウが、「よし」と声をあげる。

「話は終わったな？　それでは森辺に引き返す。集落に戻るまで、決して気を抜くのではないぞ」

ダン＝ルティムらが「おう！」と応じ、女衆らは荷車や屋台のほうに足を向ける。

俺もそれにならいながら、もう一度アイ＝ファに笑いかけた。

アイ＝ファは唇《くちびる》をとがらせて、もう一度俺の胸を小突いてきた。

これぐらいのことで、心を乱してはいられない。俺たちは、まだ大事な仕事の途中《とちゅう》であるのだ。白き賢人ミーシャとやらがシムに繁栄をもたらしたというのなら、俺は森辺の民に繁栄をもたらしたい。俺がさきほどの歌から学んだのは、せいぜいそれぐらいのことであった。

歩きながら頭上を見上げると、そこには満天に星がきらめいている。たとえそこに俺の運命が記されていないのだとしても、俺は今こうして大事な仲間たちとともに大地を踏《ふ》みしめているのだ。

俺は俺の生を生きるしかない。二度目の生がこれほどまでに幸福であることを、俺は深く感謝している。それだけは、誰に恥じることもない心の奥底《おくそこ》からの真情であった。

そうして『中天の日』はようやく終わりを告げ、太陽神の復活祭もついに折り返し地点へと到達《とうたつ》したのだった。

第三章★★★復活祭の城下町

1

『中天の日』から二日後の、紫《むらさき》の月の二十八日――その日、俺たちはジェノス侯爵《こうしゃく》マルスタインの要望に従って、城下町へと出向くことになった。

十日間も続く復活祭の七日目のことで、いよいよこの一大イベントも終盤戦《しゅうばんせん》に差しかかろうとしている。そんな中でこのような仕事まで果たすのはなかなかの負担であったが、そこは屈《くっ》強《きょう》なる森辺の民である。かまど番にも護衛役にも、このお役目そのものに不満の声をあげる者は皆無《かいむ》であった。

商売のほうは、順調すぎるぐらい順調だ。昨日も今日も準備した料理はすべて売り切ることができていたし、初日の夜に《ギャムレイの一座》の天幕で野盗に襲われて以降は、目立った騒《さわ》ぎも起きていない。町の人々は心から祭を楽しんでおり、その楽しさはしっかりと森辺の民にも伝播《でんぱ》されているように思える。間にはジバ婆《ばあ》さんが宿場町やダレイムを訪れることにもなったし、これは森辺とジェノスの交流という意味においても大きな意味を持つ時期であっただろう。

だから、この城下町への遠征《えんせい》も、森辺とジェノスの関係性を改善する一助になればいい、と俺は考えている。そんな俺と思いを同じくしてくれているのかどうなのか、その日に同行するメンバーは直前になってスフィラ＝ザザとダリ＝サウティの二名が追加されていた。それぞれ族長筋に属するその両名が、かまど番や護衛役とは別枠《べつわく》の監査役《かんさやく》として同行することになったのだ。

「ようやくサウティの集落も、落ち着きを取《と》り戻すことができたからな。遅《おそ》まきながら、ファやルウの行いを見届けさせていただきたい」

ひさびさに再会したダリ＝サウティは、そのように言っていた。まだ骨折した左腕《ひだりうで》を吊《つ》っている痛々しい姿であるが、それ以外の負傷はあらかた癒《い》えた様子であるし、表情にもかつての力強さと大らかさが復活している。

「あなたがたが城下町で貴族たちとどのように縁《えん》を紡《つむ》いでいるのか、それはザザの家も正確に把握《はあく》しておく必要があるでしょう。わたしが族長グラフの目となって、しっかり見届けさせていただきます」

いっぽうのスフィラ＝ザザは相変わらず堅苦《かたくる》しい面持ちであったが、それも強い使命感ゆえなのだろう。

ともあれ、俺たちとしては双手《そうしゅ》をあげて歓迎したい心境であるし、ジェノス城からも快く了承《りょうしょう》を得ることができた。ダリ＝サウティなどは、また森辺の族長として貴賓《きひん》の席についてほしいと願われたぐらいである。

ちなみに貴族側の参加者は、以前の歓迎会《かんげいかい》の主要メンバーに茶会のメンバーをつけ加えたような顔ぶれで、総勢は十五名に達していた。「ごく内々の会である」という言葉をあらかじめ賜っていたが、まあ城下町ではこれぐらいの人数でも小規模ということになるのだろう。

それに立ち向かう森辺の民は、かまど番が六名、監査役が二名、護衛役が八名で、合計十六名と相成った。かまど番は、俺、レイナ＝ルウ、シーラ＝ルウ、ララ＝ルウ、トゥール＝ディン、ユン＝スドラ。監査役は、ダリ＝サウティ、スフィラ＝ザザ。護衛役は、アイ＝ファ、ジザ＝ルウ、ダルム＝ルウ、ルド＝ルウ、ガズラン＝ルティム、ダン＝ルティム、ギラン＝リリン、サウティの男衆――以上の、錚々《そうそう》たる顔ぶれだ。

さらにそれとは別枠で、シン＝ルウも同行している。リーハイムの提案を受けて、剣術《けんじゅつ》の試《ため》し合いを果たすためである。

こんな余興に駆《か》り出《だ》されてしまったシン＝ルウは、それでもいつも通り泰然自若《たいぜんじじゃく》としたたたずまいであった。ララ＝ルウも面と向かっては何も言っていないのか、貴族の姫君《ひめぎみ》からのご指名であると聞かされても、まったく気にかけている様子はない。俺がこっそり心情を問うたときも、「森辺の狩人《かりうど》として恥ずかしくない力を見せるのみだ」と静かに述べるばかりであった。

そして今回の試食会においては、城下町の料理人たるヴァルカス、ティマロ、ヤンの三名も参加する。バナームからもたらされた黒フワノ粉、白ママリア酢《す》、白ママリア酒の有効的な使用方法をおのおのが考案し、それをお披露目《ひろめ》するのだ。森辺のかまど番の過半数は、特にヴァルカスがどのような料理を考案したのかと、期待に胸をふくらませることになった。

「わたしなどは、城下町に出向けるというだけで胸がいっぱいになってしまっています」

城門で乗《の》り換《か》えた箱形のトトス車の窓からその城下町の町並みを覗いていたユン＝スドラが、熱っぽい声でそのように言っていた。

「本当に、道ばかりでなく建物までもが石造りなのですね。何だか信じ難《がた》いような光景です」

「そうだろうね。何べん来ても、なかなか慣れるものではないと思うよ」

明日のための下ごしらえを終えて、下りの四の刻には森辺の集落を出立した。夕暮れ時と呼ぶにはまだ早い、実に中途半端《ちゅうとはんぱ》な刻限であるが、やはり城下町の人々も大いに復活祭を楽しんでいる様子であった。

もともと人通りの多い石の街路に、さらに人が増えている。歌っている者や踊《おど》っている者、笛や太鼓《たいこ》を持ち出している者、昼間から果実酒を掲《かか》げている者――少なくとも、そういった賑《にぎ》わいに宿場町と差異はないようだ。

「それでもやはり、無法者と呼ばれるような人間は見当たらないようだな」

同じくこれが初の城下町となるジザ＝ルウは、そのように述べていた。城下町に足を踏み入《い》れるには通行証というものが必要になるので、無頼漢《ぶらいかん》や無法者といった者どもの姿が見えないのは道理であろう。城壁《じょうへき》で覆《おお》われていないダバッグでさえジェノスの宿場町に比べれば格段に治安はよさそうであったのだから、城下町ともなればなおさらだ。

しかしまた、それ以外の部分では宿場町とそこまでかけ離れているわけでもない。俺が知るだけでも、《守護人》のカミュア＝ヨシュやザッシュマ、商人のシュミラルやディアル、そして吟遊詩人《ぎんゆう》のニーヤなどは城下町への行き来を許されているのだ。特に城門から最初の広場に至るまでの道のりでは、そういった旅装束の者たちや荷車を引くトトスの姿などが多く見受けられた。

そうしてトトス車に揺られること、数十分。俺たちが案内されたのは、毎度お馴染《なじ》みトゥラン伯爵邸《はくしゃくてい》——ただし現在では貴賓館《きひんかん》として使われることになった、元・トゥラン伯爵邸であった。

「お待ちしておりました、森辺の皆様がた。こちらにどうぞ」

衛兵に守られた建物の扉《とびら》をくぐると、黄色いお仕着せの小姓《こしょう》たちが俺たちを出迎《でむか》えてくれた。ここがトゥラン伯爵邸でなくなってしまったため、シフォン＝チェルも案内役ではなくなってしまったのだ。彼女は主人のリフレイアやトルストとともに、ジェノス城の近くの公邸《こうてい》に移り住んだはずであった。彼女の兄たるエレオ＝チェルに関しては、ヤンからポルアースを通じて伝言を頼《たの》んでいたが、それが正確に伝わったのかどうか、現在の俺には知るすべもない。

「まずは浴堂にご案内いたします」

小姓たちの先導で、絨毯《じゅうたん》敷きの回廊《かいろう》を進む。大勢の狩人を前にしても動揺《どうよう》を表にあらわさない、若いがよく訓練された小姓たちである。持参してきた荷物は下働きの従者に託《たく》し、俺たちはおよそ五十日ぶりに煉瓦《れんが》造《づく》りの浴堂へと誘《さそ》われた。

「厨番《くりや》の方々と、シン＝ルウ様、それに厨および貴賓の席へと足を踏み入れる方々は、こちらで身をお清めください」

小姓の説明に「ふむ」と声をあげたのはジザ＝ルウであった。

「かまどの間のみならず、会食の場に出向く人間も身を清めよ、ということか？」

「はい、侯爵様からそのように申しつけられております」

「ふーん。前はそんなこと言われなかったのにな。どっかの貴族が文句でもつけたのかな」

ルド＝ルウのつぶやきに、小姓は深々と頭を垂れる。

「こちらは先日から貴賓の館《やかた》として取り扱《あつか》われることになりましたので、いくばくかは習わしも改められてございます。何卒ご理解いただけるようお願いいたします」

「そちらの習わしに背《そむ》くつもりはない。しかし、会食の場には何人の護衛役が同行することが許されるのか、まだ聞かされていないのでな。ここは後で面倒なことにならぬよう、全員が身を清めておくべきか」

ということで、男衆までもがのきなみ身を清めることになってしまった。当然のことながら、俺を除く八名は全員が狩人だ。これは昔日《せきじつ》、水場でジザ＝ルウやダルム＝ルウと出くわしてしまったとき以来の、ものすごい図であった。

「おお、これは面妖だ！　まるで火で炙《あぶ》られるギバ肉のような心地《ここち》だな！」

もわもわと蒸気のわきたった浴堂にて、裸身《らしん》のダン＝ルティムが笑い声をあげている。どちらを見回しても目に映るのは褐色《かっしょく》の筋肉であり、俺としてはどのような感想を持つべきかも判然としなかった。

ちなみに、これが初の城下町となるのは、ジザ＝ルウとギラン＝リリンの二名のみである。

むろんどちらもこれしきのことで不安や動揺をあらわにするタイプではなく、ギラン＝リリンなどは最初からずっと楽しそうな面持ちであった。

その後は女衆も身を清め、そしてここで何名かは別行動を取ることになった。御前試合に招かれているシン＝ルウと、貴賓席《きひんせき》に招かれているダリ＝サウティおよびそれを護衛する男衆だ。

ずっと感情を抑《おさ》えていたララ＝ルウが、初めてそこで声をあげた。

「シン＝ルウ！　あの……頑張《がんば》ってね？」

「ああ」とうなずき、その切れ長の目でじっとララ＝ルウの顔を見つめ返してから、シン＝ルウは案内役の小姓とともに立ち去っていった。

貴族との力比べなどシン＝ルウが勝つに決まっているのだからどうでもいい、と言い切っていたララ＝ルウも、いざその刻限が迫ってくると不安感をかきたてられてしまうのだろう。シン＝ルウのしなやかな後ろ姿を見守るその瞳《ひとみ》は、いつになく心細げな光を浮《う》かべていた。

そうしてダリ＝サウティらにも別れを告げて、残されたメンバーは十四名。こちらは粛々《しゅくしゅく》と厨を目指す。案内されたのは、巨大《きょだい》な食料庫に隣接《りんせつ》した大きいほうの厨である。扉を開けると、とたんにさまざまな芳香《ほうこう》が漂ってくる。城下町の料理人たちは、すでに全員が下準備を開始していようだった。

初めてこの場に訪れたララ＝ルウ、ユン＝スドラ、スフィラ＝ザザの三名は、呆《あき》れたり感心したりしながら視線をさまよわせている。ざっと目算しただけでも十五メートル四方、学校の教室ふたつ分か、あるいは体育館の半分ぐらいもありそうな敷地《しきち》面積であるのだから、まあ当然の反応だ。

ずらりと並んだ作業台の数は二ケタにも及び、現在はそこで三組のグループが調理に取り組んでいる。天井は高く、あちこちに明かり取りや換気《かんき》のための窓が開けられていたが、それでもなかなかの熱気であった。

「ふむ、ずいぶん広いのだな。では、扉の外の警護はダルムとギラン＝リリンに任せよう」

ジザ＝ルウの指示でその二名が外に居残り、他のメンバーはぞろぞろと足を踏み入れる。すると、一番手前の作業台で仕事に励《はげ》んでいたヤンが真っ先に挨拶《あいさつ》をしてくれた。

「アスタ殿《どの》に森辺の皆様がた、ひさかたぶりですな。……ああ、トゥール＝ディン殿も」

「あ、え、はい。お、おひさしぶりです」

いきなり名指しされて、トゥール＝ディンはどぎまぎしながら頭を下げる。彼女は前回の茶会で、もっとも優れた菓子《かし》を作ったと評価されることになったのだ。ヤンの中では、その名が深く刻みつけられることになったのだろう。

「本日はご苦労様でありました。試食の時間を心待ちにしております。……試食の段取りについては、すでに聞《き》き及んでおりますか？」

「はい、今日は貴賓の皆《みな》さんと同じ場で試食をさせていただけるそうですね」

「はい。それで料理人同士が意見を交《か》わし、バナームからもたらされた食材に関してよりよい使い道を模索《もさく》してもらいたい、とのことでありました」

そのように言いながら、ヤンはまたトゥール＝ディンのほうに目を向ける。

「とはいえ、わたしは菓子しか準備することができませんでした。本日、トゥール＝ディン殿は菓子をお作りになられるのでしょうか？」

「い、いえ、わたしはアスタの手伝いをするだけで……そ、その、黒いフワノというものを扱う時間もありませんでしたし……」

「それは残念ですな。トゥール＝ディン殿であれば黒フワノでどのような菓子を作りあげることができるのかと、わたしはずっとそのようなことを考えながら今回の仕事に取り組んでおりました」

「わ、わたしも本日は、あなたの菓子を食べられることをとても楽しみにしていました」

お顔を真っ赤に染めながら、トゥール＝ディンがそのように応じると、ヤンは肉の薄《うす》い面《おもて》にはにかむような微笑《びしょう》をたたえた。

「光栄です。試食の場では、忌憚《きたん》なきご意見をお願いいたします」

「は、はい！　承知いたしました！」

そこに、新たな人影がやってくる。年《とし》の頃《ころ》は四十過ぎ、つるりとした血色のいい顔で、痩せているのにお腹《なか》だけがぽこんとせり出た白装束の料理人――実に四ヶ月《かげつ》ぶりの再会となる、《セルヴァの矛槍亭《ほこやりてい》》の料理長ティマロである。

「これはこれは、ご無沙汰《ぶさた》でありますな、アスタ殿。お元気そうで何よりであります」

「ああ、ティマロ、本当におひさしぶりです。そちらもお元気でしたか？」

「ええ、もちろん」と、ティマロはやわらかい笑《え》みをたたえる。表面上は、温和な紳士《しんし》なのである。最後に見たときはマルスタインにやりこめられて屈辱《くつじょく》に身を震《ふる》わせていたものであるが、そんな面影《おもかげ》はどこにも残されていなかった。

「本日は、お手柔《てやわ》らかに願いますぞ。……それにしても、ずいぶんな大人数なのですな」

「はい。何だかんだでけっきょく品数が多くなってしまったもので。これから大急ぎで調理に取りかかりたいと思います」

「ほう？　ちなみに何品ほどお出しする予定なのでしょう？」

「え？　そうですね……大雑把《おおざっぱ》に分けると、六種類ていどになりましょうか」

「六種類！　それはずいぶんな数ですな！」

大仰に手を広げて、ティマロが驚《おどろ》きのポーズを作る。

確かにずいぶんな品数かもしれないが、メインはあくまで俺《おれ》の準備した『つけそば』とルウ家の準備した『ギバ肉の白ママリア酒煮込《にこ》み』だ。あとは、白ママリア酢を使ったマヨネーズやドレッシングをお披露目するために、サラダやら何やらも準備するつもりでいるので、それを含《ふく》めての六種類なのである。

「このわたしでさえ三種の料理しか準備することはできなかったというのに、これは驚きでありますな」

「ええ、でも、大事なのは品数でなく料理の質でありましょうからね」

「ごもっともです。……ジェノスで屈指《くっし》の料理人と称《しょう》されるヴァルカス殿などは、何とひと品しか準備していないという話でありましたしな」

そのように言いながら、ティマロはいくぶん粘《ねば》っこさを増した視線を後方に差し向ける。そちらでは、頭からすっぽりと白い覆面《ふくめん》をかぶった四名の料理人たちがとても忙《いそが》しそうに立ち働いていた。ヴァルカスとその三名の弟子《でし》たちであろう。

「……アスタ殿は、あのヴァルカス殿とも同じ日に厨を預かったそうで」

「ああ、はい。バナームの使節団をお迎《むか》えした歓迎《かんげい》の晩餐会《ばんさんかい》ですね」

「その日に列席された方々の半数近くは、アスタ殿の料理に星をつけたそうですな。……いやはや、それを耳にした際は、わたしも悔《くや》しさのあまり歯噛《はが》みしたものです」

「いえ、あれは別に味比べの勝負をしたわけでもありませんし……」

「ヴァルカス殿は、確かにこのジェノスでも屈指の料理人です。わたしほどその事実を思い知らされている人間は他《ほか》にいないでしょう」

俺の言葉をさえぎって、ティマロはそのように言いつのった。

「本日もおそらく、ヴァルカス殿はその名声に恥じない料理を準備しているはずです。いやはや、こちらも腕《うで》が鳴りますな」

かつてのトゥラン伯爵家《はくしやくけ》において、ヴァルカスは料理長を、ティマロは副料理長をそれぞれ務めあげていたのである。ティマロは俺や森辺の民に対して悪い感情などを抱《いだ》いているのではないかと少し心配もしていたのだが、それ以上に彼《かれ》はヴァルカスの存在を意識している様子であった。

「わたしとて、《セルヴァの矛槍亭》の厨を預かる身です。ヴァルカス殿の開いた《銀星堂》

もたいそうな評判を呼んでいるそうですが、ここで後《おく》れを取るわけにはいきません。……それでは、仕事が残っているので失礼いたします」

「あ、はい。またのちほど」

言いたいことだけ言い尽《つ》くすと、ティマロは作業場に戻っていった。その後ろ姿を眺《なが》めながら「アスタ」と呼びかけてきたのは、レイナ＝ルウである。

「あの者は相変わらずの気性であるようですが、でも、白い布で口もとを隠《かく》してはおりませんでしたね」

「白い布？」

少し考えて、思い出した。初めてティマロと顔をあわせたとき、彼は白い布で鼻や口もとを覆っており、それは下賤《げせん》の人間と同じ空気を吸いたくはないという意志表示なのだ、とロイに教えられたのである。森辺の民に対する見方が変わったのか、あるいはヴァルカスに気を取られてそれどころではないのか、どちらにせよ俺たちにとっては悪くない変化であった。

「……そういえば、今日はロイもティマロの手伝いには呼ばれなかったみたいだね」

俺が言うと、レイナ＝ルウは素知らぬ顔で「そうですね」と応じてきた。その表情からして、彼女もロイと出くわしてしまうのではないかと懸念《けねん》を覚えていたのかもしれない。ロイがいないのは残念なような、ほっとしたような、俺としても複雑な心境であった。

「それでは俺たちも準備を始めようか。ヤン、またのちほど」

「はい、失礼いたします」

甘《あま》い菓子だけを作製する予定であるヤンは、ニコラともう一人の調理助手を連れていた。三種の料理を準備するらしいティマロは、三名の助手を連れている。それに対して、森辺のかまど番は六名。『ギバ肉の白ママリア酒煮込み』は温めなおすだけなので、あとは五種ほどの料理を全員がかりで作製する予定である。

調理時間は、およそ一時間半。可能な限りの下準備はあらかじめ済ませてきたが、かなり時間はぎりぎりだ。入口で預けた荷物は隅《すみ》の作業台にまとめられていたので、残りの必要な食材を確保するべく、俺たちは食料庫へと足を向けた。

そうして歩を進めていくと、奥《おく》のほうの作業台で立ち働いていた白覆面の一人が機械人形のようにこちらを振《ふ》り返った。丸く空けられた穴の向こうに瞬《まばた》くのは、緑色の双眸《そうぼう》だ。すらりと背は高いが、ボズルほど大柄《おおがら》ではない。これはきっと、ヴァルカスその人であろう。

「ああ、アスタ殿、おひさしぶりです」

「おひさしぶりです、ヴァルカス。今日はよろしくお願いいたします」

「はい、よろしくお願いいたします。……少々お待ちください」

そのように言ってから、ヴァルカスは水瓶《みずがめ》の水で手を清め始めた。そうして白い手拭《てぬぐ》いで執《しつ》拗《よう》に手をぬぐってから、あらためて俺の前に立ち、ぎゅうっと両手の先をつかんでくる。

「アスタ殿、先日の料理には感服いたしました」

「あ、ボズルが宿場町から持ち帰った『ギバ・カレー』のことですね？　はい、ヴァルカスに食べていただくことができて、俺も光栄です」

ヴァルカスはいっそう俺の手を強くつかみながら、炯々《けいけい》と光る緑色の目を寄せてくる。

「わたしはまだまだ、あなたの力量を見誤っていたのかもしれません。あれほど見事に香草《こうそう》を使いこなす腕前《うでまえ》を、まだこのようにお若いあなたが身につけていようなどとは……本日も、あの素晴らしい料理を作っていただけるのでしょうか？」

「あ、いえ、あれにはバナームの食材も使っておりませんので――」

「それは残念です。……本当に残念です。この食料庫に準備されている最高の食材であの料理を味わってみたいと、わたしはずっと念じていたのです」

いつも無感情でとらえどころのないヴァルカスであるが、ときたまこうして異様なまでの熱意をあらわにすることがある。が、白覆面を頭からかぶっていると、その異様さも倍増である。その熱意とお言葉を心からありがたく思いながら、俺は「あはは」と身を引くことになった。

で、いつぞやと同じようにアイ＝ファが「おい」と進み出てくる。

「以前にも述べたことだが、男同士であっても不必要に触《ふ》れ合《あ》うのはあまり感心できる行いではない。気が済んだのなら、そろそろ私の家人から身を離《はな》していただこうか」

「……これは失礼いたしました」

最後に名残惜《なごりお》しそうに力を込めてから、ヴァルカスは俺の指先を解放する。そして、その瞳がその場にいる全員を見回してきた。

「ところで、ボズルの話によると、ミケル殿のご息女というのがまた若さに似合わぬ調理の腕を備えているそうですね。今日は同行されていないのでしょうか？」

「はい、これは森辺の民が受け持った仕事ですので、彼女を同行させる理由もないかなと。……これがギバ料理のお披露目という話でしたら、俺も声をかけたいところであったのですが」

「そうですか。それは残念です。ミケル殿というのは本当に素晴らしい料理人であったので、わたしはそのご息女にも非常に興味を引かれます」

そのように言いながら、ヴァルカスがまた詰《つ》め寄ってくる。

「しかし、わたしもなかなか城下町の外に出向くことはかなわぬ身です。そこでご提案させていただきたいのですが――この復活祭が終わった折には、そのご息女をアスタ殿とともにお招きさせていただけませんでしょうか？」

「え？　お招きというと――」

「この復活祭を機に、また大勢の行商人がこのジェノスを訪れました。それで、ここしばらくは食料庫でも不足していた食材が大量に届いたのです。きっとアスタ殿は、またそれを吟味《ぎんみ》するお役目を賜《たまわ》ることでしょう。その日取りに合わせて、ご息女にもご同行を願えませんでしょうか？」

それは、またとない申し出であった。思えば俺がヴァルカスと顔をあわせることになったのも、城下町の食材を吟味する際であったのだ。

「ええ、個人的には、とてもありがたい申し出です。彼女の父ミケルと、それにジェノス城の皆様《みなさま》がたがお許しになってくれるのなら、ぜひ実現させたいところですね」

「貴族の方々に文句はないでしょう。わたしもこの場に届けられる食材に関しては、確かな腕を持つ料理人にしか触れてはほしくないのです」

やはりヴァルカスは、ひさかたぶりに会ってもヴァルカスのままであった。それが俺には、何だか嬉《うれ》しく思えてしまう。

『それでは本人とミケルには、俺から話を通させていただきます。ポルアースやジェノス侯爵については、ヴァルカスにおまかせしてもよろしいですか？」

「もちろんです。本日中に伝えておきましょう」

慇懃《いんぎん》にうなずきつつ、ヴァルカスはやおら身をひるがえすと、再び水瓶の水で入念に手を清めて、作業台と向かい合った。

「では、仕事が残っておりますので。試食の場を楽しみにしております」

などと言いながら、その目はもう食材のほうに向いてしまっている。やっぱりこれぞヴァルカスだなあなどと思いながら、俺は「はい」とうなずいてみせた。

「あ、よければボズルにもご挨拶をさせていただきますね。ヴァルカスたちに料理を届けてくださった御礼《おれい》も伝えておきたいので」

「ボズルは、燻製室《くんせい》ですね」

素っ気なく言い捨てるヴァルカスの言葉に、今度は「え？」と首を傾《かし》げる。見回してみると、確かにそこにボズルの巨体《きょたい》は見当たらなかった。全員が白覆面で人相を隠してしまっているが、あの巨体を見誤ることはない。

だが、ヴァルカスには三名の弟子しかいなかったはずだ。そうであるにも拘わらず、この場にヴァルカスを含めて四名の人間がいるということは——俺の知らない誰かが増えていることになる。

ヴァルカスよりも背が高く、そしてひょろりと痩せているのは、シムの血をひく老人タートゥマイであろう。で、レイナ＝ルウぐらい小柄《こがら》なのは、きっとシリィ＝ロウだ。どちらも俺たちのほうには目もくれず、野菜を刻んだり鍋《なべ》を煮立《にた》てたりしている。

最後の一名、正体不明なる四番目の人物は――これといって特徴《とくちょう》のない、中肉中背の男性であるようだった。彼はシリィ＝ロウのかたわらに立ち、とても真剣《しんけん》な眼差《まなざ》しでぐらぐらと煮え立《た》つ鉄鍋《てつなべ》の中身を凝視《ぎょうし》している。

（ふーん。まだ他にも弟子がいたのか）

まあ、作業が終われば挨拶をする機会も得られるだろう。そのように考えながら、俺がきびすを返そうとすると、そのかたわらをすりぬけて、レイナ＝ルウがその人物のもとへと歩み寄っていった。

「……あなたがどうしてこのような場で、ヴァルカスの仕事を手伝っているのですか？」

レイナ＝ルウが冷たい声で言い、俺は大いに驚かされてしまう。中肉中背の白覆面は、レイナ＝ルウのほうをちらりと横目で見返したようだった。

「うるせえな。仕事の最中に話しかけるんじゃねえよ」

その声に、俺は再び驚かされてしまう。それは誰あろう、ロイの声であったのだ。

「あなたはミケルの料理に感銘《かんめい》を受けたのでしょう？　それなのに、どうしてミケルではなくヴァルカスに教えを請《こ》うているのですか？」

「うるせえって言ってんだろ。そんなこと、お前に関係あるか」

レイナ＝ルウは、さらに何かを言いつのろうとした。が、音もなく忍《しの》び寄ったジザ＝ルウが、そのほっそりとした肩《かた》を背後からつかむ。

「レイナ、何の話かはわからぬが、礼を失《しっ》しているのはお前のようだ。お前はお前の仕事を果たすがいい」

レイナ＝ルウは唇を噛《か》み、ロイの白覆面をじっとにらみつけてから、ようやくきびすを返した。

そうしてさまざまな料理人たちとの再会を果たしてから、ようやく俺たちはその夜の仕事に取りかかることになったのだった。

2

それから、およそ一時間半後――日没《にちぼつ》となる下りの六の刻。何とかかんとか六種の料理を完成させることのできた俺たちは、それを携《たずさ》えて会食の場へと移動していた。

ヤンやティマロは単独であるが、俺やヴァルカスは調理助手を全員同伴《どうはん》させている。ただでさえ貴《とうと》き身分の方々と同じ場で試食をするのだから、本来であれば俺とルウ家の代表一名のみが出向くべきであったのだが、俺はみんなにヴァルカスたちの料理を試食してもらいたかったため、あらかじめポルアースにこの振る舞《ま》いを許してもらえるように頼み込んでいたのだ。

いっぽうのヴァルカスは当然のごとく四名の弟子たちを引き連れていたが、それも事前に根回し済みであったのだろう。以前よりも格段に広い会食の間で、俺たちは横並びで整列することになった。

ヴァルカスたちも、もちろん白覆面は外している。すらりと背が高く、南の民《たみ》のように白い肌《はだ》と緑色の目をした年齢不詳《ねんれいふしょう》のヴァルカスに、半分白くなった黒髪《くろかみ》を長くのばした、浅黒い肌の老人タートゥマイ。もしゃもしゃの髪《かみ》と髭《ひげ》がいかにも南の民っぽい大男のボズルに、褐色の長い髪をきゅうきゅうにひっつめた、目つきのきつい少女シリィ＝ロウ。そして、象牙色《ぞうげいろ》の肌にそばかすの目立つ、中肉中背の不機嫌《ふきげん》そうな若者、ロイだ。

「本日はまことに大儀《たいぎ》であったな。誰しもが多忙《たぼう》な復活祭の折に力を尽くしてもらい、我々も非常に嬉しく思っている」

貴族側の代表として、ジェノス侯爵のマルスタインがそのように告げてきた。そちらはそちらで、十五名の大人数である。今日は立食の形式が取られていたため、彼らは個々のグループを作って立ち並んでいた。

ジェノス侯爵家からは、当主のマルスタイン、第一子息のメルフリード、その伴侶《はんりょ》たるエウリフィア、その子たるオディフィアの四名。バナーム侯爵家からは、使節団の長ウェルハイドと、同じく使節団のメンバーがもう二名。トゥラン伯爵家からは、当主のリフレイアと後見人のトルスト。ダレイム伯爵家からは、第二子息のポルアース。サトゥラス伯爵家からは、第一子息のリーハイム。さらに、タルフォーン子爵《ししゃく》家のベスタ姫、マーデル子爵家のセランジュ姫、ジェノス城の客分たる鉄具屋のディアルと占星師のアリシュナ。以上の十五名である。多かれ少なかれその身を着飾《きかざ》った、そうそうたる顔ぶれだ。そんな中、森辺の族長ダリ＝サウティは、貴族ならぬ客分ということでディアルやアリシュナのそばにひっそりと立ち尽くしていた。

広間の形は円形で、ちょっとしたホールのような造りになっている。足もとには葡萄酒色《ぶどうしゅ》の絨毯《じゅうたん》、壁《かべ》には美しいタペストリーの垂れ幕が張《は》り巡《めぐ》らされ、高い天井《てんじょう》で瞬くのは豪奢《ごうしゃ》な硝子《がらす》のシャンデリアだ。守衛の姿が見当たらないのは、きっと垂れ幕の向こう側にでも身を潜《ひそ》めているのだろう。室には腰《こし》の高さぐらいの円形の卓《たく》があちこちに配置されており、それが貴族たちと料理人たちの境界線のような役割も果たしていた。

こちら側の護衛役は三名までが同行を許されたので、アイ＝ファとジザ＝ルウとガズラン＝ルティムが扉の近くに並んで俺たちの背中を見守ってくれている。

そうした人々をぐるりと見回してから、マルスタインがまた口を開いた。

「では、名だたる料理人らの心尽《こころづ》くしを味わう前に、使節団の代表としてウェルハイド殿からも言葉を賜りたい。よろしいかな？」

「はい」と、真紅《しんく》の礼服を身に纏《まと》ったウェルハイドが一歩進み出る。

「今宵《こよい》は我々のためにこのような場をもうけていただき、ジェノス侯爵には非常に感謝しています。また、高名なるジェノスの料理人たちがどのような形でバナーム自慢《じまん》のフワノとママリアを料理してくれたのか、とても楽しみにしています。……ジェノスとバナームの行く末に、西方神の幸いを」

居並んだ貴族や客人たちは、かしこまった様子でウェルハイドの言葉を聞いている。その中で、青いドレスを纏ったディアルが、遠くのほうから俺にウインクをしてきた。

トルストの隣《となり》に立ったリフレイアは、よそゆきの無表情だ。いまだ公《おおやけ》の場に出ることが許されないリフレイアも、バナームがらみのときだけは駆り出されるらしい。それがトゥランの前当主の罪を贖《あがな》うという名目であったとしても、彼女《かのじょ》に俺の料理を食べてもらえるというのは、俺にとって喜ばしいことであった。

「それではさっそく、試食の会を始めさせていただこう。余興として、本日はこれらの料理を作りあげた料理人たちにも同じ場で味見をしてもらい、バナームのフワノやママリアについて大いに語り合っていただきたい」

マルスタインの合図で、小姓たちがころころとワゴンを押《お》してくる。そうしてまずあちこちの卓に並べられていったのは、他ならぬ俺の料理であった。

「まずは森辺の民、アスタの料理だな。……いや、これは最初から楽しませてもらえそうだ」

「はい、まずは黒フワノを使った料理となりますね。正確には、黒フワノとポイタンを使った『そば』という料理です」

かつてルウ家の勉強会で、ドーラの親父《おやじ》さんたちにも試食していただいた『つけそば』である。四対一の割合で黒フワノとポイタンを混ぜあわせた、灰褐色《はいかっしょく》の手打ちそばだ。めんつゆは、魚と海草の燻製で出汁《だし》をとって、タウ油と砂糖と赤ママリア酒をあわせている。基本的なレシピは、もうずいぶんな昔から完成されていた。

しかしこれは周囲の人々に、パスタほどの好評を得ることができていなかった。それもそのはずで、ジェノスの人々は肉と野菜と穀物を同時に摂取《せっしゅ》するのを常としていたため、そば単品では評価を下すのが難しいようなのだ。肉と野菜を使ったお好み焼きや、カルボナーラやミートソースのパスタと異なり、そばは単独の料理として認識《にんしき》しがたいようなのである。

ということで、本日はきちんとおかずも準備していた。手打ちそばと同じぐらい手間のかかった、数々の天ぷらたちである。

「ふむ。アスタ殿は、やはり揚《あ》げ料理というものを得意としているようですね」

黒髪の貴公子ウェルハイドが、嬉しそうに微笑《ほほえ》みながらそのように言った。

「ジェノスにおいて揚げ料理というものは流行遅《おく》れとされているそうですが、バナームではそのようなこともありません。以前にいただいた料理も非常に美味でしたし、これは黒フワノの料理と同じぐらい楽しみです」

「ありがとうございます。お口に合えば幸いです」

俺はもう、思いつく限りの天ぷらをそこに準備していた。ヤマイモのごときギーゴとズッキーニのごときチャンは輪切りで、ダイコンのごときシィマはいちょう切り、タケノコのごときチャムチャムはくし切り、タマネギのごときアリアとニンジンのごときネェノンは細切りにしてかき揚げの格好だ。あとは緑の色合いが欲《ほ》しかったので、ピーマンのごときプラとホウレンソウのごときナナールも準備している。

それに加えて、ジャガル産のシイタケモドキやマッシュルームモドキも天ぷらには適していたし、イワナのような川魚リリオネも申し分ない。あとは、おおぶりの甘エビみたいなマロールという甲殻類《こうかくるい》の乾物《かんぶつ》も、水で戻《もど》して使用させていただいた。もとが乾物なので本来のエビ天ほどの味わいは望めなかったが、そんなに悪くはない仕上がりだと思う。

あと、俺にとってのメインであるこの料理でギバ肉を使わないのは物寂《ものさび》しいので、そちらでもふた品ほど準備していた。薄く切ったバラ肉で、それぞれタラパとギャマの乾酪《かんらく》を巻いた、イタリア風を意識した天ぷらだ。もちろんタラパは、こちらの食料庫で保管されていた甘みの強い品を使用している。

それらの衣《ころも》に使用したのは通常の白いフワノ粉であるが、これは『ギバ・カツ』に劣《おと》らずそれなりに格好はつけられたと考えている。まずはキミュスの卵と水をあわせて、そこに少量の白ママリア酢を加えてから、フワノ粉をざっくり混ぜあわせる。混ぜすぎると粘り成分が出すぎてしまうため、少しダマが残るぐらいの加減だ。パスタやうどんを作る際に念入りにこねるのとは、逆の要領となる。酢を入れるのも、粘り成分の生成を抑えるためである。衣をサクサクに仕上げるには、とにかくこの粘り成分の加減が重要となってくるのだ。

ちなみに卵を入れるのは、衣をふっくらと仕上げるためである。中にはベーキングパウダーで代用する向きもあるようだが、《つるみ屋》においては卵を使っていた。なおかつ、卵黄《らんおう》のみでなく全卵《ぜんらん》を使用したのは、そのほうが衣が固めに仕上がって、時間を置いても食感を保てるためであった。

食材をその衣液にまぶしたら、高い温度で一気に揚げる。大きな鍋で、たっぷりの油を使うのは、カツのときと同じ要領だ。これで、カラッとした小気味のいい食感を生み出すことが可能になる。

なおかつ、めんつゆのほうには薬味も準備していた。ダイコンのごときシィマのすりおろしと、ヤマイモのごときギーゴのすりおろし、梅干しのごとき干しキキを粗《あら》く刻んだもの、ニラのごときぺぺの葉を生のまま刻んだもの、以上の四種となる。王道である長ネギやワサビの代用品を見つけられなかったゆえの、せめてもの心尽くしであった。

「ふむ。揚げ料理はともかくとして、この黒フワノの料理はなかなか面妖《めんよう》ですな。見たところ、以前にいただいたぱすたという料理と同じようなものに見えますが」

そのように述べたてたのは、使節団の一人である温和そうな初老の人物であった。

「はい。パスタと同じように、三《み》つ又《また》の串《くし》でお食べください。一口ずつ巻き取って、その汁《しる》にひたして食するのです」

城下町にはフォークのごとき食器が存在するので、こちらとしてはありがたい。パスタを未経験なのは一部の貴婦人がたのみであるので、そちらにはエウリフィアがじきじきに説明してくれていた。

「ふむ！　これは、ぱすたにも劣らぬ味わいだな！」

そのように声をあげたのは、もう一人の使節団員たるふとっちょの人物であった。

「ちょいと汁の味が強いようだが、この揚げ料理と一緒《いっしょ》に食すると、なお美味だ。このリリオネという魚が、また格別だな！」

「汁の味は確かに強めですので、お好みに合わせて加減をお願いいたします。濃《こ》い味が苦手な御方《おかた》は、ちょんとつけるだけでも十分でしょう。あと、シィマのすりおろしなどを入れると、風味がよくなる代わりに味は薄まるかと思います」

「ああ、肉も野菜もそろっているので、あとは汁物《しるもの》さえあればこれでもう立派な晩餐《ばんさん》となりますね。一口ずつしか味わえないのが残念なほどです」

そんな風にのたまうウェルハイドを筆頭に、使節団の方々にはおおむねご満足いただけたようである。それにしても、美麗《びれい》な装束に身を包んだ貴族のお歴々が立ったまままつけそばを食している姿は、俺的になかなかの壮観《そうかん》であった。

そこに、ずずーっと麺《めん》をすする音色が響《ひび》く。貴族側ではなく、料理人側の卓である。見ると、ヴァルカスの弟子タートゥマイが無表情にそばをすすっていた。

「失礼。シムにおいて、シャスカという料理はこのように食するのです」

「ふむ。ずいぶん派手な音であったが、その食べ方に意味や理由はあるのだろうかな？」

「はい。シャスカもこの料理も、こうして空気とともにすすり込んだほうが、より豊かな味と風味を楽しむことが可能となります。丸めて口に入れるのでは、あまり細く仕上げた甲斐《かい》もなくなってしまうのではないでしょうか」

この言葉を受けて、貴族たちまでもが麺をすする努力を見せ始めた。ドレスにつゆが跳《は》ねてしまうと、貴婦人がたなどはてんやわんやの騒ぎである。

「なるほど。アスタもそういう理由があって、あのように音をたてて食べていたのですね」

ひどく真剣な面持《おもも》ちで言い、シーラ＝ルウも自分の器を取り上げた。が、なかなか一朝一夕《いっちょういっせき》には上手《うま》くいかないようで、ちゅるちゅると可愛《かわい》らしく麺をすすっている。その姿に「おや」と声をあげたのは、ポルアースであった。

「ええと、そこの君、君は木串でその料理を食べているのだね。ずいぶん器用な食べ方をするものだ」

「はい。これはアスタに習った食べ方となります」

シーラ＝ルウ、レイナ＝ルウ、トゥール＝ディンの三名は、箸《はし》の扱いを練習中なのである。やはり城下町にも箸の文化はないようで、他の方々も物珍《ものめずら》しそうにシーラ＝ルウたちの姿を見守ることになった。

「パスタのときにもご説明しましたが、これも自分の故郷の料理なのです。なおかつ、自分の故郷でもパスタはこのような先の分かれた食器を使い、音をたてないように食べるのが主流でしたが、そばにおいては箸と呼ばれる二本の木串を使い、すすり込んで食べるのが主流でありましたね」

「あなたの故郷……この大陸ではない、どこかの島国というやつね？　ぱすたのときにも思ったけど、これも本当に不思議な料理だわ」

小さなオディフィアの面倒《めんどう》を見ながら、エウリフィアがにっこりと笑いかけてくる。

「はい。特に俺の国では、一年の終わりにこの料理を食べるという習わしがあったのですよね。

『滅落の日』まではまだ二日ほどが残されていますが、この時期にこの料理をご紹介《しょうかい》できたのも、何かの巡り合わせなのかもしれません」

「楽しいわ。やっぱりあなたは素晴《すば》らしい料理人ね」

エウリフィアが、笑顔《えがお》でそのように評してくれた。かつての茶会では結果を残すことができなかったけれど、これで面目躍如《めんもくやくじょ》でしょう――と、励まされているかのような心地である。

が、彼女とポルアースの間に陣取《じんど》っていたリーハイムは、「はん」と鼻を鳴らしていた。

「食べ方だの食器だので、うだうだと注文をつけられたくはないものだ。ま、この前のぱすたとかいうやつよりもいっそう食べにくい料理だということは理解できたよ」

やっぱり本日も、彼はこういうスタンスであるようだ。

ちなみに彼の叔父《おじ》とシン＝ルウによる御前試合は、一通りの試食が済んだのちに執《と》り行《おこな》われる予定となっている。

「最初の品だけで空腹を満たしてしまうわけにはいかないから、次の料理に取りかからせていただこうか」

そのリーハイムの評には触れぬまま、マルスタインが小姓に合図を送る。卓の空いたスペースに、今度はがらりと趣《おもむき》の異なる料理が並べられていった。

「おお、ここで温かい料理はありがたいな」

「白ママリア酒を使ったギバ肉の煮込み料理、白ママリア酢を使った川魚の揚げ料理、および牛野菜の料理、チャッチを使った料理、そしてギバ肉を使った料理となりますね。白ママリア酒を使った料理は、レイナ＝ルウとシーラ＝ルウの作となります」

レイナ＝ルウたちが準備したのは、お馴染みの煮込み料理だ。まだ屋台で売りに出す気持ちにはなれないようだが、白ワインにも似た白ママリア酒の甘みと風味を活《い》かした、なかなかの逸品《いっぴん》である。一緒に煮込まれているのはアリアとチャッチとネェノンで、味付けにはタウ油と砂糖と白ママリア酢《す》も使われている。

そして俺が準備したのは、白ママリア酢を使ったマヨネーズやドレッシングなどをお披露目《ひろめ》するための料理である。川魚のリリオネはフライに仕上げて、タルタルソースを使用。ティノとアリアとネェノンと、パプリカのごときマ・プラと甘みの強いタラパの生野菜サラダには、マヨネーズとドレッシング。それに、ポテサラならぬチャッチサラダも準備している。

それに最後のギバ肉料理は、中華風《ちゅうかふう》の甘酢《あまず》あんかけである。いったん茹《ゆ》でたロース肉とアリアとプラとティノ、それにキクラゲモドキを強火で炒《いた》めて、白ママリア酢をベースにした甘酢のあんで仕上げている。今のところ、ダイレクトにママリア酢を使った料理では、これが一番の出来だと俺は自負していた。

「ああ、これは美味です」

こちら側の卓から、その甘酢あんかけに口をつけたヤンが声をあげる。

「白いママリアの酢の味が、十二分に発揮されています。なおかつ、この甘さが酸味と調和しているので、とても食べやすいように思います」

「本当に、とても美味です。実はわたしはママリア酢というものを少し苦手に思っていたので

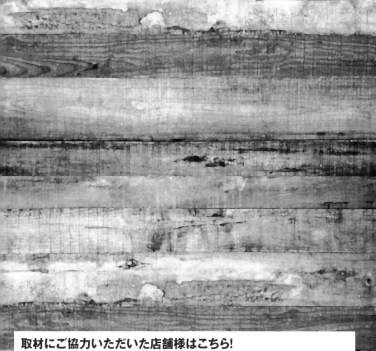

取材にご協力いただいた店舗様はこちら!

Sous-sol（旧店名：チーズとジビエ　咖哩なる一族）

TEL・予約
03-6908-7716

住所
東京都新宿区西新宿 7-11-16
MIYAKO ビル B1F

JR 新宿駅西口 徒歩 5 分
西武新宿線西武新宿駅
徒歩 4 分
都営大江戸線新宿西口駅
徒歩 3 分

営業時間　17:00 ～ 24:00

休日　　不定休

異世界料理道21 初回出荷限定封入特典

ジビエ料理道

Cooking With
WILD
Game
IN ANOTHER DIMENSION
Giba

第十二回 Sous-sol
（旧店名：チーズとジビエ　咖哩なる一族 ）

取材協力／Sous-sol（旧店名:チーズとジビエ　咖哩なる一族）様

すが、これならばいくらでも食べられそうです」

貴賓席から相槌《あいづち》を打ったのは、ディアルである。茶会ではずいぶんがっかりさせてしまったようなので、その屈託《くったく》ない笑顔に俺は胸を撫《な》でおろすことができた。

ちなみにアリシュナは、貴婦人がたの陰《かげ》で静かに食事を続けている。東の民としてもかなり表情を読み取りにくい彼女であるが、ひそかに食事の摂取量《せっしゅりょう》は男性陣《だんせいじん》にも負けていないようだった。

「ああ、こちらの野菜も、ずいぶんと美味に感じられる。ただのママリアの酢をかけるだけでは、こうもいかないでしょうな」

「このチャッチの料理は、とても優《やさ》しい味わいです。これにもママリアの酢が使われているのでしょうか」

「うむ！　この魚料理は格別に美味だ！」

本日の主賓《しゅひん》たるバナームの面々には、特に喜んでいただけているようだ。

そんな中で、マルスタインが「ふむ……」と声をあげた。

「こちらの皿がルウ家の息女らの作であると申したかな、アスタよ？」

「あ、はい。こちらのレイナ＝ルウとシーラ＝ルウの作です」

「レイナ＝ルウとシーラ＝ルウ」

マルスタインは静かに言って、その両名の姿を見やった。

「レイナ＝ルウというのは、たしか族長ドンダ＝ルウの息女であったはずだな。シーラ＝ルウというのは――」

「わたしは分家の出となります。本家の家長ドンダ＝ルウの弟であるリャダ＝ルウの娘《むすめ》――そして、シン＝ルウの姉となります」

「ほう、其方《そなた》がシン＝ルウなる人物の姉であったか。それはそれは」

マルスタインは穏《おだ》やかに笑い、シーラ＝ルウは礼儀《れいぎ》正《ただ》しく頭を下げる。俺よりも先んじてバードゥ＝フォウの名を覚えたマルスタインであるので、これできっとシーラ＝ルウの名も正確にインプットされたことだろう。

「先日の茶会ではトゥール＝ディンにリミ＝ルウという者たちもアスタに劣らぬ腕前を見せたというし、まったく森辺の民には驚かされるばかりだ」

「……おそれいります」

「そしてこの後は、噂《うわさ》に聞く森辺の狩人の力量も目にすることがかなうのだからな。実に有意義な一日となろう」

マルスタインが慇懃に述べる中、リーハイムはそっぽを向いてにやにやと笑っていた。その姿を、ララ＝ルウが姉の陰から燃えるような目でにらみつけている。レイナ＝ルウにじゃけんにされた腹いせに、リーハイムはシン＝ルウを呼びつけることになったのだ。姉と想《おも》い人の両方にちょっかいを出されたララ＝ルウとしては、誰よりも彼を憎《にく》たらしく思って然《しか》りであろう。

「いや、どれも素晴らしい料理です。わたしも感服させられました。ギバを使った料理も、そうでない料理も、どちらも実に見事な味わいです。アスタ殿がこれほどの腕前でもって料理を供しているからこそ、宿場町でも数々の食材を根付かせることがかなったのでしょうな」

と、今度はトルストが発言する。パグ犬のような面相をした、初老の貴族である。相変わらずくたびれきった表情をしているが、それでもその瞳にはこれまでで一番明るい光が宿されているように感じられた。

「本当はのちほど別室で御礼の言葉を述べさせていただこうと思っていたのですが、アスタ殿やヤン殿の尽力《じんりょく》の甲斐あって、食料庫を満たしていた食材も腐《くさ》らせることなく売りさばくことができております。特に香草やタウ油や砂糖などは、これまで以上に仕入れねば数が足りなくなるほどで……おかげで、財政が破綻《はたん》しかけていたトゥランをようよう立て直すことがかないました」

「は、それは恐縮《きょうしゅく》です」

「きっとバナームのフワノやママリアも、余すことなく売りさばくことがかなうようになるでしょう。わたしはそのように思うのですが、如何《いかが》でありましょうかな？」

その言葉は、城下町の料理人たちに向けられたものであった。黒フワノや白ママリアのメインターゲットは、宿場町でなく城下町の住人たちなのである。俺が城下町で店を開くわけではないので、これらの料理は彼らの今後に活かしていただかないと、望むような販促《はんそく》効果は得られないのだった。

そんなトルストの言葉を受けて厳粛《げんしゅく》にうなずき返したのは、ヤンだ。

「わたしもアスタ殿らの料理は素晴らしいと感じています。特にこのたるたるそーすやまよねーず、どれっしんぐといったものなどは、いくらでも他の料理で使うことが可能でありましょうから、城下町の民にも喜ばれることでしょう。しかもこれらは、料理人ならずとも作製することが可能であるというお話でありましたね？」

「はい。実は先日、ダレイムでご縁《えん》のある方々にもそれらの作り方を手ほどきさせていただいたのです」

「ああ、アスタ殿たちは祝日の前日に、ダレイムで夜を明かしたそうだね。可能なことなら、僕《ぼく》もその様子を覗《のぞ》いてみたかったものだよ」

にこにこと笑うポルアースにうなずき返しつつ、ヤンはさらに言葉を重ねる。

「また、黒フワノを使ったそばという料理も、美味であるだけでなく非常に目新しいので、多くの人間を喜ばせることがかないましょう。ただし、黒フワノを城下町で売るには、城下町の料理人がその作り方を覚えなくてはならなくなりますが――」

「ええ。これだって、料理人と呼ばれる方々ならば問題なく作製することはできるはずです。そばよりも手間のかかるぱすたでさえ、森辺ではもうこちらのトゥール＝ディンを筆頭に、一人で作製できるようになってきておりますので」

ほう、と感心したような声があがり、視線が俺のかたわらに集中する。もちろんトゥール＝ディンは、顔を真っ赤にしながら俺の陰に隠れることになった。

「しかし、その作り方を我々に明かしてしまってよろしいのでしょうか？　美味なる料理の作り方というのは、料理人にとっての財産に他ならぬはずですが……」

やや困惑《こんわく》気味の表情となったヤンに、「はい」と俺はうなずいてみせる。

「そのつもりがなければ、この料理をこの場でお披露目する甲斐もなかったでしょう。別に自分の損になる話ではありませんし、それよりも、自分の故郷の料理がジェノスで受け入れられる喜びのほうが勝《まさ》っています」

「……アスタ殿《どの》は、宿場町においても宿屋の主人たちなどに調理の技術を伝えているそうですね。わたしとしては、その度量にこそ感服させられてしまいます」

それは、価値観の相違《そうい》というものであろう。俺としては、森辺の女衆に美味なる料理の作り方を広めることがスタート地点であったのだから、余人にレシピを公開することに何の抵抗《ていこう》もありはしなかった。

（城下町で店を開けとか言われるよりは、そっちのほうがよっぽど面倒も少ないしな。そばが一般的《いっぱんてき》に食べられるようになったら、ますますたくさんのポイタンも必要になって、ドーラの親父さんたちの生活も潤《うるお》うだろう）

また、ウェルハイドなどはザッツ＝スンらの手によって父親を害されているのである。そんな彼の望みをかなえるためならば、手打ちそばやマヨネーズのレシピを公開することなど何の痛痒《つうよう》にもなるはずはなかった。

「ティマロやヴァルカスは、どのように考えているのかな？」

と、うっすら笑いながらマルスタインが他の料理人たちに目を向ける。ティマロは表情の抑《よく》制《せい》に失敗し、とても悔しげな顔になってしまっていた。

「は……確かにこのそばという料理なら、城下町でも大きな評判を呼ぶことがかなうでしょう。それに……流行遅れとされている揚げ料理にも、再び目が向けられるやもしれません」

「たとえば、《セルヴァの矛槍亭《ほこやりてい》》でこのそばという料理を売ることは可能であろうかな？」

「……わたしの主《あるじ》がそれを望むのでしたら、わたしはその言葉に従うのみでございます」

ティマロは今や《セルヴァの矛槍亭》の料理長であるはずだが、やはり雇《やと》い主《ぬし》というものが存在するらしい。察するところ、出資者はどこぞの貴族なのだろう。

「では、ヴァルカスは？」

マルスタインの言葉に、ヴァルカスは「はい」とうなずく。

「どれも素晴らしい料理でした。ヤン殿が仰《おっしゃ》っていた通り、後がけの調味料というものは非常に汎用性《はんようせい》に優《すぐ》れているかと思われます。アスタ殿はそれを使って三種の料理を披露《ひろう》しましたが、これは百種の料理を披露するにも等しい行いだったのではないでしょうか」

茫洋《ぼうよう》として感情の読めない声音《こわね》であるが、饒舌《じょうぜつ》だ。ひさびさに聞くヴァルカスの評価に、俺も思わず緊張《きんちょう》してしまう。

「また、そばという料理もきわめて美味でした。同じ汁を使って揚げ料理を食するという発想も素晴らしいと思います。これは城下町の民からも、さぞかしもてはやされることでしょう」

「では、其方の店でもその料理を扱《あつか》う気になれたのかな？」

この言葉には、「いえ」という言葉が返された。

「わたしは近々、シムのシャスカという料理を自分の献立《こんだて》に加えようと画策しておりました。

わたしの弟子であるタートゥマイの弁によると、このそばという料理はシャスカとよく似たものであるらしいので、わたしの店でシャスカを売れば、それと似たこの料理の名を知らしめるお役にも立てましょう」

そのように言いながら、ヴァルカスはくるりと俺《おれ》のほうに向き直った。

「ちなみに、シャスカには冷やす食べ方と温める食べ方が存在するようなのですが、このそばという料理にも温めて食する食べ方が存在するのでしょうか？」

「ああ、はい。温かいそばの場合は、あらかじめ汁に麺をひたしておきますね。でもそうすると、時間が経《た》つにつれて麺が汁を吸ってしまいますし、それに、さきほどの『麺をすする』という食べ方をしないと食べにくいので、この場には相応《ふさわ》しくないかなと考えた次第《しだい》です」

「やはり、温かいそばというものも存在するのですね。容易に味が想像できたので、きっとそうなのだろうと思いました。あらかじめフワノを汁にひたしておくということは、味も薄《うす》めに仕上げるのでしょうね？」

「そうですね。普通《ふつう》の汁物と同じように、汁だけをすすっても美味《おい》しくいただけるぐらいの濃さに調節します」

「素晴らしいです。是非《ぜひ》わたしも、その温かいそばというものを食してみたいものです」

相変わらずつかみどころのない無表情であるが、このような場でなければまた俺の手をわしづかみにしていたのかもしれない。そんなヴァルカスの姿を見やりながら、マルスタインは小さく笑い声をあげた。

「其方もずいぶん、アスタの料理に執心《しゅうしん》しているようではないか。ならば、シャスカという料理とともにこの料理も売りに出せばよいのではないのかな」

ヴァルカスはマルスタインに向き直り、また「いえ」と同じ返事をする。

「アスタ殿の料理は、とても素晴らしいと思います。しかし、わたしには不要の技術です」

「不要の技術？」

「わたしは長年、セルヴァとシムとジャガルの料理について学んできました。三つの王国のさまざまな技術を融合《ゆうごう》することにより、わたしの料理は完成されているのです。そこにアスタ殿の有する渡来《とらい》の民の技術をうかつに合わせようと試みれば、まず間違《まちが》いなく味が壊《こわ》れます。わたしには、うかつにアスタ殿の技術を取り入れることは許されないのです」

あくまでも無表情に、ヴァルカスはそのように言いたてた。

「わたしがもう十年か二十年も若い時分にアスタ殿と出会っていれば、きっとその技術に心酔《しんすい》し、己《おのれ》のものにしたいと欲《ほっ》したことでしょう。ですが、この年齢《ねんれい》でこれまでにつちかってきたものを打ち捨てるわけにはいきません。だからわたしは、アスタ殿の料理に感服することはできても、決して手を取り合うことはできないのです」

「ふむ。それでは其方の店でアスタの料理を扱うことはかなわない、ということだな」

「はい。《銀星堂》はわたしの店であるのですから、わたしの料理だけを出していきたく思います」

どうやらヴァルカスの店は、自身がオーナーであり店主でもあるらしい。きっとサイクレウスから得た莫大《ばくだい》な報酬《ほうしゅう》で、自らの料理店を立ち上げたのだろう。

「ですがさきほども申しました通り、わたしの店ではシャスカを売りに出す予定でいます。それがジェノスで受け入れられれば、アスタ殿のそばという料理が受け入れられる土台を作るお役には立てるかと思われます。それで少しでも、バナームの黒いフワノの存在を知らしめる一助になれれば幸いです」

「うむ。そのあたりが落としどころであろうかな」

マルスタインは、また微笑《びしょう》する。こちらもこちらで、なかなか腹の読めない人物なのである。

「では、ルウ家の息女らが作りあげた料理に関してはどうなのだろう？　あれもやはり、アスタの故郷の流儀《りゅうぎ》に則《のっと》った料理なのだろうか？」

「酒で肉を煮込《にこ》むというのは、シムやマヒュドラで多く使われる作法であるようです。ジャガルでも多少はその作法が見られるようですが、山育ちのギャマやムフルの大熊《おおぐま》などはきわめて強い臭《くさ》みを有しているため、酒で煮込んでそれをやわらげるのがシムとマヒュドラでは一般的な作法となったのでしょう」

俺に答える間隙《かんげき》を与《あた》えず、ヴァルカスがそのように述べたてる。

「しかしそれ以前に、この料理は論ずるに値しません」

「ふむ？　それはどういう――」

「酒で肉を煮込めば、それだけで旨《うま》みを引き出すことはかないます。しかしこの料理には、それ以外の工夫《くふう》が見られません。後から加えられた調味料の分量も、不適当だと思われます」

レイナ＝ルウが、ハッと息を呑《の》む気配が伝わってきた。

ヴァルカスは淡々《たんたん》と言葉を重ねる。

「かつてわたしの弟子《でし》であるシリィ＝ロウが参席した茶会において、森辺の民の幼き料理人たちが素晴らしい腕前を見せたと聞《き》き及《およ》んでいます。よって、今宵もそうした驚《おどろ》きが得られるのではないかと期待していたのですが、とても残念です」

「いえ、ヴァルカス、それは――」

俺が思わず声をあげかけると、レイナ＝ルウに腕《うで》をつかまれた。

「アスタ、いいのです。わたしたちが未熟なかまど番であるというのは、まぎれもない事実なのですから」

「いや、だけど――」

「いいのです」

レイナ＝ルウの手が、ぎゅっと俺の手首を握《にぎ》り込んでくる。家人ならぬ異性の身に触れることは、森辺においてよしとされていない。しかしそんな習わしを気にかけるゆとりもないぐらい、レイナ＝ルウは激しく気持ちを乱されてしまっているのだろう。その綺麗《きれい》な青い目には、うっすらと悔《くや》し涙《なみだ》が浮《う》かんでしまっていた。

「ずいぶん辛辣《しんらつ》だな。わたしには、アスタの料理に劣らぬぐらい見事な出来栄《できば》えだと感じられたのだが」

「それは、アスタ殿に対して失礼な言い様になってしまいましょう。……まあ、アスタ殿がこれまでに見せてきた料理の中でもっとも不出来なものと並べれば、そこまでの遜色《そんしょく》はないのかもしれませんが。何にせよ、この料理が美味であるのなら、それは料理人の腕でなくギバ肉という食材の恩恵《おんけい》なのでしょう」

これといった感情が込められていない分、ヴァルカスの言葉はいっそう残酷《ざんこく》に響いた。シーラ＝ルウは静かにまぶたを閉ざしており、トゥール＝ディンとユン＝スドラはおろおろと視線をさまよわせている。ララ＝ルウは、はっきりと怒《いか》りの表情だ。

「ヴァルカス、あなたは相変わらず口が悪いのね」

と――そこに初めて、リフレイアの取りすました声が響きわたった。

「口の悪さでわたしが人のことをとやかく言えたものではないけれど、このような場では多少つつしむ必要があるのじゃないかしら？」

「そうですか。この試食の場では率直《そっちょく》な意見を述べ合うべきと聞かされておりましたので、それに従ったまでなのですが」

「……まあ、あなたはそういう気性《きしょう》ですものね」

リフレイアが何かを思《おも》い悩《なや》むように口をつぐむと、別の声がこちら側の卓からあがった。

「しかし、ひと月やそこらで新しい食材を使いこなすというのは、並大抵《なみたいてい》の話ではないでしょう。誰もがあなたやアスタのような腕を持っているわけではない、ということですよ」

それはロイの声であった。隣に立っていたシリィ＝ロウが、きつい眼差しをそちらに向ける。

「誰もあなたの意見などを聞いてはいませんよ。あなたこそ口をつつしみなさい」

「それは失礼。でも、主人の失言を取りなすのも弟子の仕事ではないのですかね」

「ヴァルカスの言葉が失言などとは――――」

「さっきの料理が不出来であったというのは、それほどの失言でもないのでしょう。でも、それで森辺の料理人に失望したというのなら、それは失言だと思います」

シリィ＝ロウの言葉をさえぎって、ロイはそのように言いつのった。言葉づかいは丁寧《ていねい》であるが、その顔はいつも通りの仏頂面《ぶっちょうづら》だ。

「自分が宿場町で口にした彼女たちの料理は、さきほどの料理よりも格段に美味でした。少なくとも、自分が恥《はじ》も外聞も捨ててヴァルカスに弟子入りを願うぐらいにはね。今日のこの料理だけで森辺の料理人に失望したなどという発言は、のちのちあなたの評判を下げることにもなりかねませんよ、ヴァルカス」

シリィ＝ロウは、火のような目つきでロイの横顔をにらみつけていた。

そんな中、ヴァルカスは「そうですか」と変わらぬ口調で応じる。

「今宵の期待が裏切られたというのは正直な気持ちですが、それで森辺の料理人そのものに失望したという気持ちはありませんでした。何か誤解を与えてしまっていたのなら、それは謝罪いたしましょう」

「いえ……」と、レイナ＝ルウはうつむいてしまう。

「それでは、そろそろわたしどもの料理も味わってはいただけませんでしょうか？　あまりに時間が移ってしまいますと、料理の味も落ちてしまいますので」

そんなヴァルカスの言葉によって、ようやく試食会は後半戦に突入《とつにゅう》することになったのだった。

3

「こちらが、わたしの用意した三種の料理となります」

意気揚々《いきようよう》と声をあげたのは、ティマロであった。卓の空いたスペースに、新たな皿が次々と運び込まれてくる。

「こちらは黒フワノの汁物料理、こちらは黒フワノの団子料理、こちらは白ママリア酢を使った野菜の酢漬《すづ》け料理です」

「ほう、これはまた興味深い」

ヴァルカスからもたらされた微妙《びみょう》な空気も、ロイのおかげでその頃《ころ》にはすっかり払拭《ふっしょく》されていた。バナームの人々は興味津々《きょうみしんしん》で卓の上を覗き込んでおり、レイナ＝ルウもシーラ＝ルウも真剣な眼差しでティマロの料理を見つめている。

ティマロの準備した汁物料理というのは、どうやら黒フワノ粉がそのままぶちこまれているらしく、暗灰色《あんかいしょく》のどろりとしたシチューのような仕上がりになっていた。ちょっと泥水《どろみず》のように見えてしまうのが難点であるが、幸いなことに香《かお》りは素晴らしい。辛《から》そうなシムの香草《こうそう》や、それに何らかの魚介類《ぎょかいるい》が使われているようだ。

団子料理というのは、黒フワノの団子が肉や野菜と盛られている煮付《につ》け料理である。団子の大きさはピンポン球ぐらいで、色はやっぱり暗灰色。肉はカロンの薄《うす》切《ぎ》りで、野菜はとりあえずパプリカのごときマ・プラとサトイモのごときマ・ギーゴが確認《かくにん》できた。それらの具材が、とろみのある乳白色の煮汁《にじる》にまぶされている。

そして酢漬け料理というのは、さまざまな野菜にねっとりとした半透明《はんとうめい》の液体がまぶされていた。こちらはズッキーニのごときチャン、ニンジンのごときネェノン、キャベツのごときティノ、ダイコンのごときシィマの姿がうかがえる。

「ふむ。こちらはフワノの粉がそのまま投じられているのですな」

ふとっちょの使節団員が、小姓《こしょう》によって取り分けられた汁物料理を物珍しげに見やっている。今にも鼻を寄せて香りを嗅《か》ぎ始めそうな様子である。

「フワノを焼いたり茹でたりするのでなく、そのまま使うとは目新しい。まったく味の想像がつきませんな」

「それでは、いただいてみましょう」

ウェルハイドの声とともに、バナームの三名が同じ料理を口に運んだ。

反応は、さまざまである。ウェルハイドは軽く眉《まゆ》をひそめ、初老の人物は目を見開き、ふとっちょさんは満面に笑《え》みをたたえた。

「何というか……これは説明のし難《がた》い味ですね」

「ええ、とても驚かされました」

「しかし、なかなか美味ではないですか」

彼《かれ》らはきっと、ジェノスの貴族たちほど複雑な味付けに慣れていないのだろう。その驚きを共感すべく、俺も汁物料理から口をつけることにした。

まず感じられたのは、ぴりっとした辛みだ。チットの実と、それにもう二種ぐらいは香草を使っているに違《ちが》いない。若干《じゃっかん》の酸味も感じられる。

香りで感じた魚介《ぎょかい》の風味は、どうやらマロールと呼ばれる甘《あま》エビに似た甲殻類のものであったようだ。出汁として使われたのか、それともすり身にされているのか、肉の食感は感じられないがかなり強く香りが出ている。

さらに、砂糖やタウ油も使われているのだろう。甘みも塩気もそれなりに強い。タイ料理を思わせる辛さと酸味に、和風の甘みが加えられたような、やっぱり複雑な味わいである。

そこに小麦粉や蕎麦粉《そばこ》にも似た黒フワノ粉がどっさり投入されているため、煮汁はかなり粉っぽくて、その複雑な味や風味がのろのろとした動きで口の中を通り過ぎていく。悪く言えばしつこいし、よく言えば後をひく味わい、といった感じだ。

具材は、カロン肉のたぶんロースと、あとはマ・プラにティノのしんなりとした食感が印象に残った。それ以外にもチャンやロヒョイやマ・ギーゴあたりが使われているようであったが、それらはぐずぐずに溶《と》け崩《くず》れており、いい出汁にはなっているのであろうが、食感の面ではスープと一体化してしまっていた。

「うむ。味は申し分ない。しかし、いささか咽喉《のど》にひっかかるような食べ心地《ここち》だな」

マルスタインがそのように評すると、ティマロは「はい」と頭《こうべ》を垂れた。

「それこそが、通常の白いフワノとの違いになります。白いフワノであればもう少し咽喉ごしはなめらかになりますが、そのぶん味や風味もすぐに抜《ぬ》けていってしまうことでしょう」

「なるほどな。まあ、茶や酒があれば何も不都合はなかろう」

小姓が音もなく忍《しの》び寄《よ》り、侯爵《こうしゃく》の空になったグラスに白ママリア酒を注ぐ。

「こちらの団子料理というのは、歯ざわりが素晴らしいね。やはりこれも、黒いフワノゆえなのかな？」

ポルアースが笑顔で発言すると、ティマロは誇《ほこ》らしげな面持ちで「はい」と応じた。

「黒いフワノと白いフワノを分けるのは、その食感と若干の風味です。風味は香草などで容易《たやす》く打ち消されてしまいますので、やはり食感の違いを楽しんでいただくのが最善であると考えた次第です」

「うん、確かにこれは、白フワノでは生み出し難い味なのだろうね。僕はとても好みだよ」

それでは、と俺も同じ料理を口にすることにした。

フワノの団子も煮込まれているので、銀のフォークで刺《さ》してみても、感触《かんしょく》はやわらかい。乳白色の煮汁にまぶされたそいつを丸々口の中に放《ほう》りこんでみると、まずはカロン乳とパナムの蜜《みつ》の甘さが口の中に広がった。

カロン乳は煮汁で使われ、パナムの蜜はフワノの生地《きじ》に練り込まれているのだろう。あとはやっぱりタウ油の塩気と、それにパクチーのような風味も感じられる。煮汁はしっかりと団子の中にまでしみわたっていたので、それらが蜜の甘さと混じり合い、また豊かで複雑な味を俺の口に広げてくれた。

で、ポルアースが賞賛する通り、これだけ煮汁を吸っているのに、フワノの生地はじゃくじゃくと簡単に潰《つぶ》れて咽喉を通っていった。白フワノやポイタンであったら、もっとべったりとした食感で、しつこく口の中に残されていたに違いない。

さきほどの汁物では、黒フワノ粉の粒子《りゅうし》の粗さが摩擦《まさつ》となり、こちらの団子料理では、逆に軽《かろ》やかな食感を生みだしている。粉のまま使うか団子として仕上げるかで、まったく真逆の効果をひねり出したのだ。その発想は、俺にはなかなかユニークに感じられた。

「森辺の族長ダリ＝サウティは、如何であろうかな？　ジェノスの料理があまり森辺の民《たみ》の口に合わないことは承知しているが、その上で率直な意見をうかがいたいものだ」

マルスタインに呼びかけられて、ずっと静かにしていたダリ＝サウティが面を上げた。

「こちらの汁物は、いささか苦手だな。こちらの団子というやつは、まあ無理なく口にすることはできるが……それでもやっぱり、美味《うま》いか不味《まず》いかを判別することは難しい。まず俺たちはギバの肉がないだけで物足りなく感じるように身体ができあがってしまっているからな」

「ふむ。しかし其方は、アスタの作ったリリオネの揚げ料理を食しているとき、ずいぶん満足そうな表情をしているように感じられたが」

リリオネの揚げ料理というのは、タルタルソースのために作製した川魚のフライのことだ。ダリ＝サウティは、虚《きょ》をつかれた様子で目をぱちくりとさせた。

「俺はそのように満足げな顔をしてしまっていたのかな。……だけど確かに、あれはギバでなく魚の肉だったが、とても美味に感じられた」

「うむ。確かにあの揚げ料理も絶品であったからね。……しかし、ジェノスの民にとっては其方の料理も絶品だよ、ティマロ」

「過分なお言葉をいただき光栄にございます」と、ティマロはうやうやしく頭を下げる。

「この酢漬けの野菜というのも、不思議な味わいですな。どこにも肉は見当たらないのに、肉の風味を強く感じます」

トルストの言葉には、「はい」と笑顔で応じる。今日のティマロは、自信に満ちみちていた。

「そちらは白いママリア酢ばかりでなく、カロンの脂《あぶら》も一緒に溶かし込んでいるのです。赤いママリアの酢漬けとはまた異なる味を引き出せたものと自負しております」

どれどれ、と俺も最後の料理に手をのばす。が、こればかりはちょっと俺の口には合わなかった。半透明のとろりとした液体は、まさしく白ママリア酢とカロン脂の融合体であったのである。ビネガーと牛脂《ぎゅうし》の混合物と表現すれば、より明確にイメージできるだろうか。他《ほか》にも香草を使っているようなのだが、酢と脂の存在感が強烈《きょうれつ》すぎて、まともに判別することもできなかった。

しかもこいつはじっくりと漬《つ》け込んで醗酵《はっこう》させているらしく、野菜自体も強い酸味を帯びている。それで肉の風味というか、ひたすら脂っぽいこってりとした風味まで重なってくるのだから、咽喉を通りにくいことこの上なかった。

ふっとかたわらを見下ろしてみると、同じものを口にしたらしいトゥール＝ディンが涙目でうつむいてしまっている。俺が慌《あわ》ててお茶のグラスを差し出すと、トゥール＝ディンはそいつで口の中身を無理やり飲みくだしてから、「あうう」と彼女《かのじょ》らしからぬ声をもらした。

「大丈夫《だいじょうぶ》？　もう無理して口にすることはないからね？」

俺がこっそり囁《ささや》きかけると、トゥール＝ディンは涙目のまま「ありがとうございます……」とつぶやいた。

「レイナ＝ルウたちは、どうだったかな？　ティマロの料理を口にするのは、ずいぶんひさびさのことだよね」

「そうですね……やはり手放しで美味とは思えませんが、あの頃とは少し異なる印象を受けています」

レイナ＝ルウが、小声で応じてくる。

「何というか、あのティマロという料理人がどのような味を目指しているのか、それは理解できるように思えるのです。それはきっと、わたしがヴァルカスの料理の味を知ったためなのでしょうね」

「うん、俺も似たような心境かな。ティマロの目指す先には、ヴァルカスがいるように感じられるよね」

すると、エウリフィアに「どうしたのかしら？」と呼びかけられてしまった。

「何か思うところがあったのなら、それはわたくしたちにも聞かせてほしいものね。そのために、あなたがたもこの場で料理の味を確かめているのでしょう？」

「あ、いえ……そうですね、やはり黒フワノというのは食感が独特ですので、それを最大限に活用したティマロの料理は素晴らしいと思います」

「ふうん？　それでは、ヴァルカスは如何かしら？」

ヴァルカスは、汁物の注がれた皿をかちゃりと卓《たく》に置く。

「わたしは特に、思うところもございません」

「あら、ティマロの料理に不満なの？」

「不満か満足かと問われれば、もちろん不満です。そして、このような形で希少な食材を使われることは、とても不本意です」

ティマロの笑顔が、ぴくりと引きつった。

「ヴァルカス殿は以前から、一度としてわたしの料理をお認めにはなられませんからな。よほど作法や好みが異なるのでしょう」

「どのような作法であれ、美味な料理は美味です。そしてあなたの料理は、決してわたしの作法から遠からぬものだと思っています。……それゆえに、不出来な部分も際立《きわだ》って目についてしまうのでしょう」

「わたしの料理が、そこまで不出来であると？」

「不出来です。わたしであれば、この汁物料理に砂糖は使いません。甘さを欲するなら、ミンミかラマムの実を使ったでしょう。それに、マロールだけでは風味が足りないので、海草や魚の燻製《くんせい》も一緒《いっしょ》に使ったと思います」

ヴァルカスは、またぼんやりとした口調で辛辣な言葉を並べ始める。

「団子料理に関しては、メッドの香草が不要です。パナムの蜜の甘さとぶつかりあい、とても不快でした。それで煮汁には、砂糖や乳脂《にゅうし》を使うべきでしたね」

「そ、それではただ甘いだけの料理になってしまうではないですか？」

「あの料理ならば、甘さと塩気ぐらいが相応です。無駄《むだ》に味を加えても、調和を乱すばかりでしょう」

ティマロはいっそういきりたち、ヴァルカスはそれに反比例してどんどん冷めていく。

「野菜の酢漬けなどは、論ずるまでもありません。あの料理にカロンの脂を使うことに、どのような意味があるというのでしょう。ただ物珍しいというだけで、ひたすら味を悪くしているばかりです。あれならば、ただ白ママリア酢に野菜を漬けたほうが、よほど美味に仕上げられます」

「ヴァルカス、もうそのぐらいでいいのじゃないかしら」

と、再びリフレイアが掣肘《せいちゅう》の声をあげた。

「あなたたちのそういうやりとりも、わたしはすっかり聞き飽《あ》きているぐらいだけれど、他の皆様《みなさま》はきっと面食らってしまっているでしょう」

ヴァルカスは、何の感慨《かんがい》もなさそうに一礼した。まだ声をあげようとするティマロを視線で抑《おさ》え込んでから、リフレイアは貴賓《きひん》の人々をぐるりと見回す。

「ヴァルカスとティマロは、両名ともにトゥラン伯爵家《はくしやくけ》に仕える料理人であったのです。その頃から、二人はこのようにいがみあっていたのですわ。すでに主人でなくなったわたしが釈明《しやくめい》する筋合いはないのですが、そういった因縁《いんねん》が存在することはどうぞお含《ふく》みおきください」

その幼さに似合わぬ毅然《きぜん》とした物言いに、バナームの人々などは「ははあ……」と感心したような声をあげていた。傍若無人《ぼうじやくぶじん》で幼いリフレイアも、公《おおやけ》の場ではこうして貴婦人らしく振《ふ》る舞《ま》うことが可能なのである。そして、彼女がこのように自分から率先《そつせん》して発言するのは、本人にとってよい変化なのだろうなと思えてならなかった。

「腕のよい料理人というのは、いずれも自負の気持ちが強いものであるからな。そうでなかったら、わたしも城の料理長を連れてきていたところなのだが、やはりそれは思い留《とど》まって正解であったようだ」

悠揚《ゆうよう》せまらずに、マルスタインもそのような言葉を述べた。

「では、いよいよヴァルカスの料理を堪能《たんのう》させていただこうか。それほどの口をきくからには、きっとわたしたちを大いに楽しませてくれる料理を準備しているに違いない」

小姓たちが新たな盆《ぼん》を運び入れてくる。そこに載《の》せられているのは、保温のための釣鐘《つりがね》型の蓋《ふた》がかぶせられた大皿であった。

その蓋の下から現れたのは、香《こう》ばしく焼きあげられたキミュスの丸焼きである。だが、普通の丸焼きではない。そのキミュスは、すみからすみまで完全に漆黒《しつこく》の色合いをしているのだ。俺たちは厨《くりや》でその異様な姿をすでに目にしていたが、初のお目見えとなる貴族たちは、そのほどんどが驚きの声をあげていた。

「何なのだ、その料理は？　火にかけ過ぎて、焦《こ》げてしまっている……というわけではないのだろうな」

「こちらは、黒いフワノとギギの香草を使った料理となります。……シリィ＝ロウ」

「はい」とうなずき、シリィ＝ロウがその皿に近づいていく。どうやらその肉を切り分けるのは、彼女の仕事であるようだ。

小姓の準備した肉切り刀と鉄串《てつぐし》を使って、シリィ＝ロウはよどみなくキミュスの肉を切り分けていく。真っ黒な表皮の下から現れたのは、艶《あで》やかに輝《かがや》く薄桃色の肉だ。シリィ＝ロウはすべての肉に黒い皮が行《い》き渡《わた》るように切り分けて、小さな壺《つぼ》からすくいあげた熱そうな煮汁を丁寧に掛《か》けていった。

「お待たせいたしました。どうぞお召《め》しあがりください」

シリィ＝ロウはすみやかに身を引き、小姓が料理を小皿に取り分けていく。そのキミュスはかなり大ぶりであったが、三十人がかりではごく少量しか行き渡らないようだ。

香りからして、素晴らしい料理である。タウ油の甘辛《あまから》そうな香りと、焼けた肉の香ばしい匂《にお》い、それに複数の香草のスパイシーな香りが複雑にからみあっている。それなりに満たされてきた胃袋《いぶくろ》をさらに活性化させてくれるような、そんな魅惑的《みわくてき》な芳香《ほうこう》であった。

その料理を口にすると、「うむ、これは――」と言ったきり、マルスタインでさえ言葉が続かなかった。他の貴族や貴婦人たちも、のきなみ感嘆《かんたん》の声をあげている。表面上だけでも平静を保っているのは、メルフリードとアリシュナぐらいのものであった。

それらの声を聞きながら、俺もその皿に手をのばす。ヴァルカスの料理というだけで、俺は期待に胸が高鳴ってしまっていた。

表面は、カリカリに焼けている。それに前回の魚料理と同じように、炙《あぶ》り焼きにしながら何重にも薄い衣液を塗《ぬ》っているのだろう。肉のやわらかさと表皮の香ばしさが絶妙《ぜつみょう》であった。

キミュスというのは、どこもかしこもササミのように淡白《たんぱく》な味わいだ。そのシンプルな肉の味わいを、黒い衣が複雑に彩《いろど》っている。一番強く感じられるのは、甘さと辛さであった。だけどどちらも、何に由来する味なのかはなかなか判別がつかない。パナムの蜜の風味は感じられたが、そこに果実のまろやかな甘さも加えられている。甘さひとつを取ってみても、そこまで味が深いのだ。

辛いのは、香草の効果だろう。とげとげしい辛さではなく、じんわりと舌を刺激《しげき》する味わいであった。そして、後から掛けられた煮汁は白ママリア酢がベースであるに違いない。その独特の風味と酸味が、黒い衣の甘みと辛みと相まって、素晴《すば》らしい相乗効果を生み出しているのである。

さらに集中して味を確かめると、その裏側に奇妙《きみょう》な味があった。意識しないと見過ごしてしまいそうな、それは独特の苦みである。最初は焼かれた衣や皮の香ばしい風味かとも思ったが、どうやらそうではないらしい。何かカカオの類《たぐ》いを思わせる不思議な苦みが、この料理の中核《ちゅうかく》を担《にな》っていたのだった。

これも何かの香草なのだろうか。俺には覚えのない味だ。お焦げの香ばしさと見誤ってしまいそうなささやかなる風味であるのに、いったん意識すると、この苦みが味を引《ひ》き締《し》めているのがわかる。甘さと辛さと酸味と塩気が、この苦みによってひとつにまとめあげられているような、そんな感覚にすらとらわれてしまった。

「……キミュスの皮が黒いのは、黒フワノ粉とギギの香草を纏《まと》わせているためです」

ヴァルカスの声が、静かに響《ひび》く。

「ギギの香草は扱いが難しいのですが、上手《うま》く黒フワノや白ママリアの酢《す》と調和させることがかないました。黒フワノとギギの衣にはラマムのすりおろしやレテンの油、タウ油、カロンの乳、それにサルファルなどの香草もあわせており、煮汁のほうでは白ママリアの酢と酒、パナムの蜜、ラマンパの実などを使っています」

その言葉を聞きながら、俺は透明《とうめい》の煮汁だけをそっとなめてみた。確かに、言われた通りの食材の味を感じる。果実酒は隠《かく》し味《あじ》ていどにしか使われていないのだろう。白ママリア酢をベースにした、酸味と甘みの強調された味わいである。

その煮汁にひたされていない部分から黒い衣だけをひとかけら剥《は》がして味わってみると、今度ははっきりと苦みが感じられた。きっとこれが、ギギという香草の苦みなのだ。そもそも黒フワノというのは灰褐色《はいかっしょく》をしているので、この黒い色合いもギギの香草からもたらされたものなのだろう。

他にはかろうじてタウ油の風味と塩気が感じられるが、ラマムやカロン乳などはよくわからない。ただ、なめらかな甘みが苦みの向こうにくっきりと感じられる。それに、煮汁がないとけっこうぴりぴりとした辛さが舌を刺してくる。この料理は、煮汁と衣の味が融合することで、初めて完成されるのだ。

「……あんなに味気ないキミュスの肉ですら、ヴァルカスにかかればここまでの味に仕上げられてしまうのですね」

レイナ＝ルウが、俺にだけ聞こえるような小声でそのように囁いていた。

「何だか、また自分との差を思い知らされてしまいました。あのように不出来な料理を出してしまったことを恥《は》ずかしく思います」

「いや、あの料理はレイナ＝ルウたちにとってもまだ未完成なんだろう？　それをお披露目《ひろめ》するように提案したのは、俺なんだから――」

「それでも、わたしが未熟であることに変わりはありません」

俺は心配になってレイナ＝ルウの横顔を覗き込んだが、彼女は落ち込んでいるのではなく、闘志《とうし》に燃えていた。そして、反対の側からシーラ＝ルウも顔を寄せてくる。

「きっと、ギバやカロンの肉ではこの味付けも合わないのでしょうね。これはキミュスの肉だからこそ成しうる味なのだと思います。……わたしたちもひとつずつ味を重ねていって、ギバ肉でこのように美味なる料理を作ることができたら、きっとまたとない喜びを得ることができるでしょう」

「うん。ギギっていうのは、どの香草のことなんだろうね。ギバ肉に使ったらどんな味になるのか試《ため》してみたいよ」

シーラ＝ルウと喋《しゃべ》るときは、レイナ＝ルウは家族に対するような言葉づかいになる。そうすると、レイナ＝ルウはなおさらひたむきに見えて、俺はいっそう安心することができた。

「いや、これは素晴らしい料理であった。……しかし、このように手の込んだ料理をヴァルカス以外の人間が作りあげることは可能なのであろうかな？」

やがてマルスタインがそのように発言すると、ヴァルカスはけげんそうに首を傾《かし》げた。

「はい。わたしの弟子たちであれば、これに近い味を組み立てることは可能かと思われます」

「ならば、やはりこのような料理は其方《そなた》の店でしか作れぬということではないか？　それでは、バナームの食材を広く知らしめるという目的にはあまり沿わないことになろう」

「……ですがこれは、バナームのフワノとママリアなくして作りあげることはかなわぬ料理です。そうであるならば、わたしの店を訪《おとず》れる客人たちにそれらの食材の素晴らしさを伝えることはかないましょう」

「それでいったいどれだけの人間が、バナームのフワノやママリアを自分でも買ってみようと思えるのであろうかな。……いや、いい。このようなことを取《と》り沙汰《ざた》しても詮無《せんな》きことだ。其方には其方のやり方で、美味なる料理を作り続けてもらいたい」

「はい」と、ヴァルカスは頭を垂れた。その向こう側で、ティマロは静かにまぶたを閉ざしている。いくぶん顔色はすぐれぬようだが、取り乱している様子はない。

（よく考えたら、ティマロは何年もヴァルカスのそばで料理の腕前《うでまえ》を比較《ひかく》され続けてきたんだ

な。それで心を折らずにいられるのは、ものすごい根性《こんじょう》なんじゃないだろうか）

そんなことを考えていると、エウリフィアが「さあ」とはしゃいだ声をあげた。

「それではいよいよ、ヤンの出番ね？　わたしたちは、あなたの作る甘い菓子《かし》を一番の楽しみにしていたのよ」

わたしたちというのは、きっと貴婦人がたのことなのだろう。姉妹のようによく似たベスタ姫《ひめ》とセランジュ姫は、次期侯爵夫人のかたわらで期待に瞳《ひとみ》を輝かせている。

そうして運び込まれてきたのは、黒フワノの焼き菓子であった。しかもこれは、乳脂で揚《あ》げ焼きにされているらしい。薄くのばした黒フワノの生地が春巻きのような形で巻かれており、バターにも似た乳脂の香りを濃厚《のうこう》に漂《ただよ》わせていた。

「あら、焼くのではなく、揚げているのかしら？」

「はい。以前の茶会でアスタ殿の準備した菓子があまりに素晴らしかったので、わたしも触発《しょくはつ》されてしまったのです」

ヤンはそのように述べていたが、あのときに俺が準備したのはドーナツだ。香ばしく揚げ焼きにされたその菓子は、ドーナツよりもパイに近いように感じられた。

灰褐色の春巻きみたいなその菓子に、とろりとした薄紅《うすべに》色のソースが掛けられている。ところどころに散っているのは、桃《もも》に似たミンミの果肉であるようだった。

「うわ、美味しいです！」

と、大きな声をあげてしまってから、ユン＝スドラが真っ赤になって縮こまった。その微笑ましい姿に、エウリフィアが「いいのよ」と笑いかける。

「ここでは素直《すなお》に意見を述べ合うべきという話であったでしょう？　わたしも、とても美味だと思うわ」

「おそれいります」と、ヤンはうやうやしく頭を下げる。

俺も食させていただいたが、それは茶会で出された菓子に劣《おと》らぬ美味しさであった。生地にはカロン乳やキミュスの卵も使われているらしく、風味も豊かで、かつパリパリとした食感が好ましい。そしてその内に隠されていたのは、アロウやシールの果肉をベースにしたジャムであった。

パナムの蜜とミンミの実で作られたソースがぞんぶんに甘いので、そちらのジャムは甘さも控《ひか》えめだ。ベリー系のアロウと柑橘《かんきつけい》系のシールの酸味が素晴らしく調和しており、そこに自然な甘みが加えられている。この甘みは、きっと白ママリア酒であろう。果実と一緒に煮立《にた》てて酒精《しゅせい》をとばしているのか、幼子でも美味しく食べられそうな優《やさ》しい味わいであった。

そして、ほどよく固い生地と、とろりとやわらかいジャムの他に、また異なる食感が二種ほど潜《ひそ》んでいた。片方は、前回と同じくキミュス肉の繊維《せんい》であろう。糸のように細く裂《さ》かれたキミュスの胸肉が、きゅっきゅっと心地好《ここちよ》い噛《か》み応《ごた》えを与えてくれる。

もう一種は、果物か野菜であるようだった。やはり細く裂かれており、味らしい味は感じられない。噛めば容易く潰れるが、わずかにぷりぷりとした弾力《だんりょく》があって、それもまた楽しい食感を生み出してくれていた。

「……これは、マ・プラでありますね？」

ヴァルカスがそのように発言すると、ヤンは穏《おだ》やかに「はい」とうなずいた。

「マ・プラを白ママリア酒で煮込んだものです。噛み応えが足りないように感じられたので、それを加えることにいたしました」

マ・プラというのはプラの亜種《あしゅ》で、パプリカに似た野菜である。プラのような苦みがないので、俺も彩りや食感のために加えることが多い野菜であった。

「素晴らしい発想です。シリィ＝ロウに聞いていた通り、あなたの菓子を作る腕は、ジェノスでも屈指《くっし》のものでしょう」

「ヴァルカス殿《どの》ほどの料理人にそこまでのお言葉をいただけるのは、光栄の極《きわ》みです」

うなずきながら、ヴァルカスはティマロを振り返《かえ》った。

「ティマロ殿も、菓子作りに関してはヤン殿に劣らぬ腕を持っていました。ひとつの味を極める技術には目を見張るものがあるのですから、通常の料理に関してもその技術を活《い》かせば、きっと素晴らしい料理を作りあげることもかなうでしょう」

難しい顔をしてヤンの菓子を口にしていたティマロは、いっそう難しげな顔になってヴァルカスをにらみつける。ティマロにしてみれば、ライバルと目している相手にそのような言葉をかけられても、決して嬉《うれ》しくはないのだろう。

「いや、これも素晴らしい味わいだった。バナームのフワノは、甘い菓子にも向いているようだな」

マルスタインの言葉に、ヤンが「はい」と慇懃《いんぎん》に応じる。

「ただ普通に焼きあげるのでは白いフワノより味気ない仕上がりになってしまいがちですが、ほんの少しの工夫で美味なる菓子を作ることは可能になります。城下町では甘い菓子を軽食とする人間も少なくはないので、そちらに取り組む意義は大いにありましょう」

「それではヤンともども、ティマロにも腕をふるってもらいたいものだな。其方の菓子作りの力量に関しては、貴婦人の間でも名高いと聞き及んでいるぞ？」

「は……」と、ティマロは複雑そうな面持《おもも》ちで一礼する。肝心《かんじん》の料理のほうをヴァルカスにこきおろされてしまったので、菓子の腕前をほめられても痛《いた》し痒《かゆ》しというところなのだろう。

「どう、オディフィア？　あなたもこういう菓子は大好きでしょう？」

と、エウリフィアが幼き我《わ》が子《こ》に呼びかけている声が聞こえてきた。フランス人形みたいに愛くるしい姿をしたオディフィアは「すごくおいしい」とうなずいている。

「でも、おかしはこれだけしかないの？」

「あら、まだ食べ足りないのかしら？　あちらの皿には、まだ少し残っているようよ」

「そうじゃなくて、オディフィアはあのむすめのおかしがたべたい」

当然のこと、あの娘《むすめ》というのはトゥール＝ディンのことであった。その会話が聞こえていた者たちはまたトゥール＝ディンを見つめることになり、当人は俺の背中にはりついてしまう。

「本当にあなたは、トゥール＝ディンの菓子が気にいってしまったのね。それならば、きちんと名前を覚えるのが礼儀《れいぎ》でしょう。あの小さな森辺の料理人は、トゥール＝ディンというの」

「トゥール＝ディン」と意外にしっかりとした発音でつぶやき、オディフィアはじいっとトゥール＝ディンの姿を見つめた。

「森辺の族長ダリ＝サウティ、お聞きの通り、わたくしの娘オディフィアはすっかりトゥール＝ディンの作る菓子に心を奪《うば》われてしまったようなの。いずれまた、彼女に城下町まで出向いていただくことは可能かしら？」

と、義父や伴侶《はんりょ》ではなくダリ＝サウティへと、エウリフィアは視線と言葉を差し向ける。ダリ＝サウティは純白のドレスを纏った高貴なる母娘の姿を見比べながら、やわらかく微笑した。

「森辺の仕事に差《さ》し支《つか》えのない範囲《はんい》であれば、ディン家の家長にもそれを断る理由はないだろう。ただし、ディン家は族長筋ザザ家の眷族《けんぞく》であるので、まずはそちらに話を通すべきであろうな」

「あら、たしかザザ家の御方《おかた》もこの場にいらっしゃるのじゃなかったかしら？」

その言葉に、壁際《かべぎわ》でたたずんでいたスフィラ＝ザザが静かに進み出る。

「わたしはザザ家の家長グラフ＝ザザの末妹《まつまい》、スフィラ＝ザザと申します。……ファの家のアスタではなく、トゥール＝ディンにかまど番の仕事を申しつけたいと仰《おっしゃ》るのですか？」

「ええ、もちろんアスタもともに来ていただけるのならば、とても嬉しいのですけれど。トゥール＝ディンとしても、そのほうが心強いのでしょうしね」

「そうですか。……それでは、家長グラフにもそのお言葉は伝えさせていただきます」

無表情に応じながら、スフィラ＝ザザもじいっとトゥール＝ディンの後ろ姿を注視している。

トゥール＝ディンは俺《おれ》の背中に取りすがったまま、もはや消え入りそうな風情《ふぜい》であった。

エウリフィアはとても満足げに微笑《ほほえ》みながら、かたわらの伴侶を振り返る。いまだこの席で一言も発していないように感じられるメルフリードは灰色の瞳を冷たく光らせながら口を開きかけたが、足もとから娘にまで見つめられていることに気づくと、無言のまま小さく息をついた。

そんな息子《むすこ》一家の様子を苦笑《くしょう》まじりの表情で眺《なが》めていたマルスタインが、気を取り直したように「さて」と声をあげる。

「それではこの後は、残っている料理とともに通常の晩餐《ばんさん》も楽しんでいただこう。晩餐は、ヴァルカスの弟子たちが準備をしておいてくれたのでな」

マルスタインの声に応じて、小姓たちがまたわらわらと新たな料理を運び入れてくる。ボズルを除く弟子の三名は、ヴァルカスの調理を手伝うのではなく、それらの料理を作製していたのである。ぐつぐつと煮込まれたスープやカロンの肉料理、色とりどりの野菜料理などが空いた卓にずらりと並べられていった。

「……そして余興として、ここで森辺の狩人シン＝ルウとサトゥラスの騎士《きし》団長《だん》ゲイマロスの御前試合を楽しんでいただきたい」

小姓の一人が、俺たちから見て右手側の壁《かべ》に近づいていく。小姓によって大きな垂れ幕が引かれると、その向こうの壁にはぽっかりと大きな窓が切り開かれていた。

高さは一メートルていど、横幅《よこはば》は七、八メートルもあろうかという巨大《きょだい》な窓である。間に何本か補強用の柱が設置されているが、外の様子をうかがうには何の不都合もない。そこから覗《のぞ》くのは、広々とした石造りの舞台《ぶたい》であった。

屋根と床《ゆか》は存在するが、そこはもう屋外だ。直径十メートルはありそうな石敷《いしじ》きの舞台で、それを取り囲む太い石柱によって屋根が支えられている。そして、その石柱に設置されたかがり火によって舞台が照らし出されているが、屋根の上には樹木の影《かげ》が黒くわだかまっていた。

俺たちは、足速にそちらへと移動する。貴族たちは食事を楽しみながら観覧する心づもりなのであろうが、こちらは食事どころではない。ララ＝ルウなどは窓の桟《さん》に手をかけて、身を乗り出さんばかりの勢いであった。

アイ＝ファ、ジザ＝ルウ、ガズラン＝ルティムの三名も、無言のまま俺たちの背後に立ち並ぶ。それでもこの窓のサイズならば、マルスタインたちにも不都合はなかっただろう。また、貴族たちの不都合など慮《おもんぱか》ってはいられないぐらい、俺やララ＝ルウなどはシン＝ルウの身を案じていた。

（とにかく怪我《けが》だけはしないでくれよ、シン＝ルウ。……ララ＝ルウのために）

そうしてかがり火の向こうから、小姓に誘《さそ》われて二名の剣士《けんし》が進み出てくる。どちらも白銀の甲冑《かっちゅう》を纏っていたが、その片方はまぎれもなく褐色《かっしょく》の肌《はだ》をした森辺の若き狩人、シン＝ルウであった。

4

「両者はともに、刃《は》を落とした刀を携《たずさ》えており、御前試合のための甲冑を纏っている。決して生命《いのち》を落とすようなことにはならないので、心配なきよう」

マルスタインが、そのように述べたてていた。確かに両者は、全身にくまなく白銀の甲冑を纏っている。メルフリードなどが職務中に纏っている近衛《このえ》兵《へい》団の甲冑よりもどっしりしていて、なおかつおびただしいほどの装飾《そうしょく》がほどこされた、立派な代物《しろもの》だ。マンガや何かで洋館などに飾《かざ》られているような、ああいう類いである。

あれでぎっちりと中身にまで金属が詰《つ》まっていたらまともに動くこともかなわないだろうから、きっと革《かわ》の上に薄《うす》くのばした銅板か鉄板でも貼《は》られているのだろう。本当に、手の先から足の先まで全身が白銀にきらめく勇壮《ゆうそう》なる姿であった。

兜《かぶと》のほうも実に見事な造りをしており、頭のてっぺんからは大きな赤い房飾《ふさかざ》りが垂れている。仰々《ぎょうぎょう》しい面甲《めんこう》は額のほうに上げられていたので、この距離《きょり》でも何とかシン＝ルウが切れ長の瞳を猛々《たけだけ》しく燃やしているのが見て取れた。

さらに両者は、コンパクトな盾《たて》を左腕《ひだりうで》に掲《かか》げており、腰《こし》には長剣《ちょうけん》を下げていた。盾は、手に持っているのではなく篭手《こて》に装着されているらしい。手の甲から肘《ひじ》までを覆《おお》う格好で、形は楕《だ》円形《えんけい》、横幅は二十センチぐらいもありそうだ。

「ふむ。ゲイマロス殿の名は、バナームにまで届いている。たしか、ジェノスでも三本の指に入る剣士であるという評判ではなかったかな」

呑気《のんき》たらしくそのように言いたてているのは、どうやらふとっちょの使節団員であるようだった。それに「その通りです」と応じているのは、リーハイムだ。

「同時にまた、ゲイマロスはわたしの叔父上《おじ》でもあるのですよ。サトゥラス伯爵家の当主の実弟《じってい》であり、サトゥラス騎士団の団長であるのです」

そのゲイマロスは、筋骨隆々《りゆうりゆう》たる大男であった。身長は、百八十センチを軽く超《こ》えているだろう。シン＝ルウよりも頭半分ぐらいは大きい。ちょうどジザ＝ルウやガズラン＝ルティムに匹敵《ひつてき》するぐらいの体格だ。横幅などは、むしろジザ＝ルウたちを上回るぐらいであろうか。ごつい甲冑などを纏っているものだから、余計に大きく見えてしまう。

兜の陰から覗くその顔は、ぎょろりと目が大きくて、鼻の下に立派な髭《ひげ》をたくわえている。年齢《ねんれい》は四十に届かないぐらいだろう。剣士としては決して若くないように思えるが、森辺でだってもっと年配のドンダ＝ルウやダン＝ルティムが最強の名を欲《ほ》しいままにしている。少なくとも、ジェノスで有数の剣士であるという評判にそぐわぬたたずまいではなかった。

「森辺の狩人というのは、比類なき力を有しているそうですからね。あのような若衆《わかしゆ》でも、きっと驚《おどろ》くべき力を見せてくれることでしょう。我が叔父ゲイマロスにどこまで食い下がれるものか、非常に楽しみです」

客人を相手にしているためか、言葉づかいだけは丁寧にしていたが、リーハイムの声にははっきりと嘲《あざけ》りの響きがまじっていた。そこに若き貴婦人がたの嬌声《きようせい》までかぶさってくるものだから、ララ＝ルウなどは人知れず瞳を燃やしながら唇《くちびる》を噛むことになった。

「案ずるな。シン＝ルウであれば、町の人間に後《おく》れを取ったりはしない」

ジザ＝ルウが背後から小声で呼びかけると、ララ＝ルウは屋外の舞台に視線を固定したまま「うん」とうなずいた。そのかたわらで、シン＝ルウの姉たるシーラ＝ルウも一心に弟の姿を見つめている。

「それではこれより、剣術《けんじゅつ》の試し合いを執《と》り行《おこな》います！」

両名を舞台まで案内してきた小姓の一人が、厳《おごそ》かに声を響かせた。

「どちらかが剣《けん》を取り落とすか、降参の声をあげるか、背中を地面につけるかで、勝敗は決されます！　西方神セルヴァの御名《みな》において、公正なる勝負を！」

ゲイマロスが重々しくうなずき、腰から長剣を抜き放った。刀身が八十センチはあろうかという、鋼の直刀だ。いかに刃を落とされているとはいえ、甲冑を纏っていなかったらただでは済まない鈍器《どんき》であろう。

ゲイマロスが腕《うで》をのばしてそれを前方に突《つ》きつけると、シン＝ルウも同じように刀を抜いて、その切っ先を軽く合わせた。事前に取り決められていた挨拶《あいさつ》なのであろうが、実に堂々たるたたずまいである。その貴公子さながらのふるまいに、貴婦人がたはまた黄色い声をあげている。

だけど俺は、何だか妙《みょう》な感じがしてしまった。シン＝ルウの動きが、少しぎこちないように思えてしまったのだ。

そういえばシン＝ルウは、舞台に上がってくるときも、いささか窮屈《きゅうくつ》そうに歩いていた。ひょっとしたら、着なれぬ甲冑のために動きを制限されてしまっているのではないだろうか。

（狩人の体力だったら革の鎧《よろい》の重さぐらいはどうってことないだろうけど、動きにくいってのはかなりのハンデになっちまうんじゃないか？）

ましてやシン＝ルウは、その素早《すばや》さを一番の強みにしている。いまやジィ＝マァムでさえ倒《たお》すことのできるシン＝ルウであるのだから、本領を発揮できればこのていどの体格差はどうということもないはずなのだが——俺は、嫌《いや》な予感がしてたまらなかった。

（リーハイムやマルスタインの思惑《おもわく》なんて知ったこっちゃない。負けてもいいから、とにかく怪我だけは——）

俺がそのように念じたとき、小姓たちが音もなく引き下がった。その代わりに進み出てきたのは、白い長マントを纏った老人だ。なかなかの老齢《ろうれい》であるようだが、矍鑠《かくしゃく》としており背筋ものびている。まるでルウ家の収穫祭《しゅうかくさい》での力比べを取りしきる、ルティムの長老ラー＝ルティムのようなたたずまいであった。

「セルヴァの御名のもとに——始め！」

ゲイマロスは面甲を下ろしつつ、後方に引き下がった。いっぽうのシン＝ルウは、棒立ちだ。剣を握《にぎ》った右腕《みぎうで》も下ろしてしまい、その切っ先ががしゃんと石の舞台にぶつかる。

ゲイマロスは腰を落として、じりじりとシン＝ルウの右手側に回り込み始めた。しかし、シン＝ルウは動かない。木偶《でく》のように棒立ちで、ゲイマロスのほうに向き直るそぶりさえ見せなかった。

ララ＝ルウが、胸の前で指先を組み合わせる。

貴族たちも、息を詰めて舞台の様子をうかがっているようだった。

そんな中、ついにゲイマロスは完全にシン＝ルウの真横にまで到達《とうたつ》していた。それなのに、やっぱりシン＝ルウは動かない。顔すら正面を向いたままで、それでゲイマロスの動きに対応できるのかと、俺ですら叫《さけ》びだしたいような不安を覚えることになってしまった。

ゲイマロスも不審《ふしん》に思ったのか、左腕で胸《むな》もとを守り、右腕で長剣をかまえたまま、しばしその場で動きを止める。

それから、背筋のむずがゆくなるような沈黙《ちんもく》が流れ――

ふいに、ゲイマロスが足を踏《ふ》み込んだ。

踏《ふ》み込みながら、フェンシングのように長剣を繰《く》り出《だ》す。最短距離で、シン＝ルウの無防備な脇腹《わきばら》を狙《ねら》う格好だ。

俺は、悲鳴をあげそうになった。ゲイマロスの刀がシン＝ルウの脇腹をえぐる姿を幻視《げんし》してしまったのだ。それぐらい、逃《のが》れようのない一撃《いちげき》に見えた。貴婦人がたなどは、はっきり悲鳴をあげてしまっている。

しかし、次の瞬間《しゅんかん》に俺の幻視は打《う》ち砕《くだ》かれた。

野獣《やじゅう》のような敏捷《びんしょう》さで、シン＝ルウが右腕を跳《は》ね上《あ》げたのだ。

シン＝ルウの刀がゲイマロスの刀を弾《はじ》き返し、その勢いのまま盾を叩《たた》き、さらには顔面までをも襲《おそ》った。

硬質《こうしつ》の音色がたて続けに響きわたり、ゲイマロスの巨体《きょたい》が吹《ふ》っ飛《と》んだ。

刀は真ん中からぽっきりとへし折られ、ひしゃげた面甲が宙に舞い、ゲイマロスの身体が宙に浮《う》く。そうしてゲイマロスは二メートルほども宙を飛んでから石の床に落ち、がしゃがしゃと派手な音をたてながら転がったのち、やがて動かなくなった。

しん――と恐《おそ》ろしい静寂《せいじゃく》が落ちる。

うつぶせに倒れたゲイマロスの顔のあたりから、赤い血だまりが広がりつつあった。

盾を装着していた左腕が、おかしな方向にねじ曲がっている。骨が折れたか、あるいは関節が外れてしまったのだろう。肩《かた》も肘も、ありえない方向に曲がってしまっている。

そんな中、がしゃんと重い音色が響いた。シン＝ルウが刀を取り落とし、その場に片膝《かたひざ》をついたのだ。

「シン＝ルウ！」と、ララ＝ルウが窓を乗《の》り越《こ》える。数瞬《すうしゅん》迷ってから、俺もララ＝ルウの後を追った。アイ＝ファが止めずに追ってきたのは、やはり何らかの異変を察したためなのだろう。

何かが、微妙《びみょう》におかしかったのだ。

「シン＝ルウ、大丈夫⁉　いったいどうしたの⁉」

呆然《ぼうぜん》と立ちつくす審判役《しんぱんやく》のご老人には目もくれず、ララ＝ルウはシン＝ルウに取りすがった。

シン＝ルウはがっくりとうつむいたまま、目だけでララ＝ルウを見つめ返す。

「べつだん、どうもしていない。ただ、この鎧というやつが重いだけだ」

「鎧が重い⁉　それだけなの⁉　だってシン＝ルウ、普通《ふつう》じゃないよ⁉」

「このようなものを着ていては、普通ではいられない。おかげでまったく手加減もできなかった。……相手は大丈夫か？」

「相手のことなんてどうでもいいよ！」

無慈悲《むじひ》に言いきってから、ララ＝ルウは甲冑ごとシン＝ルウの身体を抱《だ》きすくめた。

その背後に、ぬうっと大きな人影《ひとかげ》が立ちはだかる。いつのまにやら追従してきていた、ジザ＝ルウだ。

「シン＝ルウ、その頭のものを外させてもらうぞ」

普段《ふだん》通りの声音《こわね》で言いながら、ジザ＝ルウがシン＝ルウの咽喉もとに手をのばした。革の留め具を器用に外し、白銀の兜をゆっくり持ち上げる。兜はジザ＝ルウの手に移り、ララ＝ルウはシン＝ルウの頬《ほお》に頬ずりをした。

「ふむ。確かにずいぶんと重いものだ」

しばらくためつすがめつしてから、ジザ＝ルウは足もとに落ちていたゲイマロスの面甲を拾いあげた。

やはり金属が貼られているのは表面だけであったらしく、ほとんど真っぷたつに断《た》ち割《わ》られてしまっている。が、剣や盾を弾くのと同一のアクションで繰り出された斬撃であったことを思えば、やはり並々ならぬ膂力《りょりょく》であるといえよう。

その間に、ようやくゲイマロスのもとにも大勢の人々が走り寄っていた。貴族たちではない、小姓《こしょう》や白い長衣を着た男たちなどだ。おそらく、医療《いりょう》に従事する人々であるのだろう。

「ララ、もういいだろう。シン＝ルウ、立つことはできるか？」

「ええ」と、シン＝ルウはのろのろと身を起こす。最前までよりなおぎこちない、ロボットのような動き方で、俺は《ギャムレイの一座》の騎士《きし》王ロロのことを思い出してしまった。

「……なるほど。そういうことか」

アイ＝ファのつぶやきに、ジザ＝ルウが「うむ」とうなずく。そしてジザ＝ルウは、やおら建物のほうを振り返った。

「ジェノス侯爵《こうしゃく》マルスタインにお尋《たず》ねしたい！　両者はまったく異なる鎧を纏っているようだが、これには如何《いか》なる理由が存在するのだろうか？」

「異なる鎧とは、どういう意味であろうかな？」

窓に浮かんだ人影のひとつが、穏やかな声で応じてくる。そちらに向かって、ジザ＝ルウは朗々と言葉を重ねた。

「ゲイマロスなる者が纏っていたのは革の上に鉄を貼りつけた鎧であり、シン＝ルウが纏っているのはその内までもが鉄でできた鎧であるようだ。これではまともに動くこともかなわぬため、シン＝ルウは最初のひと太刀《たち》にすべての力を込めたのだろうと思われる」

「……誰《だれ》か、ジザ＝ルウの言葉を確認《かくにん》せよ」

マルスタインの声に応じて、白マントの老人がひょこひょこ近づいてくる。さきほどまでの威厳《いげん》などは、残らず霧散《むさん》してしまった様子だ。そのご老人がシン＝ルウの着た甲冑に指を這《は》わせ、手の甲でこつこつと叩いたりしてから、青ざめた顔を建物のほうに向けた。

「これは……騎《き》兵《へい》が纏う板金の鎧のようです。いったいどうして、剣術の試し合いでこのようなものが……」

「相分かった。ジザ＝ルウよ、シン＝ルウとともにこちらまで戻《もど》ってはもらえぬかな」

ジザ＝ルウはその手の兜をアイ＝ファに託《たく》すと、シン＝ルウに肩を貸して、半ば持ち上げるような格好でその言葉に従った。鼻をすすっているララ＝ルウとともに、俺もその後を追いかける。

マルスタインは、さきほどの俺たちのように窓の桟に手をかけて立ちはだかっていた。アイ＝ファの差し出した兜と面甲を受け取って、「うむ」と厳粛《げんしゆく》な面持ちでうなずく。

「これは確かに騎兵の兜だ。……トトスにまたがって戦う騎兵というのはね、地面を歩く必要がないために、全身に鉄の甲冑を纏ったりもするのだよ。平和なジェノスではほとんど必要のない装備だが、婚儀《こんぎ》の式典などで使うこともあるので、いくらかは準備されているのだ」

「では、剣術の試し合いで使うべきものではない、と？」

「無論だ。こちらのゲイマロスが纏っていたのが試合用の甲冑であろう。板金の鎧などを纏っていれば、歩くだけで力を使い果たしてしまうだろうからな」

マルスタインは、ゆっくりと室内を振り返った。

「本日の試し合いに関しては、すべてをサトゥラス伯爵家に一任していた。装備の準備もそちらに任せていたはずであるが、これはいったいどういうことなのだろうかな？」

すべての視線が、リーハイムに集中した。

リーハイムは、部屋の真ん中で慌ただしく視線をさまよわせている。

「さ、さて……そのようなものは小姓や従者たちの仕事なのですから、自分などに問われましても……」

「では、貴殿《きでん》には与《あずか》り知《し》らぬことである、と」

「も、もちろんです！」

「それは、由々《ゆゆ》しき事態であるな」

マルスタインはうっすらと笑いながら、かたわらに立っていたメルフリードの長身を振り仰《あお》いだ。

「ならばこれは如何なる者の企《たくら》みであったのか、徹底的《てっていてき》に追及《ついきゅう》せねばなるまい。メルフリードよ、近衛兵団の威信《いしん》にかけて、その痴《し》れ者《もの》めを捜《さが》し出すのだ」

「了解《りょうかい》いたしました」と、メルフリードは灰色の瞳を冷たく光らせる。

リーハイムは脂汗《あぶらあせ》を浮かべながら、親指の爪《つめ》を噛んでいた。この状況《じょうきょう》で、彼《かれ》が無関係ということがありうるだろうか？　森辺の狩人に御前試合を申しつけたのも、その対戦相手に自分の叔父を選んだのも、すべてこのリーハイムの所業であるのだ。ジザ＝ルウなどは糸のように細い目をさらに細めて、リーハイムの青ざめた顔を注視していた。

「何にせよ、これは西方神の御心《みこころ》を踏みにじるような行為《こうい》に他《ほか》ならない。ジェノス侯爵家の名にかけて、この罪と恥《はじ》はすすがせていただこう。……この言葉を信じていただくことはかなうかな、ジザ＝ルウよ？」

「信じたい、とは思っている。我が父にして森辺の族長たるドンダ＝ルウでも、そのように答えるだろう」

「では、後は我々がその信頼《しんらい》に応《こた》えるばかりだ。……誰か、シン＝ルウに召し替《か》えを！」

ゲイマロスのもとに集っていた小姓の一人が、駆《か》け足《あし》でこちらに近づいてくる。それを見やってから、ジザ＝ルウはもう一度マルスタインを見た。

「扉《とびら》の外で待機している狩人の一人を同行させたく思うが、許しをいただけるか？」

「無論」という返事であったので、部屋の外からギラン＝リリンが招かれることになった。さらにララ＝ルウも付《つ》き添《そ》いの許しを兄に請《こ》い、三名の森辺の民《たみ》が舞台の外へと歩み去っていく。

それでようやく、俺たちも部屋の中に戻ることになった。

「いやはや、すさまじい御前試合でありましたな！　何やら手違《てちが》いも生じたようですが、それで余計に森辺の狩人の力量が明らかにされたではないですか」

そのように声を張り上げたのは、ふとっちょの使節団員であった。銀の串で刺《さ》したカロン肉を掲げつつ、やはり呑気に笑っている。

「噂《うわさ》に名高いゲイマロス殿を、まさか一撃のもとに退けるとは！　しかも見れば、いまだに少年の面影《おもかげ》を残した若衆であるようであったし、いや、おみそれいたしました」

「うむ。凡百《ぼんぴゃく》の剣士ならば舞台に上がったところで力尽《ちからつ》きていたことだろう。何せ、騎兵の甲冑などを纏ってしまっていたのだからね」

マルスタインもまた、穏やかな微笑《びしょう》で内心を隠してしまっている。しかしバナームの人々は、本当にそれほど事態を重くは見ていないようだ。その呑気さは、俺たちにとってもある種の救いであった。

恐怖《きょうふ》の悲鳴をあげていた貴婦人がたも今でははしゃいだ声をあげており、料理人たちは素知らぬ顔で食欲を満たしている。が、少なくともジェノスの貴族たち——特にポルアースやトルストなどは、緊迫《きんぱく》しきった面持ちで何事かを囁《ささや》き合っていた。

いまだ犯人は特定できぬが、城下町の関係者が森辺の民を罠《わな》にはめようとしたのだ。トゥラン伯爵家の悪行が暴《あば》かれて、ようやく森辺の民との正常な関係性を取り戻しつつあるこの時期に、城下町の誰かが不埒《ふらち》な真似《まね》を働いた。これは、決して看過できぬ出来事であるはずだった。

（リーハイムってのは、そこまでお粗末《そまつ》な頭をしてるのか？　それとも——サトゥラス伯爵家の後継者《こうけいしゃ》である自分がこれぐらいのことで断罪されるはずはないと、タカをくっているのか？）

あのダバッグの奸臣《かんしん》たち、商会長のディゴラや外務官のメイロスなども、実に浅はかな小悪党だった。もっと上手く立ち回れば罪が露見《ろけん》することもなかったのに、森辺の民やジェノスの貴族を侮《あなど》っていたために墓穴《ぼけつ》を掘《ほ》ることになったのだ。

（マルスタインだって、ここで森辺の民の反感を買いたくはないはずだ。でも、これぐらいの悪ふざけでいったいどれほどの罰《ばつ》を与《あた》えられるのか……何か面倒《めんどう》なことにならないといいな）

俺がそのような物思いに沈《しず》んでいると、ふいに横合いから「アスタ」と呼びかけられた。振り返ると、そこに立っていたのはアリシュナである。

「ああ、どうしたんですか、アリシュナ？」

「はい。アスタ、挨拶したかったので、ジェノス侯《こう》、許しをいただきました」

見れば貴族たちは、表面上の平穏《へいおん》を取り戻して歓談《かんだん》にふけっている。占星師という身分に相応《ふさわ》しいきらびやかな長衣に身を包んだアリシュナは、とても優雅《ゆうが》な仕草で一礼をした。

「今日の料理、素晴らしかったです。私、アスタの料理ばかり、食べてしまいました」

「あはは。それは恐縮《きょうしゅく》です」

「最初の料理、特に美味でした。私、シャスカ、あまりわからないですが、そば、大好きです。……そば、かれーと一緒《いっしょ》に食べる、変ですか？」

「あ、俺の故郷ではそういう食べ方もありましたよ。その場合は白いフワノを使ったうどんという料理のほうが合うかもしれませんが。……あと、カレーを出汁《だし》で割って汁物《しるもの》のように仕上げるべきでしょうかね」

「……夢のように、美味《おい》しそうです」

アリシュナが完全無欠の無表情でつぶやいたとき、新たな人影がこちらに近づいてきた。

「ちょっと、一人で抜《ぬ》けがけしないでよねー！　僕《ぼく》だってアスタと喋りたかったんだから！」

濃淡《のうたん》まだらのショートヘアに銀の飾り物《もの》をつけた、青いドレス姿のディアルである。ずっとかしこまった表情をしていたそのディアルが、アリシュナのことを横目でにらみつけてから、いつもの調子でにぱっと笑いかけてきた。

「アスタ、ひさしぶりだねー！　城下町だとアスタに挨拶ひとつするのに、いちいち許しをもらわなくっちゃいけないんだもん。まったく、いやんなっちゃうよ」

「ディアルも元気そうだね。俺たちの料理はどうだったかな？」

「すっごく美味しかったよ！　僕はあのギバ肉を炒《いた》めたママリア酢とかの料理が一番よかったかなー。……あ、あと、あんたたちの料理もそれに負けないぐらい美味しかったよ？」

と、ディアルがぐりんとレイナ＝ルウたちのほうに向き直った。

「あのヴァルカスとかいう料理人が何やかんや言ってたけど、なんにも気にすることないって！　あんなの僕だったら、毎日でも食べたいぐらいさ。復活祭が終わったらまた宿場町にも遊びに行けると思うから、そのときはよろしくねー！」

「は、はい、どうも」

レイナ＝ルウとシーラ＝ルウは、いくぶん面食らった様子で頭を下げた。それを満足そうに見やってから、ディアルはまたアリシュナをにらみつける。

「そういえば、あんたは毎日アスタの料理を城下町に届けさせてるんだってね。それって、ずるくない？」

「毎日、違《ちが》います。ぎばかれー、売るときだけです」

「それでもずるいよ！　僕だって、アスタたちの料理を食べたいのにさー」

ぷうっと頬をふくらませるディアルに、俺は思わず笑い声をあげてしまう。どんなに貴婦人のごとき格好をしていても、やっぱり俺が好きなのは、こういう元気なディアルなのだった。

「何だか二人はずいぶん仲がいいみたいだね。あのお茶会以来、友情が芽生えたのかな？」

「なんで僕が、東の民なんかと友達にならなきゃいけないのさ！　……ただ僕とこいつって、ジェノスの貴族にしてみると同じような立ち位置らしくってさ。なーんかこういう晩餐会《ばんさんかい》でも、ときどき顔をあわせることになっちゃうんだよね」

「私、南の民、憎《にく》む気持ち、ありません。……騒《さわ》がしい、苦手ですが」

「ふーん！　僕だって、あんたみたいに人形みたいな顔したやつは嫌《きら》いだよー！」

夜の湖みたいに静かなアリシュナの瞳と、生ある翡翠《ひすい》のごとくきらめくディアルの瞳が、正面から視線をぶつけあう。だけどまあ、不倶戴天《ふぐたいてん》の仇敵《きゅうてき》たるシムとジャガルの娘たちと思えば、いっそ微笑ましいぐらいの視殺戦であった。

「……それでお前たちは、いったい何をしに近づいてきたのだ？」

と、今度はアイ＝ファまで加わってきてしまった。振《ふ》り返ったディアルは、「あー、あんたか」とまた破顔する。

「何をしにって、挨拶をしに来たんだよ。アスタと会うのもひさしぶりだったからさー」

「そうか。しかしお前たちは、貴族に招かれた客人なのであろう？　あまりこのような場でアスタと親しく口をきくのは、相応しくないように思えるのだが」

「えー？　だからこうやって、席を外せる機会をうかがってたんじゃん！　あんたまで堅苦しいこと言わないでよー」

「……別にお前は、どうでもかまわぬのだがな」

と、アイ＝ファの目がディアルからアリシュナへと転じられた。アリシュナは、無表情のまま小首を傾げる。

「あなた、私、憎いのですか？」

「……別に、憎いとまでは言っておらん」

アイ＝ファは、とても複雑そうな眼差《まなざ》しをしている。それで俺は、アイ＝ファの抱いている懸《け》念《ねん》を察することができた。

「アイ＝ファ、アリシュナは大丈夫《だいじょうぶ》だよ。何も心配はいらないって」

アイ＝ファはきっと、先日のニーヤの一件を気にかけているのだ。占《うらな》い小屋のライラノスという老人が、ひと目で俺のことを『星無き民』と看破して、それを伝え聞いたニーヤが『白き賢人《けんじん》ミーシャ』の歌を俺に聞かせることになった、あの一件である。

かつてはこのアリシュナも、同じように俺の正体を見抜《みぬ》いて、『星無き民の故郷はこの世界に存在しない』という言葉をうっかり漏《も》らしてしまったことがあったのだ。だけどその後、アリシュナは自分の行為が軽率《けいそつ》であったと俺たちに詫《わ》びてくれた。それはちょうどこの同じ建物でのことで、アイ＝ファも同席していたのである。

「……私はそもそも、星読みなどという行いを好まぬのだ」

アイ＝ファが低い声で言い捨てると、アリシュナは「そうですか」と小さくうなずいた。

「私、同じ気持ちです。私の祖父、星読みの力、持つゆえに、故郷、追われました。……だけど、私、生きていく、星読みの力、使うしかないのです」

「……………」

「ですが、私、星読みの力、商売です。アスタ、願わない限り、星を読むこと、ありません。

……かつての失言、怒《おこ》っているならば、何度でも謝《あやま》ります」

そう言ってアリシュナが頭を下げようとすると、アイ＝ファは「よせ」と押《お》し止《とど》めた。

「同じ過《あやま》ちを何度も責めるつもりはない。ただ私はお前という人間をよく知らぬため、その言葉を頭から信じきることができないのだ」

「そーそー、東の民なんて、なかなか信用できるもんじゃないよねー」

と、何も事情を知らないディアルが朗《ほが》らかに言った。

「それもみんな、そのお面みたいな無表情が悪いんだよ。他人とわかりあいたいんだったら、笑《え》顔《がお》のひとつでも見せてみればー？」

「……感情、表に出す。恥《は》ずかしいことです」

「ふーん。それじゃあ僕たちは、みんな恥知《はじし》らずってことか」

「シムの子でなければ、恥、なりません。……でも、信頼、得られるように努力します」

そんな言葉を交《か》わしている間に、小姓たちがまた新たな皿を運び入れてきた。いつの間にやら晩餐会も終わりに近づき、最後にまた甘《あま》い菓子が供され始めたのだ。

「うわ、あんたにかまってたら、ゆっくり話す時間がなくなっちゃったじゃん！　……あのね、アスタ、実は急いで伝えておきたいことがあったんだよ」

「え、何かな？」

「うん、さっきの御前試合のことなんだけどね。なんか、騎兵の甲冑がどうとか言ってたじゃん？　あれってたぶん、森辺の民にぶちのめされたあのゲイマロスって剣士のしわざだと思うんだよね」

俺は、アイ＝ファとともに息を呑《の》むことになった。

「ど、どうしてだい？　何か証《あかし》のある話なのかな？」

「証って言われると困っちゃうけど。僕、あの甲冑が館に運び込まれるとき、ちょうど中庭をぷらぷらしてたんだよね。そうしたら、小姓だとか従者だとかがこそこそ話してるのが聞こえちゃってさ。この荷物は森辺の狩人がやってくるまで鍵《かぎ》つきの部屋に保管しておくのだ、ゲイマロス様の特命であるぞ、とか何とか」

俺は思わず、リーハイムの姿を捜してしまった。

リーハイムは部屋の隅《すみ》で、誰とも言葉を交わそうともしないまま、ぐびぐびと果実酒をあおっている。その姿は、なんとなく迷子の子供みたいに頼《たよ》りなげに見えてしまった。

ひょっとしたら彼は潔白で、ただ叔父の行く末を案じているだけなのだろうか？　彼が潔白であるならば、あとはゲイマロス本人ぐらいしか容疑者は存在しないのだ。

「ディアル、それってすっごく大事な話なんだけど……たとえば審問《しんもん》が行われるとして、しっかり証人になれるぐらいの確かな話なのかい？」

「えー、そんな大げさな話なの？　ま、大丈夫だとは思うけどね。聞いてたのは僕だけじゃないしさ」

「あ、他にも誰か一緒にいたのかな？」

「うん、ラービスが一緒だったよ。あとはリフレイアと、お付きのシム人ね」

それはシム人でなく、西と東の間に生まれたサンジュラであろう。

驚く俺たちの前で、ディアルはにこにこと笑っている。

「リフレイアは、他の貴族と顔をあわせることはなかなか許されないんだけどさ。僕とかはただの商人だから、あのトルストってじーさまも許してくれるようになったんだー。だから、一緒に中庭を散歩してたってわけ。……で、昼間に聞いたときは何をこそこそしてんだろーって不思議に思ってたんだけど、これでようやく納得《なっとく》がいったんだよ。だから、あのメルフリードとかいうおっかない貴族に伝える前に、いちおうアスタたちに伝えておこうと思ったのさ」

「ありがとう、ディアル。それは本当に、心からありがたい情報だよ」

リーハイムが黒幕であった場合はまた貴族たちとややこしい揉《も》め事《ごと》にも発展しかねないが、ゲイマロス個人の悪巧《わるだく》みであったのなら、もう少しは穏便《おんびん》に収束させることもかなうだろう。あとはマルスタインらの采配《さいはい》に期待をかける他ない。

「それじゃあ、その話は改めてメルフリードに伝えてもらえるかな？　俺たちは、族長筋の人たちに伝えておくからさ」

「うん、わかったー。……僕たち、アスタの役に立てたんだね」

そう言って、ディアルは天使のように微笑んだ。

「こんなことぐらいで僕やリフレイアの罪は帳消しにならないだろうけど、少しでも森辺の民の役に立てたんなら嬉しいよ」

「え？　ディアルはまだそんなことを気にしてたのかい？」

「あったりまえじゃん。アスタたちが気にしなさすぎなんだよ」

そしてディアルは同じ微笑をたたえたまま、くるりと身をひるがえした。

「それじゃあ、またね！　復活祭が終わったら、絶対宿場町に遊びに行くから！」

それを見送ったアリシュナも、深々と頭を下げてくる。

「それでは、私、戻ります。……私もまた、自分の罪、いつの日か、贖《あがな》いたいと思います」

「いや、罪だなんて大げさですよ、アリシュナ」

「いいのです。私、アスタたち、正しい縁《えん》、結びたいのです」

そうしてアリシュナも立ち去っていき、そこには森辺の民だけが残された。

「……よりにもよって、あの者たちが貴族の悪巧みを暴いてくれようとはな。これもアスタの紡《つむ》いできた、人の縁のおかげか」

「俺だけじゃなくって、森辺の民が紡いできた縁だろう？　特に、リフレイアなんかはさ」

「しかし、あの娘ふたりはお前だけが縁を紡いだようなものではないか」

ぷいっとそっぽを向いてから、アイ＝ファは横目で俺をねめつけてくる。

「……森辺ではかまど番の仕事を果たしているのだから、女衆とばかり縁を紡ぐことになるのもわかる。しかしお前は、町でも若い女人《にょにん》とばかり縁を繋《つな》いでいるように思えるな」

「そんなことはないだろう。宿屋のご主人はみんな男性だし、鍋《なべ》屋《や》や布屋や組立屋のご主人たちだって――おい、聞けってば！」

アイ＝ファはしなやかな足取りで、ジザ＝ルウたちのほうに引っ込んでいってしまった。あまり事情のわかっていなそうなレイナ＝ルウが「どうしたのですか？」と問うてくる。

「いや、何でもないよ。……シン＝ルウの一件は置いておくとしても、今日は有意義な一日だったね？」

「はい。さまざまなことを思い知らされた一日でありました」

ディアルたちが去っていったので、シーラ＝ルウやトゥール＝ディンらもこちらに近づいてくる。ユン＝スドラは一人ににこにことしていたが、それ以外のかまど番はみんな真剣《しんけん》な面持ちであった。

「アスタ、町の祭が終わったら、またルウの集落で料理の手ほどきをしていただけるのでしょうか？」

「うん？　ああ、もちろん。今の激務からは解放されるからね」

「ありがとうございます。……そして、新しい食材の吟味《ぎんみ》というものにも、わたしたちは同行させていただけるのでしょうか？」

「そりゃあそうさ。ヴァルカスの口ぶりだと、また何か試食させてもらえそうだったしね」

「ありがとうございます。……何もかもが至らなくて恥ずかしい限りですが、どうか今後ともによろしくお願いいたします」

レイナ＝ルウにならって、その場の全員が俺に頭を下げてきた。

やはりその中でも、レイナ＝ルウはひときわ強い向上心の虜《とりこ》となっている様子である。なんて貪欲《どんよく》なんだろうと思いつつ、そういえば俺もアイ＝ファに貪欲呼ばわりされたことがあったなあと思い出し、俺はついつい口もとをほころばせてしまった。

「こちらこそよろしくね。……でも、まだ復活祭が終わったわけじゃないからさ。まずは残りの三日間を無事に乗り越えよう」

「はい」という元気いっぱいの声が返ってきた。

そうしてさまざまな動乱に満ちた紫《むらさき》の月の二十八日は、ようやく終わりを迎《むか》えることになったのだった。

第四章★★★滅落と再生

1

　そうして日々は、粛々《しゅくしゅく》と過ぎ去っていった。

　祭の期間は十日ばかりであったとしても、青空食堂をオープンしてからはもうひと月以上が経過している。その間にお客の数は倍増し、俺たちはさまざまな変転に見舞《みま》われることになった。

　八名であったかまど番は十五名に増員され、四百食分ていどであった料理は千食分以上に増やされた。祝日には朝から宿場町を訪《おとず》れて『ギバの丸焼き』をふるまい、夜間の営業にも取り組んだ。《ギャムレイの一座》を筆頭に、初めてギバ料理を口にするたくさんの人々をお客として迎え、さらには森辺の最長老ジバ婆《ばあ》さんが宿場町とダレイムを訪れることにもなった。

　また、青空食堂をオープンしたことにより、お客との距離感にも変化が生じている。半透明《はんとうめい》のヴェールとショールを纏《まと》った森辺の女衆が使用済みの食器を回収するために座席の間をすいすいとすり抜けていけば、陽気に声をかけてくるお客も多い。それに、護衛役の狩人《かりうど》がダン＝ルティムやギラン＝リリンやルド＝ルウなどであった場合は、そちらでも町の人々との活発な交流が生まれている。そもそも青空食堂というのはレイナ＝ルウらが「お客の喜ぶ姿をもっと間近に感じたい」という思いをかなえるために実施《じつし》したことであるので、そういう意味では正しい成果をあげることがかなったと言えるだろう。

さらに、宿場町での商売には懐疑的《かいぎてき》であった面々も、この時期に初めて行動をともにすることになった。ジザ＝ルウやスフィラ＝ザザやフェイ＝ベイムというのが、その顔ぶれだ。特にジザ＝ルウなどは、ダレイムでの宿泊《しゆくはく》や城下町への遠征《えんせい》にも参加している。町の人々や貴族の人々が現在の森辺の民に対してどのような思いを抱き、どのような目を向けてきているのか、次期族長たるジザ＝ルウはその身をもって体感することになったわけである。

中にはまだ、ドーラの親父《おやじ》さんの母君や叔父君のように心を閉ざしている者も少なくはない。特にダレイムや宿場町では、まだまだそういった人々が多く潜《ひそ》んでいるだろう。屋台を訪れる人間の多くは余所《よそ》の土地からの旅人であったので、それを思えば生粋《きつすい》のジェノスの民であるお客などというのは、ほんのひと握りの数でしかないのだ。

だけどそれでも、屋台を訪れる人々は何のわだかまりもなく、とても幸せそうな面持《おもも》ちでギバの料理を食べてくれている。森辺の民というのは道理のわからない蛮族《ばんぞく》で、ギバの肉などというのは臭《くさ》くて固くて食べられたものではない、と信じて疑わなかった人々が、無邪気《むじやき》に笑い、果実酒に酔《よ》いしれながら、これほど幸福そうな様子を見せてくれているのだ。

初めて宿場町でギバ料理を売りに出してから、およそ半年――わずか半年でここまでの変転を迎えることができたのだから、何の不満の持ちようもない。森辺の民は、黒き森からモルガの山麓《さんろく》に移り住んでから八十年目にして、大きな転機を迎えることになったのだ、と言い切ることができるだろう。

どのように考えても、その変革に俺《おれ》という存在が不可欠であったことに疑いはない。ここまで商売の道筋が定まってしまえば、もはや俺の存在がなくとも支障はないだろうが、そもそも俺が森辺の集落を訪れていなければ、変革自体が為《な》されていなかったのだ。俺のような異端者《いたんしゃ》を受け入れてくれたアイ＝ファやガズラン＝ルティムやルウ家の人々があってこその変革だとしても、やっぱり俺が火種であったという事実は動かしようがなかった。

もちろんそれで、今さら怯懦《きょうだ》の気持ちにとらわれたりはしない。森辺の民は美味なる食事の楽しさを知るべきであり、もっと豊かな生活を手に入れるべきであり、外界の人々とも正しい縁を紡いでいくべきある――そのように信じて、俺はここまでやってきた。こんな自分でも毒ではなく薬になれるのだと信じ、また、同じようにそれを信じてくれたアイ＝ファたちのために、俺は迷わず懸命《けんめい》に生きていこうと誓《ちか》ったのである。

白き賢人ミーシャは、乱世の時代にシムに現れて、人々に平和と秩序《ちつじょ》をもたらしたのだという。ひょっとしたら、ミーシャの存在なくして現在のシムはなかったのかもしれない。泥《どろ》から煉瓦《れんが》を作る技術も持たないまま、山や草原をトトスで駆け抜け、七つの部族が覇権《はけん》を争う。そんな荒《あら》ぶる蛮族のまま、セルヴァやジャガルやマヒュドラを脅《おど》かしていたのかもしれない。

俺にはミーシャほど大それたことを為すことはできないだろう。ミーシャの正体が何であれ、俺は一介《いっかい》の見習い料理人に過ぎなかったのだ。あまり食文化の進んでいないこの地ではそれでもさんざんもてはやされることになったが、王国の平定だなどという大それたことが料理人に為し得《う》るはずもない。また、そのように大それたことを為したいと思っているわけでもない。俺は俺の手の届く範囲《はんい》で、一人でも多くの人に喜びや幸せな気持ちを届けたいと、そのように願っているばかりであった。

俺を家人と認めてくれたアイ＝ファのために、そのアイ＝ファが属する森辺の民のために、その森辺の民が属する辺境都市ジェノスの人々のために――あとはそのジェノスを訪れるシムやジャガルの旅人たちのために――と、むしろここまで手をのばせたことのほうが驚きであろう。もっと大雑把《おおざっぱ》に言うならば、俺はこの地でアイ＝ファというかけがえのない存在に出会い、そして、アイ＝ファが属するこの世界で正しい存在として生きていきたいと願うばかりであったのだ。

もしかしたらミーシャだって、最初はそれぐらいの気持ちだったのではないだろうか？　ニーヤの歌からそこまで詳細《しょうさい》を知ることはできなかったが、ひょっとしてミーシャがこの地で初めて顔をあわせたのは、ラオの一族の族長の娘《むすめ》であったのかもしれない。その娘の窮地《きゅうち》を救うために、ミーシャは己《おのれ》の力を振り絞《しぼ》り、シムに平和をもたらして、そしてその果てに去ることになったのではないか――俺はそんな風に夢想するようになってしまっていた。

だけどそんなのは、根拠《こんきょ》のない夢想である。俺はむやみに自分とミーシャの境遇《きょうぐう》を重ねてしまっているだけなのかもしれない。数百年も昔の、しかも吟遊《ぎんゆう》詩人が伝える歌の登場人物に何を夢想したところで、詮無《せんな》きことであろう。だからこんなのは、夢想というか妄想《もうそう》であり、そして感傷だ。

何にせよ、俺は自分の信ずるままに生きていこうと決めていた。自分の気持ちとアイ＝ファの信頼だけは裏切らないように――俺みたいにちっぽけな人間でも、それぐらいは守ることができる。また、それすらも守れないようならば、この世界に存在する意義もない。俺は、そのように考えていた。

俺はアイ＝ファを大事に思い、アイ＝ファの属するこの世界をも大事にする。太陽神の復活祭という一大イベントを迎えて、その渦中《かちゅう》に白き賢人ミーシャの歌を聞き、俺はそのような思いを新たにすることになったのだ。だから、ニーヤがどのような気持ちであったとしても、俺は彼の歌を聞いたことさえ、かけがえのない自分の糧《かて》だと思っていた。

そうしてそんな思いを自分の一番奥深《おくぶか》い場所に抱《かか》え込みながら、俺はついにその日を――紫の月の最終日たる『滅落の日』を目前に迎えることになったのだった。


まず語られるべきは、『滅落の日』の前日たる紫の月の三十日である。

二日前に城下町での仕事を果たした俺たちは、その日も無事に宿場町での商売を終えることができた。料理もすべて定刻で売り切ることがかない、おかしな騒ぎに見舞われることもなかった。この復活祭の時期から商売を手伝うことになった七名の女衆らもすっかり手馴《てな》れたもので、てきぱきと後片付けに取り組んでくれている。

「この仕事も、明日でひとまず終わりになってしまうのですね。そのように考えたら、少し物寂《さび》しく思えてしまいます」

そのように述べていたのは、アマ・ミン＝ルティムとともに『ギバのモツ鍋《なべ》』の屋台を預かっていたミンの女衆であった。火傷《やけど》をしないように気をつけながら熱い鉄板を荷車に移動させつつ、俺はそちらに笑いかけてみせる。

「でも、月が変わっても店を閉めるわけではないですからね。最初の一日だけはお休みをいただいて、銀の月の二日からは様子を見つつ営業を続けていくんです。それでいきなり元の人数に戻してしまうのはおっかないので、何人かは引き続きお手伝いを頼《たの》むつもりなのですよ」

「あ、そうなのですか？　でしたら、ぜひわたしは手伝わせていただきたいです！」

「あ、それならわたしたちも――」

ガズやラッツの女衆が声をあげると、フェイ＝ベイムもむっつりと言葉を重ねた。

「ならば、誰にも公平に機会を与えるべきでしょう。ベイムやダゴラとて、この行いの行く末を見届けねばならないのですから」

「そうですね。初日なんかは今日までと同じ顔ぶれで取り組み、あとは公平に順番が回ってくるように段取りを整えましょう。……ルウの眷族《けんぞく》のみなさんは、レイナ＝ルウたちに相談してみてください」

「はい」と、彼女《かのじょ》らは笑顔でうなずいてくれる。屈強《くっきょう》なる森辺の女衆に、体力面での不安はないようだ。さらに精神面でも疲弊《ひへい》がないのなら、これほど心強い話はなかった。

「それでは、森辺に帰りましょう。役割分担はいつも通りでお願いします」

狩人たちに守られながら、賑《にぎ》やかな街路に足を踏み出す。が、何歩も行かぬ内にアイ＝ファが「待て」と声をあげてきた。

「ルド＝ルウ、あれを見るがいい」

「んー？　ああ、何だかちょいと様子がおかしいな。念のために、確認しておくか」

いったい何を発見したのか、ルド＝ルウはダルム＝ルウに何事かを囁きかけてから、人混《ひとご》みの向こうに消えていった。それを追おうとしたアイ＝ファが、眉《まゆ》をひそめて俺を振り返《かえ》る。ルド＝ルウを追いたいが俺のそばを離《はな》れたくはない、といった風情《ふぜい》である。

「どうしたんだ？　何なら、俺もご一緒するけど」

「うむ……危険はないと思うが……よし、ともに来い」

俺は屋台の運搬《うんぱん》をフェイ＝ベイムに託し、アイ＝ファとともにその場を離れた。ルド＝ルウが向かったのは、《ギャムレイの一座》の天幕の方角なのである。俺にしてもアイ＝ファにしても、彼らにまつわる話であるならば、他人まかせにはしておけない心情なのだった。

が、そうしてアイ＝ファが向かったのは天幕の入口ではなく、雑木林に半ば隠《かく》されたその横合いの空間であった。ルド＝ルウはすでに雑木林へと足を踏み入《い》れており、その向こうにはまた別の人影も見える。アイ＝ファたちの不審の念をかきたてたのは、どうやらその人影の存在であったらしい。

「よく人混みの隙間《すきま》から、あんなのを発見できたな。さすがは狩人の眼力だ」

俺はそのように述べてみせたが、アイ＝ファは無言で雑木林を突《つ》き進《すす》む。木漏《こも》れ日《び》の差し込む雑木林の中でもぞもぞとやっていたのは見覚えのない人物であり、そしてそのかたわらには小ぶりの荷車の影《かげ》があった。

「おい、あんたは何をやってるんだ？」

真っ先に到着《とうちゃく》したルド＝ルウがそのように呼びかけると、その人物は愕然《がくぜん》とした様子で振り返った。その人物は、天幕の切れ目を結んでいる革紐《かわひも》をほどこうとしている最中であったのだ。これは確かに、不審《ふしん》な行動である。

「え？　ボ、ボクですか？　ボクはただ、この天幕に入ろうとしているだけですけれど……」

やっぱり見覚えのない人物であった。身長は俺やアイ＝ファと同じぐらいで、ひょろひょろに痩《や》せている。中途半端《ちゅうとはんぱ》な長さの褐色《かっしょく》の髪《かみ》を後ろで束ねており、肌《はだ》の色は象牙色《ぞうげいろ》。瞳《ひとみ》の色は淡《あわ》い茶色。年《とし》の頃《ころ》は二十歳《はたち》になるかならないかというぐらいで、面長《おもなが》の顔にはロイみたいにそばかすが浮かんでおり、身に纏っているのは粗末な布の服だ。

目玉ばかりがきょろりと大きく、なかなか愛嬌《あいきょう》のある顔立ちをしている。あとはやたらと痩せ細《ほそ》っているぐらいで、特徴《とくちょう》らしい特徴はない。が、その声を聞くことによって、俺は最大の特徴を知ることになった。その人物は、女性であったのだ。

「ボ、ボクは別にあやしい者ではありません。この旅芸人の一座の、その、下働きの人間なんです。嘘《うそ》だと思うなら、中の人間に聞いてみてください」

その女性は、おどおどとした口調でそのように言いつのった。着ているものは男性用の装束で、胸《むな》もとなんかはぺったんこである。肩幅《かたはば》はせまく、撫《な》で肩《がた》で、ついでに猫背《ねこぜ》で姿勢が悪い。

妙齢《みょうれい》の女性とは思い難《がた》い風体《ふうてい》であるが、だけどやっぱりその声は女性のものであったし、線のやわらかいその面立《おもだ》ちも、そうと意識してみれば女性のものでしかありえなかった。

「旅芸人は、全部で十三人って聞いてたけどな。それ以外にも、仲間がいたのか。……でもな、そうだとしてもその荷物が見逃せねーんだよ」

と、ルド＝ルウは普段通りの軽妙《けいみょう》な口調で言いながら、奥《おく》に置かれている荷車のほうを指し示した。屋根のない、粗末で小さな荷車だ。四角い荷台には大きな車輪がふたつついているばかりで、前側に一頭のトトスが繋がれている。

その荷車に積まれているのは巨大《きょだい》な布の袋であり、そして、何やらその表面が蠢動《しゅんどう》していた。布に包まれた巨大な何かが、その中でもぞもぞと蠢《うごめ》いているのだ。大きさ的には、ちょうど人間が入れるぐらいのサイズであっただろう。口が蔓草《つるくさ》で縛《しば》られているために、中身をうかがうことはできない。

「その中身、まさか人間ではないんだろ？　で、そいつの正体がギバだとしたら、俺たちは見過ごすことができねーんだよ」

腰《こし》に吊《つ》るした鉈《なた》の柄《え》を指先でとんとんと叩《たた》きながら、ルド＝ルウはそのように言葉を重ねた。

「旅芸人の連中はギバを捕《つか》まえたいとか話してたけど、まだ領主からの許しは出てねーはずだ。それなのに、俺たちの目を盗《ぬす》んでモルガの森に足を踏《ふ》み入れたんだとしたら、こいつは放っておけねーだろ？」

「ち、違います違います！　これはギバじゃありませんよ！　とんでもない誤解です！」

「それじゃあ、何なんだ？　これであのディロとかいうやつが詰《つ》まってたら、俺も笑っちまうけどな」

「ディ、ディロでもありません。これは、ムントです」

「ムント？」と、俺はルド＝ルウと唱和してしまった。それは腐肉喰《ふにくく》らいの異名で知られる、この近在の害獣《がいじゅう》の名である。

「はい、腐肉喰らいのムントです。この一座で、ガージェの豹《ひょう》やアルグラの銀獅子《じし》が働かされていることはご存じですか？　毎日毎日キミュスやカロンの肉を与えていたら、銅貨がいくらあっても足りませんし、かといって、彼らを天幕の外に出すことは町の法で禁じられてしまっていますし……それに彼らは、新鮮《しんせん》な臓物も与えてやらないと身体が弱ってしまうのですよ。だからこうやって、時々は近在の獣《けもの》を捕まえて生《い》き餌《え》にする必要があるのです」

「ふーん、ムントねえ……」

「だ、だけどもちろん、モルガの森には一歩たりとも足を踏み入れてはいません！　これは雑木林の奥に罠を仕掛《しか》けて、夜の間に捕まえておいたムントなのです！　ニーヤがジェノスの貴族様に約束を取り付けるまでは、決してモルガの森に足を踏み入れるべからずと、ボクたちも団長からきつく言《い》い渡《わた》されているんですよう」

「わかったわかった。でも悪いけど、いちおう中身を確認させてもらえるか？　あいにくあのギャムレイって座長は、森辺の族長にそこまで信用されてねーんだよ」

ルド＝ルウの言葉に、その娘さんは「はあ……」と頼りなげに眉尻《まゆじり》を下げたが、それ以上は逆らおうとせず、荷車のほうに手をのばした。細長い器用そうな指先がくるくると蔓草をほどいていき──そして、その途中《とちゅう》でいきなり凶悪《きょうあく》な獣が鼻面《はなづら》を突き出《だ》してきた。

ピットブルテリアのように、いくぶん潰《つぶ》れ気味《ぎみ》の鼻面である。顔は四角く、三角の耳が生えており、小さな目は怒《いか》りに燃えている。バリカンで短く刈《か》り込まれたかのような体毛は淡い褐色で、首は短く逞《たくま》しい。その潰れた鼻面には蔓草が巻きつけられて、声を発することもできないまま、その凶暴《きょうぼう》そうな獣は懸命に短い首を振りたてていた。

俺がムントを目にするのは初めてだが、これは確かにアイ＝ファから伝え聞いていた通りの姿であった。さらにもう一頭の同じ姿をしたムントが、もがきながら首を突き出してくる。どちらも体長は一メートルほどで、奇妙《きみょう》に丸っこい体型をしているのに、四肢《しし》だけがアンバランスに細っこい。豚《ぶた》の胴体《どうたい》に鹿《しか》の足をひっつけたような、俺にはまったく見慣れない姿であった。

「ああ、こいつは確かにムントだな。疑って悪かったよ。森辺の民、ルウ家の末弟《まってい》ルド＝ルウは、あんたに自分の非礼を詫びさせてもらう」

あんまり悪びれた様子もなく、ルド＝ルウはぺこりと頭を下げた。

娘さんはようやく安堵《あんど》できた様子で、にへらっと笑う。

「いえいえ、誤解が解けたのなら何よりです。ボクの人生もここまでかと、冷《ひ》や汗《あせ》をかいちゃいましたよう」

「そいつはちょいと大げさだろ。あんただったら、俺やアイ＝ファから逃《に》げることぐらいは簡単にできるんじゃねーのか？　女のくせに、すっげー強そうじゃん」

「とんでもないですぅ。ボクなんて、取《と》り柄《え》なしの無駄飯喰《むだめしく》らいなんですからあ」

にへらにへらと笑いながら、その娘さんは無造作な手つきでムントたちの頭を袋の中に押し戻《もど》し、再び口を結び始めた。そのゆるみきった横顔を見つめていたアイ＝ファが、ふいに「あ」とつぶやきをもらす。

「どこか覚えのある気配だと思ったら、お前はあの奇妙な甲冑《かっちゅう》を着た人間――騎士《きし》王ロロと呼ばれていた者か」

その言葉に、俺は仰天《ぎょうてん》することになった。が、それ以上に仰天していたのは、その娘さんのほうであった。ふにゃふにゃとした笑《え》みをその細長い顔にへばりつかせたまま、いくぶん血の気を失いつつ、アイ＝ファのほうをゆっくりと振り返る。

「な、な、何を仰《おっしゃ》っているのですかねえ？　ボ、ボクは下働きの人間で……」

「何もごまかす必要はあるまい。お前の芸は、見事なものであったぞ」

すると娘さんは「ひゃあ！」と叫《さけ》ぶや、そばかすだらけの顔を真っ赤にして頭を抱え込んでしまった。

「やめてくださいやめてください！　あ、あなたがたはボクの芸を見ていたのですか⁉　どうしてそんなひどい辱《はずかし》めを……！」

「辱めも何も、あれがお前の仕事なのだろうが？」

小首を傾《かし》げつつアイ＝ファが追撃《ついげき》すると、娘さん――甲冑を纏っていない騎士王のロロは、身も世もなくその場にくずおれてしまった。

「ボ、ボクがどうして顔を隠しているると思っているのですか⁉　ああ恥ずかしい恥ずかしい！　どうせボクはあんな滑稽《こっけい》な芸をするしかない能なしですよ！　それが腹立たしいなら、どうぞ石でもぶつけてやってください！」

「だから、見事な芸であったと言っているではないか。何なのだ、お前は？」

「やっぱりこいつらは、おかしな連中ばっかりなんだなー」

ルド＝ルウも、呆《あき》れた様子で目を丸くしている。

「ま、あんたらがきっちり約束を守ろうとしているのはわかったよ。仕事の邪魔《じゃま》をして悪かったな。あの豹だの獅子だのに飯を食わせてやってくれ」

それでもロロが身を起こそうとしないので、俺たちは大人しく引き上げることにした。

街道《かいどう》では、仕事を割《わ》り振られなかったメンバーが二台の荷車とともに俺たちを待ち受けている。それと合流し、ダルム＝ルウに報告を果たしてから、俺たちは改めて街道を歩き始めた。

「まさか、あの女性がロロだとは思わなかったなあ。ドガとか黒猿《くろざる》に蹴飛《けと》ばされたり投げ飛ばされたり、そうとう過酷《かこく》な芸だったように思うけど」

「うむ。あれは相当な手練だな。下手をしたら、今のシン＝ルウと互角《ごかく》にやり合えるぐらいの力量かもしれん」

「ええ？　あんな細っこい女性がか？　今のシン＝ルウって、メルフリードと大差のない実力なんだろう？　そうすると、ちょっと前のジザ＝ルウと同じていどの実力ってことになっちゃうけど……」

「しかとはわからん。が、それぐらいの力量はあるように思えてしまう。まったく、得体の知れない連中だな」

言いながら、アイ＝ファはそっと胸もとに手を押し当《あ》てる。そこにはまだ念のために固定用の帯が巻かれていたが、いよいよアイ＝ファの負傷も完治の日が近づいていたのだった。

「私も早く、この身を鍛《きた》えなおしたいものだ。……レム＝ドムの行く末にも決着をつけてやらねばならないしな」

「ああ、そうだったな」

どことはなしに女性らしさを増してきているアイ＝ファであるが、また狩人としての修練を再開させたら、以前の鋭《するど》さが戻ってくるのだろう。そこまではっきりとした差異が感じられるわけでもないのだが、それでもやっぱり今のアイ＝ファは立ち居振る舞《ま》いがやわらかく、ともすれば普《ふ》通《つう》の女衆のように見えてしまう瞬間《しゅんかん》もなくはなかったのだった。

「……何をじろじろと見ているのだ？」

「いや、俺はどっちのアイ＝ファも好きだよ」

言ってから、俺は驚愕《きょうがく》に打ちのめされた。

「あっ！　内心のつぶやきを口にしてしまった！」

アイ＝ファはさきほどのロロに劣《おと》らず顔を真っ赤にして、俺の後頭部をひっぱたいてきた。

周りの人々はたいそう驚《おどろ》いた様子であったので、きっと俺の言葉もアイ＝ファ以外の耳には届かなかったのだろう。それはムチウチになりかねないほどの痛撃《つうげき》ではあったが、満天下で恥《はじ》をさらさずに済んだのは俺にとってもアイ＝ファにとっても幸いなことであった。

2

騎士王ロロの正体を知り、俺がアイ＝ファに後頭部を殴打《おうだ》されることになった、紫の月の三十日――その夜のことである。祝日の前日ということで、その夜も俺たちはダレイムのドーラ家を訪れていた。

メンバーは、かまど番が俺、リミ＝ルウ、アマ・ミン＝ルティム、トゥール＝ディン、ユン＝スドラの五名、護衛役がアイ＝ファ、ルド＝ルウ、ガズラン＝ルティム、ダン＝ルティム、ギラン＝リリンの同じく五名、合計で十名だ。ジバ婆さんが不参加であるために人数は絞られているが、明日は朝から五台の屋台を出して『ギバの丸焼き』をふるまう予定であったので、この人数であった。

だが、明日の夜にはさらに大勢の森辺の民《たみ》がドーラ家を訪れる予定でいる。宿場町での夜間営業を終えた後、この十日間の大仕事の打ち上げとして、ドーラ家で宴《うたげ》を開くことになり、それにジバ婆さんを始めとする大勢の人々が参加することに決定されたのであった。

明日の『滅落の日』は、この一年の最後の日、俺の故郷の言葉で言うならば大晦日《おおみそか》にあたる日だ。その日は夜を徹《てつ》して太陽神の復活を祝い、そして翌日の『再生の日』は町の人々も完全に休息の日と定めているという。ならば森辺の民もジェノスの習わしに則《のっと》って、ともに一夜を明かしてみようではないか――という話に落ち着いたのである。

それを強く望んだのはジバ婆さんであり、承諾《しょうだく》したのはドンダ＝ルウであった。余所者《よそもの》の多く訪れる宿場町の夜は危険だが、ダレイムでの宴であるならばぎりぎり許容範囲である、と見なされたらしい。護衛役として同行するジザ＝ルウらはなかなか気をゆるめる時間も取れなかろうが、それでもダレイムの人々と長きの時間をともにするのは、きっと彼《かれ》らにとっても有意義なことであるはずだった。

「畑の仕事は、今日であらかた終わらせたからな！　この期間に雇《やと》っていた連中もみんな宿場町に繰《く》り出しちまうし、寝床《ねどこ》も有り余ってるんだよ。遠慮《えんりょ》なく、何十人でも呼んでくれ！」

三度目となる会食の場でギバ料理を楽しみつつ、ドーラの親父さんはそのように言ってくれていた。収穫《しゅうかく》できる野菜はすべて収穫しつくして、今は倉庫に眠《ねむ》っている。これで銀の月の半ばまではゆっくり身体を休めつつ、その後は来《き》たるべき雨季に備えて、新たな苗《なえ》を畑に植えていくのだそうだ。

「この後はタラパやティノなんかも品薄《しなうす》になっちまうけど、でも、宿場町を賑わせていた連中もどんどん数が減っていくからな。アスタたちも、しばらくはのんびり働くといいよ」

「ええ、こういうのは生活にメリハリがあっていいですね」

四季というものが存在せず、復活祭の他《ほか》には大きなイベントもないジェノスであるので、この時期が一番変化に富んでいるのだろう。もとより退屈《たいくつ》するひまなどまったくない日々であるが、それでもこういった緩急《かんきゅう》ならば大歓迎《だいかんげい》という心境であった。

「だからさ、銀の月の間にまた森辺の集落にお邪魔させてもらえないかな？　よかったら、今度は俺たちがそちらに泊《と》まり込む格好でさ」

「あー、ちびリミなんかは、もうすっかりその気になっちまってるよ。親父はリミに甘いから、今さら駄目《だめ》とは言わねーと思うぜ？」

そのように応じるルド＝ルウも、リミ＝ルウやターラに劣らず楽しげな表情である。

「それはやはりルウの集落で、ということになるのでしょうか。それならば、私も晩餐《ばんさん》に招いていただきたく思います」

ガズラン＝ルティムが発言すると、ドーラの親父さんは笑顔でそちらを振り返った。

「あんたやダン＝ルティムが来てくれたら、俺たちも嬉《うれ》しいな！　……しかしあんたは、本当に落ち着いていて人間ができてるね。町の人間よりよっぽど賢そうじゃないか？」

「とんでもないことです」とガズラン＝ルティムが答えかけたが、それはダン＝ルティムの笑い声によってかき消された。

「ガズランは、俺の自慢《じまん》の息子《むすこ》だからな！　しかし、お前さんの息子らも実に立派に育っているではないか！」

「ああ、まだまだ頼りないところも残っているけどね」

その二人の息子さんたちは、ガズラン＝ルティムに比べるとやや年少だ。が、彼らもどちらかというと落ち着いた気性《きしょう》であり、ガズラン＝ルティムとは非常にウマが合うように見受けられた。それに彼らは、かつてジザ＝ルウが相手でも交流を深めたいという気持ちを見せてくれていた。そんな彼らであるので、外界に対する関心の強いガズラン＝ルティムとは余計に話が合うようだった。

これが初めての参加であるアマ・ミン＝ルティムやユン＝スドラも奥様《おくさま》がたと話が弾《はず》んでいるようであるし、トゥール＝ディンはリミ＝ルウやターラの輪に取り込まれている。日を重ねるにつれ、ドーラ家との垣根《かきね》は目に見えて薄《うす》らいでいた。

そんな中、俺は無言で食事を進めている親父さんの母君へと視線を転じた。

「今日の料理はいかがですか？　宿場町でもけっこう人気の品なのですが」

母君は、ぎろりと無愛想《ぶあいそう》な視線を返してくる。本日準備したのは、タラパの煮付《につ》け料理と、ギバのロースの揚《あ》げ焼きであった。どちらも屋台の日替《ひが》わりメニューとして扱《あつか》っていた商品だ。

「……このタラパは、どうしてこんなに甘みが強いんだい？　あんたたちが買っているのは、大きくて酸《す》っぱいタラパのはずだろう？」

「はい。それは細かく刻んだアリアを炒《いた》めて一緒《いっしょ》に煮込《にこ》んだり、あとは果実酒を使ったりもしているんです。砂糖を使ったりするよりは、野菜の自然な甘みを引き出せていると思います」

「……この野菜は、知らない野菜だね」

「あ、それはマ・プラという野菜です。ジャガルや、あとはセルヴァの西のほうでも採れる野菜のようですよ。苦みはないけど、プラのお仲間みたいですね」

けっきょくギバ肉の存在には触《ふ》れぬままであるが、今日は孫娘《まごむすめ》の取り分けたギバ料理をきちんと一人前、口にしてくれている。叔父《おじ》君のほうも、仏頂面《ぶっちょうづら》でロースの揚げ焼きをかじってくれているのだ。それだけで、俺は胸が詰まるほど嬉しかった。

「明日の宴とは、いったいどのようなものであるのかな？」

と、誰《だれ》にともなく尋《たず》ねたのはギラン＝リリンであった。親父さんはまだダン＝ルティムと談《だん》笑《しょう》していたので、上の息子さんがそちらに向き直る。

「べつだん特別なことをするわけではありません。外でも火を焚《た》いて、軽い食事や果実酒を楽しみながら、太陽神の復活を待ち受けるのです。……ああ、つまり、新しい年の最初の太陽の光が地に届くのを待ち受ける、という意味なのですが」

「なんと！　それでは、眠りもせずに朝を待つということか？」

「途中で眠ってしまう人間もいなくはありませんが、夜明けの前には全員を起こしますね。どうせその日は、一日中休んでいられるのですから」

「ふうむ。森辺でも婚《こん》儀《ぎ》や収穫の宴などでは遅《おそ》くまで騒《さわ》いでいるものだが、さすがに朝までというのは覚えがないな。全員がいちどきに眠ってしまわぬよう、順番を定めておくべきか」

「そんな段取りは、ジザ＝ルウやガズランなどに任せておけばいいではないか！　俺は果実酒さえあれば、いつまでも起きていられるがな！」

と、ダン＝ルティムも途中から加わってくると、ギラン＝リリンは愉《ゆ》快《かい》げに口もとをほころばせた。

「もちろん俺とて、そういう話ならば朝まで眠るつもりはない。しかし、俺とダン＝ルティム以外の全員が眠りこけてしまったら、きっと後でドンダ＝ルウに叱《しっ》責《せき》されてしまうだろう？」

「ああ、存外に若い連中のほうが、酔い潰れることは多いからな！」

それは単にこの両名がひときわ酒豪《しゅごう》である、というだけの話なのではないだろうか。ドーラ家の女性陣《じょせいじん》も、楽しそうにくすくすと笑っている。

「それにしても、森辺の民には太陽神の復活を祝う習わしがなかったのですね。たしかジャガルでも、一年の終わりと始めには同じような祝祭があると聞《き》き及《およ》んでいたのですが」

下の息子さんがそのように問いかけると、ダン＝ルティムは「ふむ？」と太い首を傾げた。

「森辺の民がジャガルの黒き森を故郷としていたのは、もう八十年も前のことだからな。しかもその頃は森の外の連中と縁を結ぶこともなかったので、どのみちジャガルの習わしを知る機会もなかったのであろうよ」

「とても不思議な話ですね。外の人間と一切《いっさい》の交流もなく生きていただなんて……これは悪気があっての言葉じゃありませんが、そんなのはまるで伝説に聞くモルガの野人みたいです」

「ふむ。モルガの赤き野人か。それればかりは、俺も実際に目にしたことはないな」

「え？　それじゃあ、マダラマの大蛇《だいじゃ》やヴァルブの狼《おおかみ》を見たことはあるのですか？」

「マダラマの大蛇は、崖《がけ》の上をしゅるしゅると這《は》いのぼっていくところを見かけたことがあるばかりだ。しかしヴァルブの狼は、俺の友だぞ！」

ダン＝ルティムがえっへんとばかりに分厚い胸をそらし、息子さんたちは期待に瞳を輝《かが》かせた。俺はたまさか手傷を負ってラントの川を流れてきたマダラマの大蛇と出くわしたことがあるが、本来であればモルガの山の獣たちは人間の目に触れる機会もない伝説上の存在であるはずなのだ。

　かくしてその夜の晩餐は、ダン＝ルティムがこれまでに二度ほど遭遇《そうぐう》したヴァルブの狼の逸話《いつわ》によって締《し》めくくられることになった。純白の毛皮を持ち、ダン＝ルティムの生命《いのち》を二度まで救ったというヴァルブの狼の物語は、ニーヤの語るミーシャの歌みたいに幻想的《げんそうてき》でロマンに満ちあふれていた。


　その後、俺たちにはまた男女でひと部屋ずつの寝室《しんしつ》があてがわれることになったが、そこに引っ込む前に、ルド＝ルウからひとつの報告が為された。本日、商売を終えて集落に戻ったのち、メルフリードからの使者がドンダ＝ルウのもとに遣《つか》わされてきたのだ。その内容はドーラ家に向かう途上《とじょう》でリミ＝ルウからざっくり聞かされていたが、あまり食卓《しょくたく》の場に相応《ふさわ》しい話題でもなかったので、正式な報告はこの時間まで先のばしにされていたのだった。

「あのゲイマロスって貴族が、ようやくまともに口をきけるぐらい回復したらしくてよ。自分の罪を、洗いざらい白状したらしいぜ。……何でもそいつは森辺の狩人に勝てる自信がまったくなかったもんだから、こんな勝負を持ちかけられてほとほと困ってたって話だ。それでも逃げるわけにはいかなかったんで、あんな悪巧みに手を染めちまったんだってよ」

　その場に居残っていたのは、俺とアイ＝ファとガズラン＝ルティムの三名であった。その中で、アイ＝ファが「ふむ」と眉をひそめている。

「剣士《けんし》や騎士といった者どもは、狩人のように誇《ほこ》りを重んずるのではなかったか？　私は以前、ジバ婆《ばあ》からそのように聞いた覚えがあるのだが」

「ああ、だからその誇りが間違《まちが》った方向に向いちまったんだろ。そいつにとっては負けることや逃げることより、汚《きたな》い手段を使ってでも勝つほうが誇り高《たか》い行為《こうい》に思えたってことさ」

「まったく理解できん。それで誰にも悪行を知られぬまま勝利を収められたところで、いったいどのような喜びを得られるというのだろうか？」

「俺に言われたってわかんねーよ。とにかくそれで、そいつは騎士団《きしだん》長とかいう身分を奪《うば》われることになったらしい。……ま、どっちみちシン＝ルウの一撃《いちげき》で、二度と刀を取ることもできなくなっちまったみたいだけどな」

「その人物は、鼻と左腕《ひだりうで》の骨を折り、なおかつ首の筋をひどく痛めてしまったようです。森辺の狩人であればどれほどの時間がかかっても元の力を取り戻そうとするでしょうが、城下町の貴族にはそのような気概《きがい》もない、ということなのでしょう」

べつだんそれを蔑《さげす》む風でもなく、ガズラン＝ルティムが落ち着いた声で補足をする。

「また、騎士団長という身分を失うことは、その人物がすべての力と権勢を失うという意味であるようです。察するに、貴族というのは血筋のみではなく、役職というものが非常に重んじられているのではないでしょうか。あのポルアースも、サイクレウスを討《う》ち倒《たお》すまでは力を持たない貴族であったようですし――それに、サイクレウスの弟シルエルも、力と権勢を手に入れるために、あのような悪行に手を染めたという話でありましたしね」

「ああ、なるほど。確かにあのゲイマロスという人物もポルアースもシルエルも、全員が伯爵《はくしゃく》家《け》の次男坊《じなんぼう》だったり三男坊《さんなんぼう》だったりするわけですね」

それで、シルエルは護民兵団長の座を奪取《だっしゅ》するために暗殺という最悪の手段を取り、ゲイマロスという人物は現在の身分を守ろうとして墓穴《ぼけつ》を掘《ほ》ることになった。こうして見ると、自身が役職を得るためではなく、ダレイム伯爵家そのものの地位や力を高めるために尽力《じんりょく》しているポルアースが一番の成功を収めている、というのが何やら皮肉な話でもあった。

「やはり人間は、正しい誇りを胸に生きていくべきなのだ。あのポルアースというのは飄々《ひょうひょう》としていて子供じみたところもあるが、やはり貴族の中では信頼《しんらい》に足る人間であったのだろう」

俺と同じようなことを考えたらしいアイ＝ファが、しかつめらしくそのように発言した。

「それでですね、ジェノス侯爵《こうしゃく》は和解の場をもうけたいと申し出てきたそうです」

「和解の場？」

「はい。ゲイマロスという人物に弁明の余地はありませんが、そのような罪人を出すことになったサトゥラス伯爵家は森辺の民に詫《わ》びる必要があるだろう、と。……以前にはリーハイムという貴族がレイナ＝ルウと悶着《もんちゃく》を起こすことにもなりましたし、また、シン＝ルウとゲイマロスの御前試合を決めたのもそのリーハイムでありました。それで今後にわだかまりを残さぬよう、和解の場をもうけたいとの話でありましたね」

つまりはこれが、ジェノス侯爵マルスタインの目指していた結果であったわけだ。ゲイマロスがおかしな悪行を働いたばかりに、いっそうマルスタインの望む格好に落ち着いたのかもしれなかった。

「ま、これはルウ家と貴族の問題だけどよ。そもそもレイナ姉はアスタの仕事を手伝うために城下町まで出向いて、それでその貴族に見初《みそ》められることになっちまったわけだから、まんざらファの家も無関係じゃねーだろ？　そのサトゥラス家とかいう連中を敵に回したら、宿場町での商売もどうなるかわかんねーみたいだしさ」

「うん、俺も同行しろって話なら、もちろんそうさせてもらいたいけど……かまわないよな、アイ＝ファ？」

「それはむろん、そうするべきなのだろうと思うが……しかしそれは、いったいいつ頃の話になるのだろうな？　私はそろそろ狩人としての力を取り戻すための修練を始めねばならんし、ルウの家とて、まもなく休息の期間が終わる頃合《ころあ》いであろう？」

「ああ、ちょうど今日で半月ぐらいだもんな。ま、ギバがぞろぞろ戻ってくるにはまだ時間がかかるだろうけど、厄介事《やっかいごと》は早めに済ませておきたいところだなー」

ともあれ、復活祭が終わるまではその日取りを決定することもできないだろう。新しい食材を吟味《ぎんみ》するために城下町まで出向くという話もあがっているし、しばらく商売のほうは落ち着くとしても、まだまだ苦労の種は尽《つ》きないようであった。

「それに、旅芸人の連中がギバを捕まえたいって話も、どんな風に落ち着くかわかんねーしな。まったく、ややこしい話ばっかりだよ」

そのように言ってから、ルド＝ルウは「ふわあ」と大あくびをした。

「ま、とりあえずは明日の仕事やら宴やらを終えてからだな。明日も早いんだから、そろそろ寝《ね》ようぜ？」

「そうだね。色々とありがとう。……じゃあ、アイ＝ファ、おやすみ」

何となく本日は立ち話をする雰囲気《ふんいき》でもなかったので俺がそのように挨拶《あいさつ》をすると、アイ＝ファは一拍《ぱく》取ってから「うむ」とうなずいた。

アイ＝ファは左側の扉《とびら》を、俺たちは右側の扉を開けて、それぞれの寝室へと潜《もぐ》り込む。こちらの寝室では、すでにダン＝ルティムたちが寝息《ねいき》をたてていた。床《ゆか》に寝具《しんぐ》を並べただけの、雑《ざ》魚寝《こね》である。

「……毎日が、とても有意義ですね」

寝具の上に身を横たえながら、ガズラン＝ルティムがそのように告げてきた。同じように身体をのばしつつ、俺は「ええ」とうなずき返す。

「こうやってガズラン＝ルティムと同じ部屋で眠りにつくというのも、俺にとっては貴重で有意義な体験です」

「そうですね。私もそのように思っていました」

仰《あお》向《む》けに横たわった体勢で、ガズラン＝ルティムははにかむように笑う。

「あとは明日の朝にギバの肉を宿場町でふるまい、夜に商売をして、その後でダレイムでの宴に加わり——それでひとまず、復活祭というものは終わりを告げるのですね」

「はい。あっという間であったような、そうでもないような、何だか不思議な感覚です」

だけど何にせよ、貴重で有意義な日々であった。感傷にひたるのは明日の夜まで取っておくとしても、やっぱり修学旅行の夜みたいな特殊《とくしゅ》な感覚にとらわれてしまう。

「次の青の月には家長会議が執り行《おこな》われ、そこで宿場町での商売がすべての家長たちに認められれば――また来年も、このような時間を味わうことができるのですね」

「ええ、何としてでも、その権利を勝ち取りたいところです。……あ、そういえば次の家長会議には、ガズラン＝ルティムが参加することになるのですよね」

「むろんです。私がルティムの家長なのですから」

青みを帯びた月明かりの下、ガズラン＝ルティムは穏《おだ》やかに微笑《ほほえ》んでいるようであった。ルド＝ルウはあっさりと眠りに落ちてしまったらしく、寝息が三重奏になっている。

「森辺の民が大きな変革を迎《むか》えようとしているこの時期に家長となり、私も身が引《ひ》き締まる思いです。ルティムのためにというのはもちろん、親筋たるルウのため、友たるファのため――そして森辺のすべての同胞《どうほう》のために、力を尽くしたいと思います」

「ガズラン＝ルティムなら、ダン＝ルティムにも負けない素晴《すば》らしい家長になることができるでしょう。ルティムの友として、俺もアイ＝ファとともに力を尽くしたいと思います」

ガズラン＝ルティムと二人きりだとどうしても真面目《まじめ》な方向に話が傾《かたむ》いてしまうが、それでも何となく、大事な友人とおたがいの気持ちを確かめ合っているような、少しくすぐったいような気持ちを俺は得ていた。さきほどの言葉は社交辞令でも何でもなく、こうしてガズラン＝ルティムとともに過ごせる時間も、俺には貴重でかけがえのないものだったのだ。

それからしばらく沈黙《ちんもく》が落ち、ガズラン＝ルティムも眠りに落ちたのかな――と俺がぼんやり考えたとき、またその低くて落ち着いた声が闇《やみ》に響《ひび》いた。

「アスタ、実は打ち明けておきたい話があるのですが……これはまだ、アスタとアイ＝ファの胸に収めておいていただけますか？」

「はい、何でしょう？　もちろん秘密はお守りしますよ」

「ありがとうございます。これはまだルティムでも、本家の人間にしか打ち明けていない話なのですが――」

そこで少し間をはさんでから、ガズラン＝ルティムは静かに言った。

「実はアマ・ミンが、子を身ごもったかもしれません」

俺はいっぺんに目が覚めてしまい、慌《あわ》ててガズラン＝ルティムのほうを見た。

「まだ確証はありませんし、それに、この段階では流れてしまう危険もあります。ですから、今しばらくは口外せずにおいてほしいのです」

「も、もちろんです。……ええと、祝福の言葉にはまだ早いですか？」

「はい。それはまだ後に残しておいてもらえれば幸いです」

ガズラン＝ルティムが、微笑んだまま俺のほうを向いてくる。

「ただ、そうするとアマ・ミンもまた遠からず宿場町での仕事を手伝えなくなってしまうでしょう。本人も、それだけを気に病《や》んでいました」

「それはしかたのないことです。お子を授《さず》かる喜びに比べたら、なにほどのことでもないではないですか」

嬉しくなって、俺《おれ》も口もとをほころばせてしまう。

「もしもその話が確かなら、リィ＝スドラの子と同じ年の子を授かることになりますね。スドラとルティムはそれほど家が近いわけでもないですが、彼女らはひそかに気が合う様子でしたし、何かいっそう喜ばしいことのように思えます」

「ええ、そうですね」

「ルウ家のコタ＝ルウとは、二歳《さい》ぐらいの差になるのでしょうかね。……数十年後には、コタ＝ルウとガズラン＝ルティムの子が、ドンダ＝ルウとダン＝ルティム、ジザ＝ルウとガズラン＝ルティムのように家長となってルウの一族を盛り立てていくことになるわけですね」

「アスタは、そこまでの行く末に思いを馳《は》せるのですね。……だけどそれは、何だか目がくらむほど幸福な想像です」

リィ＝スドラの子が無事に生まれれば、そちらはフォウ家のアイム＝フォウと年の近い子供になる。フォウとスドラならそこそこ家も近いし交流は深いので、今のライエルファム＝スドラやバードゥ＝フォウのように手を取り合っていくことになるだろう。

そうして森辺の民の歴史は、連綿と紡《つむ》がれていくのだ。そういった幼子たちのために、今を生きる俺たちは精一杯《せいいっぱい》力を振《ふ》り絞って明るい未来を切り開いていくべきなのだろう。ジバ婆《ばあ》さんやラー＝ルティムたちがそうしてきたように、ドンダ＝ルウやダン＝ルティムたちがそうしてきたように、誰もが次代への架《か》け橋《はし》となって、世界を形づくっていくのだ。

俺は何だか居ても立ってもいられなくなり、寝床の上で身を起こしてしまった。

「どうしたのですか？」と、ガズラン＝ルティムが不思議そうに問うてくる。

「いえ、ちょっと目が冴《さ》えてしまったので、水でも一杯《いっぱい》いただいてこようかと」

「ならば、私もご一緒しましょう」

「家を出るわけではないので大丈夫《だいじょうぶ》ですよ。ガズラン＝ルティムは休んでいてください」

俺は立ち上がり、月明かりを頼《たよ》りに寝室を出た。キイッとかすかな音をたてながら、木造りの扉を閉める。

そのまま俺が闇の中でたたずんでいると、十秒と待つことなく、隣《となり》の寝室の扉が開かれた。

「やはりお前か。いったいどうしたのだ？」

姿を現したのは、アイ＝ファであった。その結果に満足しながら、俺は闇の中で笑ってみせる。アイ＝ファの視力なら、この暗がりでも俺の表情を見間違《みまちが》えることはなかっただろう。

「やっぱり扉を開け閉めする音を聞き分けてくれたね。さすがは森辺の狩人だ」

「私に用事なのか？　……ひょっとしたら、アマ・ミン＝ルティムのことか？」

後ろ手に扉を閉め、アイ＝ファが俺の前に立つ。何とかその面《おもて》を闇に中に透《す》かし見ようと試みながら、俺は「ああ」とうなずいてみせた。

「アイ＝ファは、アマ・ミン＝ルティム本人から聞いたのか？」

「うむ。この夜にガズラン＝ルティムがアスタに告げるはずだと言って、話を始めたのだ。まだ確かな話ではないとのことであったがな」

「うん。確かな話になることを祈《いの》ろう」

アイ＝ファは闇の中で、けげんそうに小首を傾げる。

「ところでアスタよ、お前はどうしてそのように目を細めているのだ？　眠いならば眠るべきであろう」

「いや、アイ＝ファの表情がよくわからないんだよ。俺はアイ＝ファほど夜目がきかないからさ」

アイ＝ファは肩《かた》をすくめつつ、廊下《ろうか》を何歩か後ずさった。扉があるのとは逆の壁《かべ》に窓が切られており、その場所には月明かりが差し込んできていたのだ。

金褐色《きんかっしょく》の髪をほどいたアイ＝ファは、とても穏やかな表情をしていた。

「これで満足か？」

「うん」と言いながら、俺もアイ＝ファのもとに歩を進める。

三十センチていどの距離《きょり》を置いて、俺たちは対峙《たいじ》した。誰か通りかかる者があったら、このような暗がりで何をやっているのだと呆れたことだろう。それでもやっぱり、これは俺たちに必要な行為であったのだ。

「やっぱり眠る前には、アイ＝ファと二人で言葉を交《か》わさないと気持ちが落ち着かないな」

「……すでに知れていることを、わざわざ口に出す必要はない」

口では意地悪なことを言いながら、アイ＝ファはふっと微笑んだ。青い目が、とても優《やさ》しげに瞬《まばた》いている。

「このたびの仕事も、あと一日となったな」

「うん、そうだな」

「その後にも厄介な仕事が待ち受けているが、今は目の前の仕事に力を振り絞《しぼ》る他ない」

「うん、その通りだな。……不謹慎《ふきんしん》な言い方だけど、怪我《けが》をしたアイ＝ファがずっと護衛役としてそばにいてくれたことは、とても心強かったし、とても嬉しかったよ。この時間をアイ＝ファと共有できたことは、俺にとってすごく大きかったと思う」

「別に、いらぬ前置きをすることはない。私とて、このような時期に護衛の仕事を他人任せにしていたら、きっととてつもない心労を背負うことになっただろう」

そのように言いながら、アイ＝ファは額にもつれる前髪《まえがみ》をゆっくりとかきあげた。

「さすれば、このような手傷を負ったのも、森の導きかと思うこともできる。……私たちは、幸いであったたな」

「うん」

うかつには触れ合《あ》えぬような関係になってしまったが、俺は以前よりもアイ＝ファの存在を近くに感じることができている。自分たちの心情を何ひとつ偽《いつわ》ることなく、隠すことなく、思うままに語り合うことができるのだ。こんな幸福なことは、他にないだろう。

「それじゃあ、最後の一日もよろしく頼《たの》むよ。その後はみんなで騒いで、ゆっくり休もう」

「うむ」と、アイ＝ファは慈愛《じあい》に満ちみちた表情で微笑んだ。

そうして紫《むらさき》の月の三十日の夜は更《ふ》け、ついに俺たちは太陽神の滅落と再生の日を迎えることになったのだった。

3

『滅落の日』の朝である。

ドーラ家から宿場町に移動した俺たちは、五台の屋台を出して五頭分の『ギバの丸焼き』をふるまう準備にいそしんでいた。

五頭分の内、子供のギバは二頭分であり、残りは成獣《せいじゅう》のギバの枝肉だ。しばらくすると森辺の集落からも援軍《えんぐん》が到着したので、また二人ひと組となって、ひたすらギバを焼きあげることとなった。

援軍のかまど番は、レイナ＝ルウ、ヴィナ＝ルウ、ララ＝ルウ、モルン＝ルティム、フェイ＝ベイムという顔ぶれであった。これまでは俺のサポート役であったトゥール＝ディンにはヴィナ＝ルウと組んでもらい、俺はフェイ＝ベイムとペアを組む。この行いは商売ではなかったので、小さな氏族とルウ家の垣根なく、バランスが取れるように人員を配置した。不慣れなユン＝スドラのパートナーはレイナ＝ルウであり、これもなかなか新鮮な組み合わせである。

なおかつこの日は、サウティの集落からダリ＝サウティまでもが見学におもむいてきていた。荷車の運転をしていたのは若い女衆であり、護衛の姿はない。中天から狩人の仕事を控《ひか》えている男衆を連れ出す気持ちにはなれなかったのだろう。まだ左腕を吊っているダリ＝サウティは、「町の無頼漢《ぶらいかん》ぐらいならば右腕《みぎうで》一本でどうとでもできる」と大らかに笑っていた。

それにまあ、ルウ家のほうで護衛役の援軍も到着《とうちゃく》していたのだから、ことさらサウティで護衛役を出す甲斐《かい》もなかっただろう。ジザ＝ルウ率いる五名の狩人が、昨晩から同行してくれているルド＝ルウたちに加わって、その数は十名。これで森辺の民にちょっかいを出そうとする無頼漢など、そうそう現れるものではない。

ダリ＝サウティはそのジザ＝ルウやスフィラ＝ザザのそばに陣取《じんど》って、俺たちの働きっぷりを見守ってくれていた。族長本人と、族長の跡取《あとと》りと、族長の末娘《すえむすめ》というトリオである。町の人々には知るよしもないであろうが、実にそうそうたる顔ぶれであった。

それに小さき氏族のほうも、ついにユン＝スドラとフェイ＝ベイムが参加してくれている。俺やトゥール＝ディンが参加しているのだから、宿場町の様子も余すことなく近在の氏族に伝えられているが、やっぱり家人からの生の声というものも大事だろう。そういう意味では、この早朝の仕事ばかりでなく宿場町での商売にすらいまだ参加できていないフォウやランの人々にも、俺は機会を与《あた》えたく思っていた。

あともうひと月も経《た》てば、今度はファの家やその近在の氏族に休息の期間が訪《おとず》れる。そのときこそ、フォウやランの人々に協力を呼びかけるチャンスであった。復活祭が終わっても青空食堂は継続《けいぞく》していく予定であるから、以前よりは人手も必要になるのだ。また、食堂での仕事には調理のスキルも必要ないので、気軽にメンバーを入《い》れ替《か》えることが可能である。

ともあれ、いま集中するべきは目前の仕事であった。回数を重ねるごとに、町の賑《にぎ》わいは増していっている。今日などは、果実酒がふるまわれる上りの五の刻にはドーラ家の人々や《守護人》のザッシュマ、布屋や鍋屋《なべや》や組立屋のご主人、それにマイムやミケルといった顔なじみの人々がのきなみ集結してしまっていた。

「よお、あのゲイマロスという貴族はようやく自分の罪を認めたんだな。城下町では、ちょっとした騒ぎになってしまっているぞ」

と、事情通のザッシュマがにやにやと笑いながらそのように呼びかけてきた。彼はジェノスに戻って以来、毎日俺たちの屋台を訪れてくれていたので、ひと通りの経緯《けいい》はわきまえていたのである。

「この平和なジェノスではなかなか力のある剣士など育たないんだろうが、その中でもゲイマロスというのは屈指《くっし》の豪傑《ごうけつ》だという評判だった。そんな男が恐《おそ》れをなして、小賢《こざか》しい策謀《さくぼう》を張《は》り巡《めぐ》らせようとするなんてな。……ま、森辺の民との一騎《いっき》打《う》ちなんて、俺だったら絶対に最初から断っていたがね」

俺は伝聞で聞くばかりであったが、セルヴァの王都の認可《にんか》を受けた正式な《守護人》というのは、いずれも一騎《いっき》当千《とうせん》の猛者《もさ》であるらしい。そのザッシュマをして、この言い様であった。

「ともあれ、これで森辺の民はサトゥラス伯爵家にひとつ貸しができたってことだろう。これまでの苦労を台無しにしてしまわないように、上手《うま》く折り合いをつけていくことだ」

「そうですね。族長たちとも話を詰めて、何とか穏便《おんびん》に済ませたいと思います」

そんな話をしている間に、ギバの丸焼きも仕上がってきた。三頭分の丸焼きでは三十分ていどしか持たなかったが、本日はどうであろう。けっきょく五頭分を同時にふるまうので、さばく時間に大差はないのかもしれない。それぐらい、俺たちの屋台には大勢の人々が集まってしまっていた。

そうして肉を切り分けて、これまでと同じように町の人々へとふるまっていると、やがてまた見覚えのある一団が近づいてきた。《ギャムレイの一座》の面々だ。

「やあどうも。今日はまだまだ、どっさり残っておりますよ」

「ああ、うン……アタシたちも、そいつをいただいちまってかまわないのかねェ？」

「え？　どういう意味ですか？」

屋台の横合いに立《た》ち尽くしたピノは、感情の読めない黒い瞳《ひとみ》でじっと俺を見つめてくる。

「普段《ふだん》は銅貨を払《はら》ってるけどさァ、今日のこいつは森辺の皆《みな》サンがたの厚意やら善意やらでふるまわれてるんだろォ？　そんなものを、アタシたちが口にする資格はあるのかって話さァ」

話を聞いても、やっぱり俺には意味がわからなかった。すると、ピノの瞳が俺のかたわらに立つアイ＝ファのほうに転じられる。

「たとえばそっちのアンタなんかは、いまだにぼんくら吟遊《ぎんゆう》詩人のやりように腹を立ててるんだろォ？　あんなぼんくらでも、アタシらにとっては家族同然の身内だからさァ、知らん顔はできないんだよォ」

「……私は確かに、あの男の行いを許してはいない。それが意に沿わないのならば、お前たちも私に近づくべきではないだろうな」

「そうじゃないよォ。大馬鹿《ばか》だったのはニーヤのほうなんだから、アンタがお怒《いか》りになるのも当然って話さァ」

そんな風に言いながら、ピノは振袖《ふりそで》みたいな装束のたもとで口もとを隠《かく》してしまった。すっと墨《すみ》を引いたような秀麗《しゅうれい》な眉《まゆ》が、とても切なげに下がってしまっている。

「だから、あのぼんくらともどもアタシらまで嫌《きら》われちまってるんなら、いけ図々《ずうずう》しくギバの肉を口にする気にはなれないよォ。……客として、銅貨を払っていただく分には、こっちもそんな思いをせずに済むんだけどねェ」

「ずいぶん殊勝《しゅしょう》なことを言うのだな」と、アイ＝ファはいくぶん驚いたように目を見開いた。

「お前はもっとしたたかな人間だと思っていたのだが、まるで見た目通りの童女のごとき言い様ではないか」

「そいつはどうもォ。……アタシはニーヤよりもライ爺《じい》とのつきあいは長いし深いから、人様の運命を読み解く危《あや》うさってもんをちっとばかりはわきまえてるんですよォ。ライ爺だって、あのぼんくらがそこまでのぼんくらだってことをわきまえてたら、決して自分の読み解いたことを口にしたりはしなかったんだろうけどねェ」

アイ＝ファはしばらくピノの小さな姿を注視してから、ふっと息をついた。

「ジザ＝ルウは、お前のことを信義のある人間と言っていた。あのジザ＝ルウが町の人間をそのように評するというのは、生半可なことではないように思える。……だからお前は、きっと信頼に値《あたい》する人間なのだろう。そんな人間を、身内の罪で責めたてる気持ちはない」

「……アタシはそんなご大層な人間じゃあないけれど、それじゃあニーヤと一緒くたに嫌われちまったってことはないのかねェ？」

「無論だ。お前たちがあの男の行いを正しいと言い張るつもりならば、その限りではなかったがな」

ピノは同じ表情のまま、じっとアイ＝ファの姿を見つめ返している。その間、怪力男のドガや笛吹《ふ》きのナチャラたちなどは、ずっと無言で街道に立ち並んでいた。

「さ、それじゃあギバの肉を食べてくださいよ。うかうかしていたら、みなさんの分まで他の人たちに食べ尽くされちゃいますよ」

俺がそのように呼びかけると、ピノはようやく笑《え》顔《がお》を見せた。それはやっぱりいつもの唇《くちびる》を吊《つ》り上《あ》げる笑い方ではなく、何か菩《ぼ》薩《さつ》像《ぞう》を思わせる静かで不思議な笑い方であった。

「ありがとサン。……ただひとつだけ言わせていただくと、アタシらを『町の人間』と呼ぶのは、ちっとばっかり的外れじゃないかねェ」

「うむ？　それはどういう意味だ？」

「言葉のまんまの意味でさァ。ご覧の通り、アタシらは町に住んでるんじゃなく、町から町へと渡《わた》り歩《ある》く漂《ひょう》泊《はく》の民なんだからねェ。町の人間にしてみりゃあ、こんなロクデナシどもと一緒くたにされたらたまったもんじゃないでしょうよォ」

「ふむ……しかし、町の人間がお前たちを蔑んでいるようには思えぬが」

「そいつは祭で気が大きくなってるからでさァ。そうでもなかったら、アタシらなんて子供に石でも投げられるようなゴロツキの集まりさねェ。……それこそ、かつての森辺の民とおんなじぐらいには、蔑まれたり疎《うと》んじられたりしてるんだからさァ」

不思議な微笑《びしょう》をひっこめたピノが、今度はくすくすと笑い声をあげる。

「アタシらは、町の人間としての正しい行いや習わしってもんをすべて打ち捨てて、自由気ままに生きることを選んだ大馬鹿モンだからねェ。この世の中の人間全員がアタシらみたいにふるまったら、それこそ国が立ち行かない。だから、アタシらをまともな人間扱いすることは決して許されないのさァ」

「しかし……」

「いいんだよォ。アタシらは好きでこんな生き方を選んだんだから、誰を恨《うら》むのも筋違《すじちが》いさねェ。悔《くや》しかったら、アタシらみたいに生きてみなってモンさァ。……だからねェ、町の習わしどころか四大神の存在すら屁《へ》とも思っていない森辺の民ってやつには、アタシも昔っから心をひかれていたんだよォ」

そのように言って、ピノは可愛《かわい》らしく小首を傾《かし》げた。

「それで実際に話してみたら、誰も彼もが気持ちのいい人ばっかりだったからさァ、アタシはいっぺんで森辺の民ってのを大好きになっちまったんだ。そんなアンタたちに嫌われずに済んだんなら、そいつは本当に嬉しい話だよォ」

「ふむ！　俺もべつだん、お前さんたちのことを嫌ったりはしておらぬぞ？」

と、いきなり横合いから大きな声が響いたので、俺は心から驚いてしまった。

「ダ、ダン＝ルティム、ずっとそちらで騒いでいたのに、俺たちの会話が聞こえていたのですか？」

「これほどの距離しか離《はな》れていなかったのだから、もちろん聞こえていた！　……しかしな、そこの娘《むすめ》よ。アイ＝ファは本当にあのなよなよとした若衆《わかしゅ》の行いに腹を立てていたようだった。何をそんなに怒《おこ》っているのか俺にはさっぱりわからんのだが、アイ＝ファもアスタも俺にとってはかけがえのない友だ！　またあの若衆がアイ＝ファを怒らせるようなら俺も黙《だま》ってはおれんので、それだけは忘れずにいるといい！」

「もちろんでさァ。二度とそんな失礼な真似《まね》はさせやしませんよォ」

そうしてその後はピノたちもギバの肉を取り、しばらくはダン＝ルティムらと一緒に騒いでいた。ドガやディロは寡黙《かもく》であったが、ピノやナチャラは華《はな》やかに場を盛り上げて、獣《けもの》使いのシャントゥなども楽しそうに笑っている。町の人々が彼らを蔑んでいる様子などはまったく見受けられず、妖艶《ようえん》なるナチャラなどはヴィナ＝ルウやレイナ＝ルウらと同じぐらい男性陣《だんせいじん》の関心をひいているようだった。

（故郷を持たない漂泊の民か。俺なんかには想像もつかない生き方だな）

このような異郷でも自分の家と呼べる場所を得ることができた俺は、きっととてつもなく幸運であったのだろう。――と、そのようなことを考えている内に、五頭分のギバ肉はやっぱり三十分ていどでさばききることになってしまった。

その後は急いで集落に引き返し、夜の営業の下準備である。ルウの集落では居残り組のシーラ＝ルウが指揮を執《と》って、朝から準備に励《はげ》んでいたらしい。ファの家に戻《もど》った俺も、それに負けじと力を振り絞った。十日間にも及ぶ大仕事の、これが最後の下準備なのだ。近在の女衆の力を借り、これまでで最大の量の料理を仕上げ、ついでにドーラ家でふるまう料理の準備も仕上げてしまう。それらを荷車に詰《つ》め込むと、ギルルやファファが気の毒になるぐらいの大荷物になってしまった。

「なるべくゆっくり進むから、荷物が崩《くず》れないようによろしくね？」

荷台に乗り込んだかまど番たちに念を押《お》して、下りの四の刻の半には集落を出発する。

トゥール＝ディンもユン＝スドラも、それにフェイ＝ベイムや他の女衆も、商売に参加していた者たちはみんなダレイムでの宴《うたげ》に参加することがそれぞれの家長から許されていた。彼女《かのじょ》たちはこの半月ほどで、小さからぬ富を家にもたらしたのだ。商売を取り仕切っているファやルウの家に比べればささやかなものであるとしても、半日を拘束《こうそく》されれば給金は最低でも赤銅貨十二枚、ギバ一頭分の牙《きば》や角《つの》に相当する。それが半月なら、ギバ十五頭分だ。そんな彼女たちをねぎらうための宴でもあるのだと説明すれば、首を横に振る家長も存在しなかった。

むろん、仕事の後に宴が控えているという状況《じょうきょう》でも、集中を切らすような人間は存在しない。むしろ誰もが今まで以上に真剣《しんけん》な面持《おもも》ちで、かつ楽しそうに商売の準備を進めてくれた。

復活祭の最終日たる本日の献立《こんだて》は、ファの家が『ギバ・カレー』『カルボナーラ』『ギバまん』、ルウの家が『照り焼き肉のシチュー』『ギバ・バーガー』であった。『ギバまん』と『ギバ・バーガー』が売り切れた際は、これまでと同じように『ポイタン巻き』と『ミャームー焼き』を売りに出す。『中天の日』から後は、毎日この売り方に改めていたのだ。特に本日は、四十食分ずつであった『ポイタン巻き』と『ミャームー焼き』を六十食分ずつに増やしていた。そして、『ギバ・カレー』と『カルボナーラ』に関しては、おもいきって三百食分ずつを準備している。以前から、カレーの素《もと》や乾燥《かんそう》パスタはゆとりをもって数日先の分までを作製していたので、それを大放出することになったのだ。

いっぽうルウ家のほうでも、四百食分であった『照り焼き肉のシチュー』をさらに五十食分、追加で準備していた。これはシーラ＝ルウが朝方から頑張《がんば》っていた成果であろう。シチューの作製も当然簡単なものではないが、それに添《そ》える焼きポイタンを焼きあげるのも、それに負けない手間であるはずだった。

なおかつ人員は、ルウ家の側でのみ三名が追加されていた。それは人手が必要であったというよりも、本家の四姉妹が全員参加したがったための処置であったらしい。本来の当番はシーラ＝ルウとリミ＝ルウであったので、そこにヴィナ＝ルウとレイナ＝ルウとララ＝ルウが加えられたのだ。その移動手段に関してはダリ＝サウティが名乗りをあげ、その荷台にすら乗りきれなかった護衛役の狩人たちは、先んじて徒歩で町に下りていた。

かくして、『滅落の日』の営業は万端《ばんたん》の態勢で開始されたのだった。

料理の総数は千四百十食、売り上げの見込みは赤銅貨二千二百三十五枚、参加する人員は十八名。営業時間は、すべての料理を売り切るまで。明日が休業日と見越《みこ》しての、俺たちにとってのフル出力だ。いちおう復活祭というのは銀の月の三日までと期日が切られているが、年が明けてからは町の人たちも祭の余韻《よいん》を楽しみつつゆったりと過ごす方針であるらしいので、俺たちもここで力を使い尽くす所存であった。

明後日からの力は、明日の休業日で蓄《たくわ》えればいい。すべてをここで振り絞るのだ。言葉にしてそのように話し合われたわけでもないが、みんなの表情にはそういった気合がありありとみなぎっていた。

「やー、やってるね、アスタ！」

と、日没《にちぼつ》たる下りの六の刻が近づいたあたりで屋台を押してきたユーミが、笑顔で声をかけてくる。

「うーん、『滅落の日』に相応しい賑やかさだね！　こっちも負けてらんないや」

「そうだね。今日は俺たちも、ひときわたくさんの料理を準備してきちゃったからさ。眠《ねむ》くならない内に完売を目指さないとね」

「やだなー、じーさんばーさんじゃあるまいし、『滅落の日』に眠たいなんて言わないでよ？　みんなで一緒に太陽神の再生を祝うんだから！」

本日はユーミも営業後、悪友たちを引き連れてダレイムでの宴に参加するのである。ちなみに悪友というのはユーミの弁で、男女ともに不良がかった面子《メンツ》が多いことは否《いな》めないが、本当の悪人などは存在しないと俺は信じている。

「だけど、ご両親がよく許してくれたね？　祝日の夜は、家族と祝うものなんだろう？」

だからこそ、ドーラ家の人々といえども、夜にはなかなか宿場町に姿を現さないのである。ターラはその集《つど》いをちょっぴりだけ抜《ぬ》け出《だ》して、《ギャムレイの一座》の天幕におもむいていたのだ。

「だからそんなのも、じーさんやばーさんの取り決めた習わしさ。……ていうか、こうやって祝日の夜にまで働かされてるんだから、うだうだ文句を言われる筋合いはないっての！　『滅落の日』はいっつも友達と過ごしてるんだから、その場所がダレイムに変わるだけさ」

それは何となく、俺の故郷と似たようなものなのかもしれなかった。高校のクラスメートたちなどは、それぞれの友人たちと年越《としこ》しの計画を練っていたように記憶《きおく》している。

（ま、俺は自分の家か玲奈《れいな》の家で過ごすばっかりだったけどな）

俺の家と玲奈の家は、毎年順番でおたがいの家を年越しの場所と定めていた。で、どちらの家で過ごすとしても、年越しそばを作るのは俺と親父《おやじ》の役割であった。

（……たしか今年は、玲奈の家で過ごす順番だったよな）

ふっと心が、感傷にとらわれそうになってしまう。それを振り払うために、俺は大慌《おおあわ》てで首を横に振り回《まわ》した。

「……いきなりどうしたのだ、アスタ？」

「何でもないよ。ちょっと故郷のことを思い出しただけだ」

俺は素直《すなお》に心情を打ち明け、アイ＝ファは「そうか」と静かにつぶやいた。

俺が故郷のことに気持ちをとらわれてしまうのは、しかたのないことだ。あれは俺が十七年を生きた、何よりも大事な場所であったのだから。

だけど、俺があの場所に戻るすべはない。それは七ヶ月《かげつ》以上が経過しても忘れることのできない死の記憶とともに、心に刻みつけられてしまっている。そうでなかったら、きっと俺はこの世界にここまで没入《ぼつにゅう》することはできなかっただろう。

　この世界も、もはや俺にとっては大事な故郷なのだ。元の世界と今の世界、いったいどちらが大事なのだと問われても、今の俺には答えられない。そんな選択《せんたく》を迫《せま》られることがあったら、それこそ俺は全身全霊《ぜんしんぜんれい》で運命神というやつを呪《のろ》うことになってしまうに違《ちが》いなかった。

（……ミーシャはシムを追われた後、いったいどんな気持ちでこの世界をさまようことになったんだろうな）

　そんなことを想像すると、俺は心底からぞっとしてしまう。かつての故郷を失うことになって、俺が絶望せずに済んだのは、アイ＝ファと巡りあえたおかげだ。アイ＝ファを通じて森辺の民《たみ》と懇意《こんい》になり、ここでも幸福に生きていくことはできるのだと信じることができた。そんな第二の故郷をも追われることになってしまったら――そのときこそ、俺は絶望の深淵《しんえん》に呑《の》み込まれてしまうだろう。

　注文に応じててきぱきと『ギバ・カレー』を器《うつわ》によそいながら、俺はふっと息をついた。まだ右頬《ほお》のあたりに視線を感じるので振り返《かえ》ると、やっぱりアイ＝ファが真摯な眼差《まなざ》しで俺を見つめている。

「俺は大丈夫だよ。大丈夫じゃないように見えちゃうか？」

「そういうわけではないが……よい、今は仕事に励め」

「うん、了解《りょうかい》」

　俺もアイ＝ファと語り合いたい気分であったが、もちろん今はそんな時間もひねり出せない。

こんな話は、仕事をやりとげた後にゆっくり語るべきだろう。

絶望の深淵が深ければ深いほど、それに落ちなかった幸福を強く噛《か》みしめることができる。今の俺は、間違いなく誰《だれ》よりも幸福であった。かけがえのない家族や幼馴染《おさななじみ》を失ってなお、絶望の深淵に落ちずに済んだことが、どれほど幸運で幸福なことか。俺以上に実感している人間は、そうそう存在しないはずであった。

（それも突《つ》きつめれば、みんなお前のおかげなんだよ、アイ＝ファ）

言葉にすることはできなかったので、俺はそんな思いを視線に込めてみせた。

その結果としてこっそり足を蹴《け》られることになったが、やっぱり俺は幸福な心地《ここち》だった。

4

それからおよそ三時間後に、俺たちの仕事は完了《かんりょう》した。

時間的には、ほとんど『中天の日』と変わらない。料理の数は三百食分近く増やしたにも拘《かか》わらず、この結果だ。それはやっぱりお客の数そのものが増えたことと、こちらの手際《てぎわ》がよくなってきたことが相乗効果となったのだろう。それに『中天の日』において、俺は『ギバの揚《あ》げ焼き』を売りに出していた。それを『ギバ・カレー』に切《き》り替えたことが、いっそう回転率の向上に繋《つな》がったに違いない。

おかげで客席は常に満員状態で、街路にまでお客があふれだすこともしょっちゅうであったが、見回りの衛兵たちにもそこまで叱責《しっせき》されずには済んだ。街路に座《すわ》り込むのは御法度《ごはっと》であったが、立ち食いをする分にはジェノスの法にも触《ふ》れないのだ。客席が空くのを待ちきれなかったお客は料理をひと品ずつ購入《こうにゅう》し、それを立ち食いでかき込んでから次の料理を購入する、というやり口で衛兵たちの叱責をまぬがれていたのだった。

最初に売り切れたのは分量の少ない『ギバまん』と『ポイタン巻き』であったので、その後はヤミル＝レイたちに『ギバ・カレー』の販売《はんばい》を託《たく》し、俺は手間のかかる『カルボナーラ』の販売に切り替えた。そうして後半は二台の屋台の四人がかりで取り組んだため、『カルボナーラ』もそれほど他《ほか》の屋台に遅《おく》れることなく売り切ることができた。

また、それよりも早く料理を売り切ったマイムは、そのままお客として訪れたミケルとともに居残っている。明日はミケルも炭焼きの仕事が休業であるために、ともにダレイムまでおもむくことになったのだ。

俺たちの仕事が終わるのを待つ間、マイムたちは護衛役のバルシャとともに《ギャムレイの一座》の天幕に出向いたりして、宿場町の祭を満喫《まんきつ》していた。ユーミと異なり、マイムとミケルはきっちり家族と祝日を過ごしていることになる。ミケルは始終仏頂面《ぶっちょうづら》であったが、それはどこからどう見ても幸福そうな父娘の交流であった。

また、屋台の料理を三分の二ほど売り切ったあたりで、ルウ家では別動隊が動くことになった。ルウの集落に、ジバ婆さんたちを迎えに行くためである。ルウルウおよびジドゥラが引く二台の荷車と、ミム・チャーおよびレイ家のトトスを引き連れて、四名の別働隊が街路に去っていく。そのメンバーは、ジザ＝ルウ、ダルム＝ルウ、ヴィナ＝ルウ、ララ＝ルウという本家の人間だけで構成されていた。ジザ＝ルウたちは、そのままジバ婆さんの護衛に回るのだ。

そんなわけで、営業終了《しゅうりょう》後に《キミュスの尻尾亭《しっぽてい》》に舞《ま》い戻ると、そこには異なる四名が俺たちを待ち受けていた。ジバ婆さんらをダレイムまで届けたのち、ジザ＝ルウたちから送迎《そうげい》役を引き継《つ》いだ、新たなる四名のメンバーだ。その中には、ひさびさにジーダの姿もあった。

「やあ、ジーダが護衛役に駆《か》り出されるのはひさびさだね」

「……バルシャがそちらに駆り出されているのだから、しかたないだろう」

最初は意味がわからなかったが、それもやっぱり「年越しは家族と過ごすべき」という習わしに則《のっと》っての行いであったらしい。すっかりルウ家の一員として馴染《なじ》んでいるジーダたちであるが、彼《かれ》らは元来、まぎれもなくセルヴァの民なのである。

「バルシャたちはもうダレイムに向かってるんだけど、途中《とちゅう》ですれ違ったかな？」

「ああ。暗がりの中をてくてく歩いていた。こんな日には野盗どもも悪行を忘れて酒をくらっているだろうから心配はあるまい」

荷車に乗りきれないメンバーは、食堂のお客がひけるのを待たず、徒歩でダレイムに向かっているのだ。さらにジバ婆さんたち十数名がすでにダレイムにおもむいていることを考えれば、明日の朝はずいぶんな数が徒歩で帰る計算になるはずであった。

「それじゃあ屋台を返してくるので、ちょっと待っててね」

俺はアイ＝ファやレイナ＝ルウらとともに《キミュスの尻尾亭》の扉を開いた。こちらもこちらで、復活祭の期間中は戦場である。食堂には大勢のお客が詰めかけて、テリア＝マスやその他の従業員が忙《いそが》しそうに立ち働いている。受付台は無人であったので、その裏にある厨《くりや》の中を覗《のぞ》いてみると、ミラノ＝マスは一人でぐったりと椅子《いす》に腰《こし》かけていた。

「どうもお疲《つか》れさまです、ミラノ＝マス」

「うん？　ああ、お前さんたちか。さすがに今日も早くはなかったな」

「はい。それでも無事に料理を売り切ることはできました。ミラノ＝マスも小休止ですか？」

「ああ、あとは連中も果実酒をかっくらうばかりだろう。ギバの肉もとっくに尽きてしまったしな」

人々が楽しんでいるときにこそ、裏ではこのように頑張っている人間がいる。などと、自分のことは棚《たな》に上げて感心してしまいたくなる。それぐらい、ミラノ＝マスはくたびれ果ててしまっていた。

「お前さんたちは、今からダレイムか？　まったく元気なことだな」

「ええ。仕事がなければ、ミラノ＝マスたちもお誘《さそ》いしたかったです」

「祝日にそんなひまなどあるものか。……だけど銀の月に入ったら、またダレイムの連中が森辺の集落におもむくのだろう？」

帽子《ぼうし》を外して額の汗《あせ》をぬぐいつつ、ミラノ＝マスはぶっきらぼうに言った。

「そのときに、またテリアのやつを連れていってくれればそれで十分だ。日取りが決まったら、早めに教えてくれ」

「了解いたしました。……あの、ミラノ＝マス、本年は大変お世話になりました」

俺が頭を下げてみせると、ミラノ＝マスはいぶかしそうに眉をひそめた。

「何だ、今さら何をあらたまっているんだ？」

「俺の故郷では、年の終わりにはこういう挨拶をしていたんです。ジェノスではそういう習わしはあまりないみたいですね」

「ああ、どいつもこいつも馬鹿騒《ばかさわ》ぎをして挨拶どころではないからな。……まあ、今年はお前さんたちのおかげで、とてつもない一年だったよ」

そのように言いながら、ミラノ＝マスも頭を下げてくる。

「どちらかといえば、世話になったのは俺たちのほうだろう。お前さんたちには、まあ、感謝をしているよ」

「こちらこそ、ミラノ＝マスには足を向けて寝られません。来年もどうぞよろしくお願いいたします」

そうして俺たちは屋台を宿屋の裏手まで運び込み、ようやくダレイムに向かう段となった。

サウティの分も含《ふく》めて五台の荷車と、それに二頭のトトスで運べる人員、合計で三十四名である。これだけでも大した人数であるが、先行している人々も含めれば、総勢は五十名にも及《およ》ぶのだった。

その中で、小さき氏族の人員は七名、サウティは二名、ザザは眷族《けんぞく》のトゥール＝ディンをふくめ二名、客分のバルシャとジーダで二名――残りの四十名近くは、ルウに連なる人間ということになる。その内の半数は護衛役としての男衆であり、十名ていどが宿場町の商売に参加したかまど番であるとして、残りのメンバーはジバ婆さんを筆頭に、ダレイムでの宴に参加したいと願い出た女衆なのだった。

そういった女衆が存在しなければ、ジバ婆さんの送迎など荷車一台で事足りた。が、そういう希望者が多数名乗りをあげたので、それに付《つ》き添う男衆も増員しなければならなかったため、二台の荷車と二頭のトトスを総動員させなくてはならなくなってしまったのだ。

（ルウの血族百余名の内、四十名近くがダレイムに出向くんだもんな。本当にこいつは、ものすごい話だ）

ギルルの荷台で揺《ゆ》られながら、俺はそのように考えていた。夜間の移動では、アイ＝ファが手綱《たづな》を握《にぎ》る取り決めになっていたのである。たとえ松明《たいまつ》を設置したとしても、俺にはこの暗がりで荷車をフルスピードで走らせるスキルはない。

そんな俺のかたわらでは、トゥール＝ディンやユン＝スドラがとろとろと微睡《まどろ》んでいた。日没から二、三時間が経過しているので、普段であればちょうど就寝《しゅうしん》の頃合《ころあ》いであるのだ。俺の故郷に照らし合わせれば午後の九時前後であったとしても、森辺の民にとっての深夜であることに変わりはないし、もう七ヶ月以上も同じ暮らしに身を置いている俺にもそれは同様だった。

だけど俺の頭は冴えわたっていたし、他のみんなも大半は元気いっぱいの様子である。特に狩人たちなどは、ギバ狩《が》りの仕事を休んでいるために気力も体力も有り余っているのだろう。夜を徹《てつ》して語り合うことになった昔日《せきじつ》の家長会議を思うに、必要とあらば彼らは眠らずに一夜を過ごすことも容易であるのだ。

そんなことを考えている内に、荷車はダレイムに到着した。田畑は闇に沈《しず》んでいるが、その向こうにはちらほらとかがり火の明かりが見える。どの家でも、夜を徹して太陽神の復活を寿《ことほ》ぐかまえであるのだろう。同じように、ドーラ家の前でも明々と火が焚《た》かれて、とてもたくさんの人たちが騒《さわ》いでいる姿がうかがえた。

「おや、ようやくご到着かい。あたしらもついさっき到着したところだよ」

一番手前のかがり火に陣取っていた大柄《おおがら》な人影《ひとかげ》が、陽気に呼びかけてくる。革《かわ》の胸あてや篭《こ》手《て》をつけた、護衛役モードのバルシャである。その周囲には、マイムとミケルの姿もあった。

「アスタ、お疲れさまです！　ユーミはまだ仕事ですか？」

「うん。料理を売り切ったら、すぐに駆けつけるって言ってたよ」

屋外では、マイムたちを含めて三十名近い人々が陽気に騒いでいるようだった。その半数ぐらいは、見覚えのないダレイムの人々だ。短期雇用《こよう》の人々は宿場町に繰《く》り出しているという話であったので、ともに畑の面倒《めんどう》を見ている親戚筋《しんせきすじ》や、近在に住む人々などであるのだろう。視線を飛ばすと、畑の間のあぜ道をゆらゆらと移動している松明の火を確認《かくにん》することもできる。

「家の主人やジバ＝ルウたちは、みんな家の中だよ」

バルシャの言葉を受けて、俺たちもひとまずドーラの親父さんに挨拶《あいさつ》をすることにした。とはいえ、家の中も満員に近いので、厳選したメンバーで扉《とびら》をくぐる。家の中で騒いでいるのは、七割がたが森辺の同胞《どうほう》たちだった。

「やあ、アスタ、お疲れさん！　けっこう早かったじゃないか？」

「ええ、何とか予定通りに片付けることができました」

ご家族は、親父さんと叔父君《おじ》、あとは三名の女性陣《じょせいじん》が顔をそろえていた。息子《むすこ》さんたちやターラの姿は見当たらない。

「ああ、他の連中は倉庫のほうに出向いてるんだよ。ダン＝ルティムたちが、野菜の山を見てみたいって言い出したものだからね」

言われてみると、森辺の民でも見知った顔はあんまり多くなかった。ジバ婆さんとジザ＝ルウ、ダルム＝ルウ、あとは名も知れぬ男衆と女衆だ。

そのジバ婆さんの付近には、親父さんの叔父君と母君が陣取っていた。何かまた言葉を交わしていたのだろうか。ジバ婆さんは、しわくちゃの顔で笑っている。

「ジバ＝ルウもお疲れさまです。身体のお加減はいかがですか？」

「ああ、元気そのものさ……昼間にたっぷり眠らせていただいたからねえ……」

だいぶん歯が少なくなってきてしまっているために、ジバ婆さんの喋《しゃべ》り方《かた》はいつも少したどたどしい。が、この薄暗《うすくら》がりでも肌《はだ》の色艶《いろつや》はよいように思えたし、とにかくジバ婆さんは楽しげで幸福そうに見えた。

そこで、俺《おれ》たちの入ってきた扉が外からバタンと開かれる。

「おお、ようやく仕事を終えたのか、アスタよ！　……ジバ＝ルウ、あれはちょっと見ものであったぞ！　何も危険なことはないから、その目で確かめてみるがいい！」

野菜の倉庫に出向いていたというダン＝ルティムである。ジバ婆《ばあ》さんは「そうかい……」とうなずきながら、曾孫《ひまご》たちのほうを見た。ジザ＝ルウは小さく息をついてから立ち上がり、最長老の背や足もとに手をのばす。そうして椅子に掛《か》けられていたギバの毛皮の敷物《しきもの》ごと、ジバ婆さんの小さな身体はジザ＝ルウの逞《たくま》しい腕《うで》に抱《だ》きかかえられることになった。

「それじゃあ、俺もご一緒《いっしょ》しようかな。よかったら、アスタたちはくつろいでいてくれよ」

「あ、いえ、俺は今の内に料理の準備を済ませてしまおうかと」

「ええ？　ようやく仕事を済ませてきたところなんだから、少しは休んだらいいじゃないか」

「いや、どこで眠気《ねむけ》に見舞《みま》われるかもわからないので、元気な内に片付けちゃいますよ」

そうして親父さんやジザ＝ルウたちは家の外に出ていき、俺たちは厨に向かうことにした。

本日ご用意するのはただひと品、天ざるのみである。大晦日《おおみそか》にあたるこの夜は、どうしてもこの料理をお届けしたいという欲求にあらがうことができなかったのだ。

「みんなは三日前に城下町で食べたばかりなのに、申し訳ないね」

俺がそのように詫《わ》びてみせると、手伝いのために同行していたレイナ＝ルウが「いいえ」と微笑《ほほえ》み返してくれた。

「短い期間で同じ料理を作るのは修練になるので、ありがたいぐらいです。屋台で出している料理などは、自分たちでも出来栄《できば》えがよくなっていることを感じられるぐらいですし」

「ああ、毎日三ケタの数を作っていたら、そりゃあ腕も上がるよね」

厨までついてきてくれたのは、レイナ＝ルウにシーラ＝ルウ、トゥール＝ディンにユン＝スドラの四名であった。全員が城下町でも同じ料理を手伝ってくれた、精鋭《せいえい》のかまど番だ。

寝《ね》かせておいた生地《きじ》を細く切り分ける係と、天ぷらの野菜を切る係に分かれて、それぞれ調理刀を取り上げる。鎌《かま》型薄《うすば》刃包丁を思わせるシム産の菜切り刀は、そばを切り分けるのにとても適していた。

「なんか、森辺の民とダレイムの人たちがごちゃまぜに入り乱れて、すごい有り様だね？」

「そうですね。ジザ兄なんかは、気が休まるひまがないかもしれません」

レイナ＝ルウが、くすくすと笑う。

「だけど、これこそがジバ婆《ばあ》の望んでいたダレイムの宴でしょう。本当は、ミーア・レイ母さんもすごく来たがっていたのです」

「ふーん？　やっぱり女衆の束ね役として、家を空けられなかったのかな？」

「それもあるのでしょうが、ドンダ父さんの気持ちを慮《おもんぱか》ったのではないでしょうか。ジザ兄をよこす代わりに、ドンダ父さんは家から動けなくなってしまいますので」

ルウの家に居残っているのは、ドンダ夫妻とティト・ミン婆さん、あとはサティ・レイ＝ルウとコタ＝ルウのみである。普段が賑やかなだけに、想像するとちょっと物寂《ものさび》しい感じがしてしまった。

「それじゃあさ、次の休息の期間には今回ダレイムに来られなかった人たちを優先すればいいんじゃないのかな。復活祭でも宴でもないけど、親睦《しんぼく》を深める会として」

「そうですね。森辺の族長としてそれが必要と感じたなら、ドンダ父さんもそのように考えるかもしれません」

レイナ＝ルウがそのように答えたとき、窓の外から「もういいよ！」という大きな声が響《ひび》きわたってきた。俺はレイナ＝ルウと顔を見合わせてから、急いで声のあがった方向の窓に駆け寄《よ》った。

窓の外は、暗がりだ。そちらは家の裏手なので、かがり火も焚かれていない。そこに予想した少女の姿はなく、その代わりにシン＝ルウが一人でぽつねんと立ち尽《つ》くしていた。

「シン＝ルウ、どうしたの？　今のはララ＝ルウの声だろう？」

「ああ、アスタにレイナ＝ルウか。……いや、また俺がララ＝ルウを怒らせてしまっただけだ」

「ララ＝ルウを怒らせたって、どうして？」

「それはわからん。きっと俺が気のきかない男だからなのだろう」

月明かりの下、シン＝ルウは妙《みょう》にしょんぼりしているように見えてしまった。三日前の勇壮《ゆうそう》なる姿からは想像もつかないような、何とも痛ましい姿である。

「俺はただ、また城下町に招かれたらどうするつもりなのだと問われたので、そのようなことは族長らの決めることだと答えただけなのだ。……何も間違《まちが》った答えではないはずなのに、どうしてララ＝ルウを怒らせてしまったのだろう」

「うーん？」と俺が首を傾げていると、レイナ＝ルウがくいくいとTシャツの袖《そで》を引っ張ってきた。

「アスタ、ララの姉であるわたしはこれ以上口をはさまないほうがいいような気がします。申し訳ないのですが、アスタにおまかせしてもよろしいですか？」

「うん、俺で力になれるかはわからないけどね」

レイナ＝ルウが調理に戻ると、厨の入口のあたりにたたずんでいたアイ＝ファが近づいてきた。そちらにうなずきかけてから、俺は窓ごしにシン＝ルウへと呼びかける。

「あのさ、シン＝ルウは確かに森辺の民として正しい言葉を返したんだろうと思うんだけど、ララ＝ルウが聞きたかったのはシン＝ルウ自身の気持ちだったんじゃないのかな」

「俺自身の気持ち？」

「うん。城下町に出向くのは気が進まないけど、族長の命令とあらばしかたがない。森辺の民としては肯《がえ》んずる他ないのだ、とかいう答え方だったら、ララ＝ルウも怒らなかったかもしれないよ？」

「俺は別に、城下町に出向くことを疎んじてはいない。べつだん楽しいわけでもないが、狩人としての力を求められるのは誇《ほこ》らしいとさえ感じられる」

その返答が、俺に多少のヒントを与えてくれた。

「だけどさ、今回に限っては、そこに貴婦人がたの思惑《おもわく》がからんでいたじゃないか？　ララ＝ルウは、そこのあたりを気にしているんじゃないのかな？」

「……どうしてララ＝ルウが、そのようなことを気にしなくてはならないのだ？」

シン＝ルウは、むしろ不思議そうに問うてくる。ならば、俺ももう少しデリケートな部分に踏《ふ》み込まざるを得なかった。

「そりゃあもちろん、余所《よそ》の女性がシン＝ルウに色目を使ったりしたら、ララ＝ルウとしても心中穏《おだ》やかじゃないだろう。……と、俺には思えてしまうんだけど、どうなのかな？」

とたんに、月明かりの下でもはっきりわかるぐらい、シン＝ルウの顔が赤らんだ。

「……しかし、貴族の女衆が何を思おうとも、嫁入《よめい》りや婿取《むこと》りの話にまではなるはずがない。それなら別に、こちらが心を乱す必要もないだろう」

これでは、過ぎし日にララ＝ルウやアイ＝ファと語り合ったときの再現になってしまう。が、逆に言えばそのときに得た着想がそのまま使えそうな流れであった。

「それじゃあ、シン＝ルウが逆の立場だったらどうなのかな？　何の心配もなく、ララ＝ルウを城下町に送ることができそうかい？」

「無論だ。護衛役の狩人がいれば、貴族たちが何を考えようとも危険はなかろうからな」

「うーん、そっか。でも、知らない誰かがララ＝ルウにおかしな目を向けるだけで、嫌《いや》な気持ちになったりはしない？」

「しない」

何とも男らしい返答であった。きっとシン＝ルウは、俺よりも人間ができているのだろう。が、それゆえに、ララ＝ルウの不安や怒りを察することができないのだ。

「それでもララ＝ルウは、おそらくお前を貴族の娘たちの目にさらしたくはないのだ」

と、俺が言葉を探している間に、アイ＝ファがきっぱりとした口調で言った。

「お前はそのように思わずとも、ララ＝ルウはそのように思っている。それをわきまえた上で、お前は言葉を返すべきなのではないだろうかな、シン＝ルウよ」

「うむ……？」

「少なくとも、ララ＝ルウはお前の言葉で心を乱すことになった。ララ＝ルウと正しい縁《えん》を紡《つむ》ぎたいならば、それを捨て置くことはできぬはずであろう」

静かだが、有無《うむ》を言わせぬ口調である。さらにアイ＝ファは、シン＝ルウの姿を真《ま》っ直《す》ぐに見据《みす》えながら言った。

「お前が語るべき相手はアスタではなくララ＝ルウだ。ララ＝ルウが怒って立ち去ってしまったのに、お前がそこで立ち尽くしていることが、私には何より間違っているように思える。ララ＝ルウを怒らせた理由がわからぬならば、それがわかるまで本人と言葉を交《か》わすべきではないのか？」

「……そうだな。それはその通りだ」

シン＝ルウはうなずき、きびすを返した。

「仕事の邪魔《じゃま》をして悪かった。俺はララ＝ルウを捜《さが》してくる」

「うん、頑張ってね、シン＝ルウ」

シン＝ルウは、狩人の衣《ころも》をなびかせて闇《やみ》の向こうへと走り去っていった。その姿を見届けてから、俺はアイ＝ファを振《ふ》り返る。

「お見事だったよ。俺は時間を無駄《むだ》にしただけだったな」

「そうでもあるまい。ただ、森辺の男衆はお前と同じようには物を考えない、というだけのことだ」

アイ＝ファはひとつ肩《かた》をすくめると、また入口のほうに戻っていった。

俺が作業台のほうに戻ると、そこで仕事に励んでいたシーラ＝ルウに微笑みかけられる。

「お手数をかけさせてしまい申し訳ありません、アスタ。……でも、シンとララ＝ルウなら、きっと大丈夫《だいじょうぶ》です」

「ええ、あれだけおたがいのことを大事に思っているんですからね。俺も根っこのところでは、そんなに心配していません」

その後は、ひたすら作業に没頭《ぼっとう》した。

これは仕事というよりも、自分たちが宴を楽しむための共同作業である。お客に料理を売るのと、ともに美味《おい》しい食事を口にするのとでは、おのずと意識も変わってくる。荷車では眠そうにしていたトゥール＝ディンとユン＝スドラも、非常な熱意を胸に抱きつつ、とても楽しそうに野菜を切り分けてくれていた。

生地と野菜を切り終えたら、それぞれかまどで仕上げに取りかかる。みんなのスキルアップのために俺は監督役《かんとくやく》に回り、麺《めん》を茹《ゆ》でるのと天ぷらを揚げるのを二名ずつローテーションで受け持ってもらった。

完成した料理は大皿に積み上げて、仕上がったものから広間へと運んでいく。森辺の民だけで五十名ぐらいも出向いてきているので、百人前は準備する心づもりであるのだ。ご近所さんがどれほど詰めかけてきても、それだけあれば全員の口に届けることができるだろう。足りなかったら、後はもう奥方《おくがた》たちの準備した料理のみで勘弁《かんべん》していただく他ない。

そうして汗だくになりながら料理を仕上げていき、最後の三十人前をみんなで運んでいくと、広間ではもう宴もたけなわという様相になっていた。屋外には持ち出しにくい料理であるので、みんなが順番に広間へと入ってきて、ひとしきり食べて飲んで騒いだら総入れ替え、という形に落ち着いたらしい。俺たちが戻ったときには、ちょうど年少組のリミ＝ルウやターラやルド＝ルウ、それにマイムやミケルといったメンバーが料理に手をつけたところであった。

「これはすごく美味しいですね！　やっぱり揚げ物《もの》という料理では、まだまだアスタにかないそうもありません！」

マイムも元気いっぱいの様子である。人混《ひとご》みが苦手であるらしいミケルは普段《ふだん》以上の仏頂面であったが、そんなミケルが宴の場に加わっているのがとても得難《がた》いことに感じられる。

それにしても、本当に無秩序《むちつじょ》な有り様である。ダレイムの民でも森辺の民でも見知らぬ顔が多数まじっているため、余計にそのように思えてしまうのだろうか。ダン＝ルティムやドーラの親父さんが誰と親しげに喋っていても、もはやそれは日常の風景にすら見えてしまう昨今であるが、俺もよく知らない森辺の民とダレイムの民が、ちょっぴり牽制《けんせい》し合いながらも言葉を交わしつつ、同じ料理を食べ、酒杯《しゅはい》を交わしている。その無秩序さが、俺にはとても心地好《ここちよ》かった。

「さあ、それじゃあ俺たちもいただこうか」

ともに働いていたレイナ＝ルウたちと、それを見守ってくれていたアイ＝ファたちとで、できたてのそばをすすり込む。今はどれぐらいの刻限なのか、そんなこともう確かめるすべはない。あとは空が白むまで、ひたすら宴を楽しむばかりであった。

そんな中、ようやくユーミとルイアが五名ばかりの友人を引き連れてドーラ家にやってきた。二名が男性で、三名が女性だ。名前は知らないが、誰もが俺には見知った顔である。男性陣はユーミが初めて俺の屋台を訪《おとず》れたとき一緒にいたメンバーであり、女性陣は、その次にユーミが連れてきたメンバーであるはずだった。

「やあ、ぎりぎりだったね。俺たちが作った料理は、これが最後だよ」

「わー、危なかった！　あんたたちがモタモタしてたせいで、食いっぱぐれるところだったじゃん！」

「うっせえなあ」とぼやいてから、若者の一人が「よ」と俺に手を上げてきた。初対面の際にはさんざんイチャモンをつけられた相手であるが、そんなエピソードも今は昔だ。そうしてイチャモンをつけているさなか、突如《とつじょ》として出現したミダに脅《おびや》かされていた人物――――などと説明しても、理解できるのは一緒に居合わせたヴィナ＝ルウぐらいであろう。ちなみにもう片方は、その騒ぎの後、ミダがいかに宿場町で無法な真似を働いていたかを俺に教えてくれた人物であった。

そんな彼らとともに年越しそばを堪能《たんのう》した後は、みんなで連れ立って家の外に出る。あちこちに焚かれたかがり火を囲んで、そちらでも人々は楽しげに騒いでいた。

ジバ婆さんは地面に敷物を敷き、そこでくつろいでいる。寄り添っているのはヴィナ＝ルウで、ジザ＝ルウとダルム＝ルウもすぐそばに控《ひか》えていた。
楽器などが持ち出される様子はなかったが、手拍子《てびょうし》で歌を歌い、そしてくるくると踊《おど》ってい
る娘さんたちの姿も見受けられた。しばらくすると奥方たちの仕上げたキミュス肉と野菜の汁《しる》
物《もの》料理が屋外にまで届けられ、人々はいっそうの歓声《かんせい》をほとばしらせる。この夜ばかりは、人々
の胃袋《いぶくろ》も底なしであるようだった。
やがて時が進むにつれ、森辺の女衆までもが舞《まい》を見せ始める。どうやら若い娘の舞は求婚《きゅうこん》の
意味合いが強いのでこのような場には相応《ふさわ》しくない、と固辞していたようであったのだが、「こ
の地にそういう習わしがないっていうんなら、こっちもそのつもりで舞ってみせればいいんじ
ゃないかねえ……」というジバ婆さんの言葉で、女衆も腰を上げたらしい。
それでもやっぱり森辺の集落で見る情熱的な舞とは異なり、女衆らはとても優雅《ゆうが》に踊ってい
た。ひょっとしたら、ダレイムの娘さんたちの踊りを見よう見まねでなぞっているのだろうか。
そうだとしたら、なかなかのアドリブ能力である。半透明《はんとうめい》のヴェールやショールをたなびかせ
つつ、かがり火の周囲でゆらゆらと踊るその姿は、たとえようもなく幻想的《げんそうてき》で美しかった。
そんな女衆らの舞を堪能してから、アイ＝ファと二人で少し輪から外れてみると、家の横手
で休息を取っている人々と出くわすことになった。ヤミル＝レイとラウ＝レイ、そしてツヴァ
イである。ヤミル＝レイ以外の二名は、敷物の上で身体をのばしてそれぞれ寝息《ねいき》をたてていた。
「ああ、ヤミル＝レイは踊らなかったんですね」
俺がそのように声をかけると、きろりとにらまれた。

「わたしは舞が苦手なのよ。そもそも身体を動かすことが、人よりも不得手なのだからね」

「それでも眠らずに頑張っているじゃないですか。そちらのお二人はぐっすりのようですが」

「ふん。ツヴァイはともかく、こっちの家長は護衛役という自覚があるのかしら。がぶがぶと果実酒を飲んでいたかと思ったら、これだもの」

だけど、かつての家族と現在の家族にはさまれたヤミル＝レイは、どんなに仏頂面でもとても幸福そうに見えた。

「できればミダも呼んであげたかったですね。料理の準備は少し大変になっちゃいますけど」

「……ミダはスン家の中でもとりわけ目立つ姿をしていたから、なかなかそうもいかないのでしょう。ドンダ＝ルウも、ミダを町に下ろすのはまだ早いと言っていたそうよ」

ミダは何度か、宿場町で気に食わない屋台を破壊《はかい》してしまっている。そんなミダが気兼《きが》ねなく町に下りられるようになれば、それはまたひとつジェノスとの溝《みぞ》が埋《う》まった、という指標になるのかもしれない。

「まあ、ジィ＝マァムでさえああして受け入れられているのだから、外見だけで怯《おび》えられることはそうそうなくなるかもしれないわね」

そのジィ＝マァムは、ダン＝ルティムらと酒杯を交わしている。二十名以上も出向いてきている男衆の内の、半数ぐらいは果実酒をたしなんでいる様子であった。

「何だかとてつもない光景ね。……これでもう森辺の民は、完全にザッツ＝スンの呪いから解き放たれたのじゃないかしら」

低い声で、ヤミル＝レイがそのようにつぶやいた。

「ザザやベイムのように、ジェノスの人間を信用しきれていない森辺の民はまだ少なくないんでしょう。でも、怒《いか》りや憎《にく》しみの感情を抱いている人間は、もう一人もいないように感じられるわ」

「ええ。この場にいるのは森辺の民の一割ていどの数に過ぎませんが、同胞のすべてがそうであることを俺は願っています」

ダン＝ルティムたちとは別の輪で、ドーラの親父さんとダリ＝サウティが何やら語らっている。スフィラ＝ザザとフェイ＝ベイムは、アマ・ミン＝ルティムらとともにあるようだ。リミ＝ルウとターラは他の幼子たちと楽しそうに過ごしており、トゥール＝ディンはレイナ＝ルウとともに、ダレイムの女性たちと言葉を交わしていた。

「む」と声がしたので振り返ると、アイ＝ファが遠くのほうを透《す》かし見ている。同じ方向に目をやると、広場の端《はし》っこで若い男女が肩を寄せ合っていた。あれは、シン＝ルウとララ＝ルウである。この距離《きょり》ではとても表情まではうかがえないが、不安感をかきたてられるような雰囲《ふんい》気《き》ではなかった。

そうしてその後も、俺たちは色々な人たちと語り合うことになった。寝床《ねどこ》に不自由はないと親父さんは豪語《ごうご》していたが、そちらに引っ込む人間などはほとんどいなかったようだ。睡魔《すいま》に負けてしまった者は、適当に家に放《ほう》り込まれたり、あるいはその場で叩《たた》き起《お》こされたりで、誰もが限界まで宴《うたげ》を楽しもうとしていた。俺も途中で一回うとうととしてしまったが、その後は

元気に振る舞うことができた。

時間は着々と過ぎていき、やがて星空が青灰色《せいかいしょく》に変じていくと、寝床に引っ込んだ数少ない人々も再び屋外へと引っ張り出されることになった。俺とアイ＝ファはジバ婆さんを迎《むか》えに行き、体調に無理がないことを入念に確認してから、外に出る。

その頃《ころ》にはかがり火も消されて、人々は東の方角に視線を飛ばしていた。暗緑色の色彩《しきさい》に覆《おお》われた、モルガの山の方角である。やがてその山麓《さんろく》の稜線《りょうせん》が白くふちどられていき、再生を果たした太陽神がその偉大《いだい》なる姿を現し始める。その光が、ついに大地まで届いたとき、ダレイムの人々はいっせいに歓呼《かんこ》の声をあげた。

森辺の民は、静かにたたずんでいる。ダレイムの人々の喜びをさまたげぬように――そして、少しでもその喜びを理解できるように、俺たちはひたすら太陽神の輝《かがや》ける姿を見つめ続けた。

朝の早い森辺の女衆は、毎日こういった夜明けの光景を目にしている。だけどそれは、ダレイムの人々も同じことだ。それでもこれは神聖なる一瞬《いっしゅん》であり、特別な時間なのだった。

これで西の民たるターラは九歳《さい》に、ジーダは十五歳に、バルシャは三十五歳になる。古き一年が終わりを告げ、今日から新しい一年を迎えるのだ。睡眠《すいみん》不足でいくぶん熱っぽい頭を抱《かか》えながら、俺も厳粛《げんしゅく》な心地を得ることができた。

俺にとっては、七ヶ月しか存在しない一年であった。

新たな年は、どんな一年になるだろう。

理由もわからずにこの地で生まれ変わることになった俺は、いつかまた理由もわからぬままに消滅《しょうめつ》してしまうのかもしれない――と、そんな不穏《ふおん》な思いは胸の奥底《おくそこ》にしまいこんで、懸命《けんめい》に生きていきたい。アイ＝ファの存在をすぐかたわらに感じながら、俺は強くそう思った。

「……八十五年も生きてきて、こんなに特別な年はそうそうなかったと思うよ……」

と、アイ＝ファの向こう側でリミ＝ルウやジザ＝ルウたちとたたずんでいたジバ婆さんが、そのようにつぶやいていた。

「婆ほど長々と生きていなくったって、きっと森辺の民のほとんどにとっては特別な一年だっただろうけどねえ……」

「そうですね。でも、今年はそれよりも特別な一年になるかもしれません」

じわじわとその姿をあらわにしていく太陽神の姿を見つめながら、俺はそのように応じてみせた。

「どうか俺たちのやることを見届けてください、ジバ＝ルウ。今年も来年も、その次の年も」

「ああ、見届けてやりたいねえ……そんな風に思えることが、あたしには嬉《うれ》しくてたまらないよ……」

俺も、嬉しくてたまらなかった。

今年も来年もその次の年も、たゆまず頑張《がんば》っていきたい。そんな風に思えるほど、俺は幸福な生を生きることができているのだ。

そうして太陽神の再生は果たされて、俺たちの新しい一年が始まった。

箸休め〃 〜童女と狩人〜

「ああ、本当に大層な賑《にぎ》わいでございますねェ」

ジザ＝ルウのもとにそんな言葉が届けられたのは、宿場町の屋台で『ギバの丸焼き』が配られているさなかであった。

振り返るまでもなく、声の主はわかっている。振り返ると、想像していた通りの人物がその場に立っていた。《ギャムレイの一座》の曲芸師、ピノなる童女である。

「楽しい楽しい復活祭も、これで最後の一日ですからねェ。騒いでおかなきゃ損ってモンでしようよォ。……ジザ＝ルウも、楽しんでらっしゃるかァい？」

「……俺は、祭を楽しむために足を運んできたわけではない。森辺の同胞を守るためにこそ、ここでこうして目を光らせているのだ」

「ふんふん、そいつはご立派ですねェ」

赤い唇《くちびる》を吊《つ》り上《あ》げながら、ピノは妖艶《ようえん》に微笑んだ。

実に不可思議な童女である。《ギャムレイの一座》には得体の知れない人間が集まっているが、その中でもこの童女は格別であろう。ジザ＝ルウにしても、このように不可思議な存在を目《ま》の当《あ》たりにしたのは初めてのことだった。

「それで貴女《あなた》は、俺に如何《いか》なる用事であるのだ？　ついさきほどまで、ダン＝ルティムらと語らっていたはずであろう？」

「ダン＝ルティムってのは、あのひときわ大きな狩人さんのことですかねェ？　うン、あれは楽しいお人ですよォ。あの無邪気《むじゃき》な笑い顔を見ているだけで、こっちまで楽しくなっちまいますねェ」

「ならば、存分に楽しむといい。騒いでおかなければ、損なのであろう？」

「ふふふ。世の中、損得ばかりが大事ってわけじゃありませんからねェ」

咽喉《のど》を鳴らして笑いながら、ピノはその場の光景を見回していく。それにつられて、ジザ＝ルウも視線を巡《めぐ》らせることになった。

アスタたちの働く屋台には、ひっきりなしに町の人間たちが詰《つ》めかけている。ジザ＝ルウたちは、それを背後から見守っている格好だ。ダン＝ルティムやギラン＝リリンらは屋台の脇《わき》にまで果実酒の樽《たる》を運んできて、町の人々と楽しそうに酒杯を交わしていた。

さきほどピノも言いたてていた通り、太陽神の復活祭は本日が最終日である。実際は銀の月の頭までが復活祭の期間と定められているようだが、そちらは騒ぐのではなく身体を休めるための期間であるという話であったのだ。

人々は日も高い内から果実酒に酔《よ》いしれて、ギバやキミュスの肉を喰《く》らっている。町の人間のみならず、森辺の同胞までもがそこに加わっているのが、なんとも奇妙《きみょう》な心地であった。

ジザ＝ルウは、規範《きはん》というものを何よりも重んじている。人間が健《すこ》やかに生きていくためには、規範こそが重要であるのだ。そして森辺の民《たみ》にとって、森辺の掟《おきて》や習わしというものが、もっとも重んじるべき規範であるはずだった。

　現在は休息の期間であるので、ルウの血族が昼から酒を飲むことは、掟に背《そむ》く行いではない。護衛役の仕事に関しても、ダン＝ルティムやギラン＝リリンであれば問題はないだろう。たとえ酒樽《さかだる》の果実酒をすべて飲み干したとしても、彼らは力を失うような狩人ではなかった。

　しかしこれは、森辺の習わしに則した行いであるのかどうか――それは、判然としなかった。この八十年間、森辺の民は外界の人間と絆《きずな》を結ばずに生きてきたのだ。たとえ掟は破っていなくとも、森辺の民らしい振る舞いとは決して言えないことであろう。

　その反面、森辺の民はもっと外界のことを知るべきである、という通達が為《な》されている。かつてのスン家と同じ過《あやま》ちを繰り返《かえ》さないように、外界の法や習わしというものをしっかりと学び、町の人間たちとも健全な関係を結ぶべきである――と、族長たちからそのように言《い》い渡《わた》されているのだ。

　よってジザ＝ルウは、至極平坦《しごくへいたん》な気持ちでこの賑やかな様相を見守っているつもりであった。これは森辺の民として正しき行いであるかどうか、それを見届けるのが族長の跡《あとと》取りたるジザ＝ルウの役目であったのだ。

「……なんだか、難しそうなお顔をしておりますねェ」

　笑いを含んだピノの声が、耳の中に忍《しの》び込んでくる。

　そちらを見やると、ピノは目を細めて楽しそうに微笑んでいた。

「眉間《みけん》に、皺《しわ》が寄っておりますよォ。何かお悩《なや》みでもあるんでしょうかねェ？」

「いや。何も思《おも》い悩んでいるわけではない。ただ、自分の仕事を果たそうとしているだけのことだ」

「ふうん。族長の跡取りサンともなると、気苦労が絶えないってことですかねェ」

まるでジザ＝ルウの内心を透かし見ているかのように、ピノはそのような言葉を口にした。

しかし不思議と、嫌な気持ちはしない。むしろ、話が早くて助かるなどと思えてしまうほどである。感覚としては、森辺において誰《だれ》よりも明敏《めいびん》で理知的なガズラン＝ルティムと語らっているような心地《ここち》であった。

もちろんこのピノとガズラン＝ルティムでは、似ている部分などまったく存在しない。しかしそれでも、明敏さの度合いは似たようなものであるのだろう。その明敏さが、ジザ＝ルウには心地好く感じられるのかもしれなかった。

「……さっき、ファの家のお人らにもお詫びの言葉をお届けしたんですけどねェ。ジザ＝ルウのおかげで、まァるく収めることができたんでございますよォ」

「お詫びの言葉？　……あの吟遊《ぎんゆう》詩人なる者が、アスタたちに奇妙な歌を聞かせた一件であろうか？」

「はいはい、その一件でさァね。あのぼんくらともどもアタシらまでひとまとめで嫌《きら》われちまったんじゃないかって、そいつがずっと気がかりだったんでさァ」

「ふむ。それにしても、俺のおかげとは何の話であろうかな。俺はべつだん、その件でアスタたちと語らった覚えもないのだが」

「それでも、ジザ＝ルウのおかげなんでございますよォ。さすが族長の跡継《あとつ》ぎサンともなると、お仲間の信頼《しんらい》を勝ち得ているモンなんですねェ」

「信頼」と、ジザ＝ルウは繰り返した。

「俺とアスタたちの間柄《あいだがら》を示すのに、あまり相応しい言葉であるようには思えんな。もちろんファの家の者たちとて、森辺の同胞であることに変わりはないのだが――」

「べたべた仲良くするだけが、信頼の証《あかし》じゃございませんでしょうよォ。たとえ一言も口をきいていなくったって、信頼を結ぶことはできるのでしょうからねェ」

ジザ＝ルウは、かつてアスタたちを誹謗《ひぼう》した身であった。外界の生まれであるアスタが森辺に干渉《かんしょう》するのは、間違った行いなのではないか――ルウとファは、絆を結ぶべきではなかったのではないか――そのように、アスタとアイ＝ファを問《と》い詰める事態に至ったのだ。

それ以来、アスタたちと心情を打ち明けあった覚えはない。ルウとファの絆がますます深くなっていく中で、ジザ＝ルウは見届け役としての立場を保持し続けてきたのだった。

（信頼……信頼か）

ジザ＝ルウは、ただアスタたちの行いを見守ってきただけのことであった。その行いが森辺にとって毒となるか薬となるか、それを判じるのは来年の家長会議であると定められたのだ。だからジザ＝ルウは、公正な目でアスタたちの行いを見届けようと、こうして目を凝《こ》らしているのである。

「……本当に、みんな楽しそうですねェ」

ピノの声が、また耳の中にするりと滑《すべ》り込んでくる。

アスタの背中を見やっていたジザ＝ルウは、左右の屋台にも目を向けてみた。そちらでは、ジザ＝ルウの妹たちも同じ仕事に励《はげ》んでいたのだ。

リミ＝ルウやララ＝ルウは楽しそうに笑っており、レイナ＝ルウは真剣《しんけん》な面持《おもも》ちでギバ肉を切り分けている。あまりかまど仕事が得意でないヴィナ＝ルウは、ディンの幼い女衆に手ほどきをされながら、懸命に仕事を進めているようだ。

それらもまた、ジザ＝ルウが見届けるべき光景であった。

アスタの行いは、森辺に何をもたらしたのか。妹たちの表情や立ち居振る舞《ま》いも、それを示すための確かな証であるはずだった。

「さァて、それじゃあアタシも、そろそろ笛のひとつでも吹《ふ》き鳴《な》らしてきましょうかねェ」

ジザ＝ルウは、あらためてピノに向きなおった。

ピノはにんまりと微笑みながら、ジザ＝ルウの顔を見上げている。

「それで……貴女はけっきょく、何のために俺のもとまでやってきたのであろうか？」

「べつだん、理由なんてありゃしませんよォ。ジザ＝ルウと語らいたかったから、ちょいとお時間をいただいただけのことでさァ」

「……俺などと言葉を交わしても、何の得にもなりはしないように思うのだが」

「だから、損得の話じゃないって最初に言ったでしょうよォ。自分の好き勝手に動くのが、アタシらの信条なんでねェ」

目にも鮮《あざ》やかな装束の裾《すそ》をひらめかせながら、ピノはくすくすと笑い声をたてた。

「ジザ＝ルウのほうこそ、アタシなんざには用事なんてありゃしなかったでしょうにねェ。大事なお仕事のさなかにお邪魔しちまって、申し訳なく思ってますよォ」

「いや……そういえば、俺も貴女に聞いておきたいことがひとつあったのだ」

「おやまァ、そいつは嬉しいねェ。いったいどんなお話だァい？」

「貴女はいったい、何歳《なんさい》であるのだ？」

ピノはきょとんと目を丸くしてから、「あははァ」と陽気に笑い声をあげた。

「そいつは訊《き》くだけ野暮《やぼ》ってモンですよォ。まったく、油断も隙《すき》もないお人だねェ。……それじゃあ、お世話さまァ」

ピノはひらひらと舞を踊るような足取りで、人混みの向こうに消えていく。

その小さな後ろ姿を見送っている内に、ジザ＝ルウの口もとにはいつしか微笑《びしょう》が浮《う》かべられていた。

群像演舞
Cooking with
wild game.

野菜売りのミシル

その奇妙な風体《ふうてい》をした小僧《こぞう》が初めてミシルの店を訪れたのは、緑の月の二十三日のことであった。

「あの、ギーゴとチャッチを売っていただきたいのですが、よろしいですか？」

西の民のように黄色い肌をしておりながら、東の民のように黒い髪《かみ》と瞳《ひとみ》をした、ミシルの孫よりも若そうな小僧である。いかにも商《あきな》いを生業《なりわい》にしている人間らしく、にこにこと愛想《あいそ》のよい笑《え》みを浮かべている。が、そのひょろひょろとした身体に纏《まと》っているのは渦巻《うずま》き模様の入った森辺の装束であり、また、その小僧の背後には森辺の民の男女が一名ずつ控えていた。

「……あんたには、あたしが伊達《だて》や酔狂《すいきょう》で野菜を並べているようにでも見えるってのかい？」

ミシルがおもいきり顔をしかめてみせると、黒髪《くろかみ》の小僧は困惑《こんわく》の表情となった。

「宿場町の露店《ろてん》の縄張《なわば》りで、こうして野菜を並べているんだ。そいつは売るために並べているに決まっているじゃないか。それを買いたいなら銅貨を出しな。余計な挨拶なんて不要だよ」

ミシルは、森辺の民を嫌っていた。このような者どもは、町の安寧《あんねい》を脅《おびや》かす異端者《いたんしゃ》であるのだ。だからミシルは、その連中を追い返すつもりでそのような言葉を返してやったのだが——

黒髪の小僧はすぐに困惑の表情を打ち消すと、再び愛想のいい笑みを浮かべた。

「それでは銅貨を出しますので、野菜を売ってください。えーと、俺はギーゴを赤銅貨一枚分だけお願いします」

「あー、俺たちはギーゴを赤二枚分と、チャッチを赤三枚分な！」

後ろに控えた森辺の男衆が、大きな声で割り込んでくる。こちらは黒髪の小僧よりも背が低く、ずいぶん幼げな顔つきをしていたが、腰《こし》には刀と鉈《なた》を下げ、ギバの毛皮でできた狩人《かりうど》の衣を纏っていた。

ミシルは溜息《ためいき》をついてから、自分の身長よりも長いギーゴを菜切り刀で半分に断《た》ち割《わ》って、まずは黒髪の小僧に差し出してみせた。

「そら、赤銅貨一枚なら、これだけだね」

「ありがとうございます」

それからミシルは、別のギーゴを布の上に置き、六個のチャッチをその脇に取り分けた。

「あんたたちは、これだよ。さ、銅貨を払《はら》いな」

「えー、赤銅貨三枚で、チャッチはたった六個かよ？　ポイタンだったら、その倍は買えるぜ？」

黄色っぽい髪をした小僧が不満そうに言うので、ミシルは怒鳴《どな》りつけてやろうかと思ったが、その隣《となり》にいたむやみに色っぽい森辺の娘《むすめ》が眠《ねむ》そうな声で口をはさんできた。

「そうよぉ、チャッチは高いんだからぁ……申し訳ないけど、わたしたちもギーゴは赤一枚分にして、もう一枚分はチャッチにしてもらえるかしらぁ……？」

ミシルは無言でさっき切ったばかりのギーゴを引き寄せ、チャッチには二個を追加してみせた。

「そっかー、チャッチって高いんだな！　今まで野菜の値段なんて気にしてなかったから、知らなかったよ」

悪びれた風でもなく、小僧のほうが銅貨を差し出してきた。別の店でも野菜を買ったらしく、その袋《ふくろ》にひょいひょいと八個のチャッチを詰め込んでいく。その横から、また黒髪の小僧が声をあげてきた。

「あの、ひとつおうかがいしたいことがあるのですが、このギーゴというのは何日ぐらい保存のきくものなのでしょうか？」

「……そいつは刀を入れちまったんだから、二、三日もしたらそこから傷《いた》み始めちまうよ。普《ふ》通《つう》のギーゴなら十日やそこらは腐《くさ》りゃしないし、土に埋めとけばひと月でももつだろうがね」

「あ、土に埋めて保存することもできるのですか。……見た目通りに、ゴボウと一緒だな」

思案顔で、何だかわからないことをつぶやいている黒髪の小僧に、ミシルはさらに言葉を投げつけてみせる。

「ただし、森辺の集落なんかじゃあ、どこに埋めてもギバやギーズにかじられちまうだろうね。ギバを太らせたいんだったら、好きなだけ埋めてみればいいさ」

「そうですか。ご親切にありがとうございます」

皮肉も何も通じないようで、黒髪の小僧はにっこり笑った。

「あともうひとつ、ギーゴを定期的に買いつけさせていただくことは可能でしょうか？」

「定期的に？　そんなにたくさんのギーゴを何に使おうってのさ？」

「もちろん、料理で使うのです。ギーゴはポイタンに混ぜるととても美味しく焼きあげることができるのですよ」

　せっかくのギーゴをポイタンに混ぜてしまうなんて、さすがは森辺の民である。精魂《せいこん》込めて作ったギーゴをそのようにみじめな形で食べられてしまうのかと、ミシルは情けない気持ちになってしまった。

「実はこの先、宿場町で料理の屋台を開く予定なのですよ。そうすると、ポイタンの生地を焼きあげるのに、毎回ギーゴが必要になってしまうので……どれぐらいの量が必要であるかは前日にお伝えするという形で、取り置きをお願いすることは可能でしょうか？」

「……前日までに注文するなら、何でもかまわないけどね。そんなにたくさんのギーゴが必要なら、もっと大きな店で買えばいいじゃないか？」

「いえ、ギーゴだったら、このお店のものが太くて甘《あま》くて質がよいと聞いてきたもので……」

「誰だい、そんな余計なことを言ったのは？」

「露店区域の北のほうで店を開いている、ドーラの親父《おやじ》さんです」

「……ドーラの小僧っ子《こ》かい。まったく、余計な口を叩くもんだ」

「親父さんが、小僧っ子ですか」と、黒髪の小僧は楽しそうに笑う。七十の齢《よわい》を重ねたミシルにしてみれば、たいていの人間が小僧っ子であるのだ。

　とりあえず、その日はこの厄介《やっかい》な連中もそれで森辺の集落に帰っていった。しかしそれは、長きに渡って続く森辺の民との厄介な縁の始まりに過ぎなかったのである。

◇

「あの、非常に申し訳ないのですが」

どうやらファの家のアスタとかいう名前を持つらしい黒髪の小僧がそのように言い出したのは、出会った日より六日ばかりが過ぎてからのことだった。

「今後、こちらで買いつけるギーゴの量を三倍ぐらいにしていただくことは可能でしょうか？」

「三倍？　今、買いつけるギーゴの量を三倍にするって言ったのかい？」

「はい。突然《とつぜん》の話で、申し訳ありません。予想以上に料理が売れてしまったので、今後はそれぐらいのギーゴが必要になってしまうかもしれないんです」

このアスタとかいう小僧は呆《あき》れたことに、宿場町でギバの料理などを売り始めたのである。

しかし、屋台を開いてからまだ三日目であるというのに、この言い草であった。

「ちょいと待ちなよ。あんたは最初の日には十人前の料理しか準備してなくて、今日からようやく四十人前の料理を売ることにした、なんて抜《ぬ》かしてたじゃないか。それで今度は、その三倍の量を準備しようって話なのかい？」

「はい。明日の売れ行き次第《しだい》ですが、明後日からは屋台をふたつに増やして、それぞれ六十人前ずつの料理を準備しようかと考えています」

まったくもって、呆れた話である。この宿場町の屋台では、せいぜい五十人前の料理を売り切れば上等とされている。道行く人間の数は多いが、そのぶん屋台や宿屋の食堂だって十分な数がそろっているためだ。そうであるにも拘《かか》わらず、おぞましいギバの料理を百二十人前も売ろうなどとは――にわかには信じ難い話であった。

「それを売りさばく見込みが立てば、今後は毎日同じ量のギーゴが必要になってしまうのですが……それはさすがに厳しいでしょうか？」

その不安そうな小僧の表情に、ミシルはかちんときてしまった。

「注文があれば、何本でもそろえてみせるって言っただろう？　このミシルの店を見くびるんじゃないよ」

「そ、そうですか。すみません」

「だけどあんた、さっきは衛兵どもに詰め所《しょ》までしょっぴかれてたじゃないか？　あんなざまで、商売なんて続けられるものなのかね？」

「あ、ご覧になられていたんですか。どうもお恥《は》ずかしい限りです。……ただあれは、料理の数が足りなくて、南と東の民のお客さんたちの間で騒《さわ》ぎになってしまっただけなんです。だからこそ、俺《おれ》たちは十分な量の料理を準備しなくてはならないのですよ」

と――アスタという小僧が、ふいに厳しい目つきを見せた。いっぱしの、商人の目つきである。それを見返しながら、ミシルは「ふん」と鼻を鳴らしてみせた。

「あたしは注文された野菜を準備するだけだよ。ただし、商いの約束を破ったら、それ以降はチャッチひとつだって売ってはやらないからね」

「わかりました。ありがとうございます」

笑うと、とたんに幼げな表情になる。ミシルとしては、苛立《いらだ》ちがつのるばかりであった。

そして翌々日には、さらに苛立つことになった。黒髪の小僧、ファの家のアスタが、また申し訳なさそうに店を訪ねてきたのである。

「あの……本当に申し訳ないのですが、今日は約束よりも多めのギーゴを買わせていただけますか？」

どうやら、百二十人前の料理でも足らなかったらしい。

「ギーゴが欲《ほ》しいんなら、余計な言葉じゃなく銅貨をお出し！」

わめきながら、ミシルはギーゴを切るための菜切り刀を取り上げた。


「ええ？　宿場町に持ち出すギーゴを、また増やそうってのかい？」

家に戻《もど》ると、息子《むすこ》に呆れられることになった。くたびれきった腰を叩きながら、ミシルはそちらに顔をしかめてみせる。

「なんだい、何か文句でもあるってのかい？　買いつけの注文が増えたってのに、文句をつけられる筋合いはないよ」

「でもな、母さん。うちのギーゴは、城下町でもごひいきにしてくれる人が多いんだよ。あんまり宿場町に持ち出す分を増やしちまうと、いざってときに数が足りなくなっちまうかもしれないから、少しは控えたほうがいいんじゃないかなあ？」

「宿場町だろうと城下町だろうと、売り値が変わるわけじゃないさ」

「いや、だけど城下町なら心づけをいただくこともあるし、うまくいったら育てた分を丸ごと買い上げてもらえるようにもなるかもしれないじゃないか？　そうしたら、母さんがわざわざ宿場町なんかに出向く必要もなくなるんだよ」

「この老いぼれから、仕事を奪《うば》おうってのかね」

ミシルがじろりとにらみつけてやると、息子は頼《たよ》りなげに首をすくめた。

「母さんの身体を心配してるんだよ。トトスも使わずに毎日荷車を引くなんて、七十を過ぎた人間の仕事じゃないよ」

「あたしはこうして毎日仕事をこなしているから、この歳まで元気に生きてこられたんだよ。こんな老いぼれなんかにもう用事はないってんなら、あんたの好きにするがいいさ」

「まったく、偏屈《へんくつ》だなあ……」

ぼやきながら、息子は家のほうに引っ込んでしまった。ミシルは鼻息を噴《ふ》いてから、空になった荷車を倉に片付ける。

ミシルは、このダレイムでもそこそこ大きな田畑の管理をまかされている家に生まれついた人間であった。日の出とともに目を覚まし、ギーゴやチャッチやネェノンなどを掘《ほ》り出《だ》して売りさばく。物心ついた頃から、このような生活に身を置いているのだ。

息子も孫たちも元気に育ち、力を合わせて仕事に励んでいる。ミシルも足腰《あしこし》が立たなくなるまでは働き続けて、力尽《ちからつ》きたら魂《たましい》を召《め》される。それだけの話だ。ミシルの伴侶《はんりょ》も、そうして十年ほど前に西方神の御前《ごぜん》へと召されることになったのだった。

（ここまで長生きできたんだ。何も悔《く》いなどありゃしない）

しかし――その長い生の終わり際《ぎわ》において、森辺の民などと縁《えん》を結んでしまったのは、いったい如何なる西方神のはからいなのだろうか。

ミシルは、森辺の民が嫌いだ。あれは、町の人間とは相容《あいい》れぬ存在だ。八十年前のジェノスの領主は、あのような者たちの願いを聞き入れず、ジャガルへと追い返すべきであったのだ。

森辺の民がいなかったら、ダレイムの畑はギバに荒《あ》らされて、これほどの豊かさを手に入れることもできなかったはずだ、などと述べる者もいる。だが、それはそれで天命であろうとミシルは考えている。飢《う》えて死ぬのも、ギバに突《つ》き殺《ころ》されて死ぬのも、天命だ。その天命を、横から森辺の民にかっさらわれてしまったような心地がして、気分が悪い。

森辺の民が森の中だけで暮らしていたなら、ミシルにも不満はなかっただろう。森辺の民とはただの狩人ではなく、そういう野人じみた生活に身を置く一族であったという話なのだから、人前にさえ出てこなければ何の迷惑《めいわく》にもならなかったはずだ。しかし、森辺の民は森の恵《めぐ》みを収穫《しゅうかく》することを禁じられ、そのために、ギバの牙《きば》や毛皮などを売って糧《かて》を得ているのだという話であったのだった。

何だその生は、と思う。そのような生を与《あた》えたジェノスの領主も、そのような生を受け入れた森辺の民も、馬鹿《ばか》だとしか思えない。

そんな生でも不満がないというのなら、ミシルにだって文句はない。だが、森辺の民は悪逆な真似《まね》を繰《く》り返している。ひと昔前には田畑を荒らしたり、旅人を襲《おそ》ったり、若い女をかどわかしたりしていた。最近では、宿場町でちょっとした騒ぎを起こすぐらいであるようだが、けっきょくジェノスの領主に与えられた生に納得《なっとく》がいかなかったからこそ、そのような真似に及《およ》んでいるのだろう。

森辺の民は、町の人間を憎んでいる。

町の人間も、森辺の民を憎んでいる。

ジェノスは、森辺の民を受け入れるべきではなかったのだ。

森辺の民が、ミシルたちの代わりに飢えたり、ギバに殺されたりするのも、その恨《うら》みを町の人間にぶつけたりするのも、それを受けて町の人間たちが森辺の民を恨んだりするのも――何もかもが、気に食わなかった。

(あの小僧だって、いつか痛い目を見るに決まっているよ)

だから、宿場町での店などさっさとたたんでしまって、森辺の集落に閉じこもっていればいいと思う。ミシルにとっては、それが唯一《ゆいいつ》の正しいと思える道だった。

◇

「ミシルおばあちゃん、こんにちは！」

ターラが店にやってきたのは、それから数日後のことだった。

ターラは、ミシルと同じようにダレイムから出向いてきている野菜売りドーラの娘だ。まだ十歳にもならぬ小さな子供で、父親に似ず可愛《かわい》らしい顔をしている。

「ああ」とうなずき返しつつ、ミシルはターラがその手に奇妙なものを携《たずさ》えていることに気づいた。食事用の、木の皿である。その皿には、ふたつに断ち割られた屋台の軽食と思《おぼ》しき料理が載《の》せられていた。

「何だい、それは？　店の皿を持ち出したりしたら、怒《おこ》られてしまうよ」

「ううん、これは知り合いの宿屋から借りてきたんだよ。ミシルおばあちゃんにも、アスタおにいちゃんの料理を食べさせてあげようと思って！」

それは、フワノのような白い生地《きじ》で、肉と野菜をはさんだ料理だった。肉はタラパの赤い汁《しる》にまみれており、その脇からは細く刻まれたティノが顔を出している。おそらく大人用の料理なのだろう。キミュスの肉饅頭《にくまんじゅう》よりずっしりと大きくて、それが半分に断ち割られているのだ。

「アスタっていうのは、あの黒い髪をした森辺の小僧のことだろう？　ギバの肉を使った料理なんて、冗談《じょうだん》じゃないよ」

「えー、どうして？　アスタおにいちゃんの料理は、すっごく美味《おい》しいんだよ！」

「どんなに美味しくったって、ギバの肉なんて御免《ごめん》さ」

「大丈夫《だいじょうぶ》だよー。ギバを食べても、角《つの》が生えたり色が黒くなったりはしないから！」

そんな馬鹿げた迷信《めいしん》を信じているわけではない。しかしミシルは、ギバがどれだけ恐《おそ》ろしい獣《けもの》であるかを知っていた。畑の周りには落とし穴の罠《わな》などを仕掛《しか》けているので、時には間抜《まぬ》けなギバを捕獲《ほかく》することもあるのだ。

　ギバというのは、怪物《かいぶつ》のような獣であった。凶悪《きょうあく》な牙と角《つの》を持ち、雷鳴《らいめい》のような声で鳴く。中にはカロンほども巨大《きょだい》なやつもおり、極限まで飢えれば人間さえをも喰らう――と聞く。

　南や東の民であれば、そんなギバを厭《いと》うたりもしないのだろう。しかしミシルは、生粋《きっすい》の西の民だ。生まれも育ちもこのジェノスの、ダレイム領の人間である。ギバなど、とうていまともな人間の食べるものとは思えなかった。

「だけどアスタおにいちゃんは、この料理でミシルおばあちゃんのギーゴを使ってるんでしょ？　うちの父さんは、自分の売ったタラパやティノでこんなに美味しい料理を作ってもらえて、すっごく幸せだーって言ってたよ？」

「ふん。あれだけ森辺の民やギバを恐れていたドーラが、ずいぶん心を入《い》れ替《か》えたもんだね」

「うん！　西の民はもっと森辺の民と仲良くするべきなんだろうなあって、父さんは言ってた！」

　仲良くなんて、できるはずがない。ジェノスの民と森辺の民は、おたがいに憎み合っているのだ。あのアスタという小僧がどれだけ必死に心を砕《くだ》こうとも、いずれは取り返しのつかない悲劇が訪《おとず》れてしまうのだろう。

「自分の野菜がどんな料理に使われているか、ミシルおばあちゃんは気にならないの？」

　ターラは不思議そうに首を傾《かし》げている。

「ミシルおばあちゃんほど自分の仕事に誇《ほこ》りを持ってる人間だったら、気にならないはずはないって父さんは言ってたんだけど……」

なんて小生意気なことを言うドーラであろう。ミシルはしばしば皿の上の料理をにらみつけてから、おもむろにそれをひっつかんだ。白い生地ごしに、肉やタラパの汁の熱が伝わってくる。

ターラに見つめられながら、ミシルはその生地に歯をたてた。

とたん――タラパの豊かな風味が、口の中に広がっていく。

なんと甘いタラパであろうか。

いや、この甘みは、アリアの甘みであるに違《ちが》いない。宿場町で売られるタラパはとても酸《す》っぱいので、小さく刻んだアリアを混ぜ合わせているのだろう。

そして、肉である。臭《くさ》くて硬《かた》いと言われていたギバの肉が、とてつもない旨《うま》みとやわらかさをミシルの口に伝えていた。

以前に数回だけ食べたことのある、カロンの胴体《どうたい》の肉にも負けない味わいとやわらかさである。いや、やわらかさなどはカロンを遥《はる》かに超《こ》えてしまっている。これが本当に肉なのかと思えるぐらい、ギバの肉はほろほろと口の中でほどけていった。そして、それとともに熱い肉汁《にくじゅう》と脂《あぶら》が口を満たしていくのだ。

素晴《すば》らしく美味《うま》い肉であった。

タラパの味も素晴らしかった。

それらの強い味を、フワノのような生地と細切りのティノが中和している。

ギーゴはポイタンに混ぜているのだと、あのアスタという小僧は述べていた。ということは、このふんわりとした生地がポイタンとギーゴなのだろう。森辺の民や旅人や、あるいは戦場の兵士ぐらいしか口にすることがないというポイタンが、フワノのような生地に化けてしまっている。

いったいこの料理は何なのだ――と、ミシルはしばし言葉を失うことになった。

「美味しいでしょ？　これはね、ぎばばーがーっていうんだよ！　ターラはこのぎばばーがーが一番好きなんだあ」

気づくと、ターラもその料理を頰張《ほおば》っていた。口の周りが、タラパで真っ赤になってしまっている。ミシルはその愛くるしい笑顔《えがお》を仏頂面《ぶっちょうづら》で見つめ返してから、銅貨を一枚取り出してみせた。

「この料理は、いくらしたんだい？」

「え？　赤銅貨二枚だけど？」

「それじゃあその半分の量ってことで、赤銅貨一枚でいいね」

「ええ!?　銅貨なんていらないよ！　ぎばばーがーは大きいから、全部食べるとターラはお腹《なか》が苦しくなっちゃうの」

「だからって、あたしがただで恵んでもらう理由にはならないよ。あんただって、父親の仕事を手伝った駄賃《だちん》でこいつを買ったんだろう？」

「いらないいらない！　ターラが父さんに怒られちゃうよ！」

ターラが後ずさるのを見て、ミシルは銅貨を引っ込めた。

「それじゃあ代わりに、チャッチを持っていってもらおうかね。晩餐《ばんさん》で母さんに煮込《にこ》んでもらいな」

「えー、だけどなあ……」

「これさえ受け取らないっていうんなら、あたしは腹の中の料理を戻して返すしかなくなっちまうけどね」

「わ、わかったよぅ。ミシルおばあちゃんは、頑固《がんこ》だなあ」

「ふん。あんたには言われたくないさね」

ミシルはふたつのチャッチをターラに押《お》しつける。ターラはしばらく困ったような顔で立《た》ち尽《つ》くしていたが、やがて「ありがとう！」と言い残して、人混《ひとご》みの向こうに消えていった。

あれぐらいの年頃《としごろ》なら、森辺の民やギバの恐ろしさも知らないのだろう。ギバとは災厄《さいやく》の象徴《しょうちょう》であり、森辺の民はそれを喰らうことでいっそう人間離《ばな》れした力と凶悪さを身につけた一族であるのだ。

ミシルは、伝聞でなくその恐ろしさを知っている。ミシルの父を殺したのは飢えてダレイムにまで下りてきたギバであったし、森辺の民の恐ろしさも、一度だけだがこの目ではっきりと見たことがあるのだ。

しかし――そんなミシルをして、この料理を美味いと認めないわけにはいかなかった。

（まったく、なんて忌々《いまいま》しい小僧だろう）

その忌々しい小僧がミシルの店にやってきたのは、それから数刻後のことだった。

「すみません。青の月の六日で屋台の契約《けいやく》がいったん終わるので、その翌日は一日だけお休みをいただくことになりました」

「ふん。それならその日は、ギーゴも用無しってこったね」

「はい。……だけど、休業日の前後は今以上にお客さんが殺到《さっとう》してしまう気がするので、休みの前日は百七十人前、休み明けは二百人前の料理を準備しようかと思うのですが……」

ミシルは溜息を呑《の》み込んで、「好きにすればいいじゃないか！」とわめきたててやった。

◇

その後もアスタは、延々とミシルの店でギーゴを買い続けることになった。しまいには宿屋に料理を売りつける仕事まで始めて、一日置きに三十個ものチャッチを所望《しょもう》するようにもなった。

その間、何の騒ぎも生じなかったわけではない。森辺の集落を逃《に》げ出したという大罪人が、シムへと向かう商団や、宿場町で働くアスタたちを襲ったりして、裁かれることになったのである。

それでもアスタは、商売をやめようとはしなかった。宿場町の連中も、むしろこれまでよりは穏便《おんびん》な眼差《まなざ》しで森辺の民を見るようになったようにも感じられた。これまではどのような罪を犯《おか》しても見逃《みのが》されていた森辺の罪人が、ジェノスの城に正しく裁かれることになったのだ。

また、罪人の一人は森辺の民自身の手によって裁かれたのだとも聞いている。

町で悪さをしていたのは、森辺の族長筋の人間のみであったらしい――森辺の民の多くは、族長筋の連中がそのような真似を繰り返していたことすら知らなかったらしい――そして、そういった連中は今回の騒ぎで全員裁かれ、別の氏族が族長筋と定められたらしい――そんな話が、まことしやかに流れることになった。

さらに、若い連中の間では、森辺の民というのがいかに貧しい生を送っているか――中には飢えて死ぬ者までいるらしいという話を伝え聞き、衝撃《しょうげき》を受ける者も少なくはなかった、という話であった。

今さら何を言っているのだ、とミシルは思う。ギバの牙や毛皮なんて、そんな高値で売れるはずがない。森辺の民が移り住んできた当時はたいそう珍重《ちんちょう》されていたようだが、今では毎日とてつもない数のギバが狩《か》られているのである。

牙や角は飾《かざ》り物《もの》の材料にしかならないし、毛皮の敷物《しきもの》などはもっと寒さの厳しい土地に持っていかなければ、そうそうありがたがられることもない。ギバ一頭から得られる代価なんて、せいぜい白銅貨二枚ていどのものでしかないのだ。

もちろん、白銅貨二枚を稼《かせ》ぐというのは、生半可な話ではない。ミシルの店で言うならば、それは毎日十本のギーゴを売って、ようやく得られる代価であった。

だが、ギーゴを売ったり育てたりする仕事で、生命《いのち》を落とすことはない。森辺の民は生命をかけて、数名がかりで凶悪なギバを狩り、それでそれだけの代価を得ることしかできないのだ。

モルガの恵みを収穫することも、田畑を耕すことも禁じられて、ひたすらギバだけを狩る。そのような生活で、人並み以上の豊かさなどを得られるはずはない。それらの事実にようやく思い至り、宿場町の連中は森辺の民をどのように扱《あつか》うべきかを、あらためて考えさせられることになったようだった。

しかし――騒ぎは、それだけに留《とど》まらなかった。

このままでいけば、森辺の民との関係性も今までよりは平穏《へいおん》な形に落ち着くのではないかと思われた矢先に、あのアスタという小僧が何者かにかどわかされてしまったのである。

噂《うわさ》では、貴族のような身なりをした男が犯人であるという。それで宿場町は、とてつもない騒乱《そうらん》に満たされることになった。先日までの騒ぎなど比較《ひかく》にならぬほどの騒ぎであった。

そしてアスタがさらわれた翌日には、何十人もの森辺の民が宿場町に下りてきて、衛兵たちと刃《やいば》を交えそうな騒ぎになっていた。

「それでは、衛兵たちの手だけで俺たちの同胞《どうほう》を無事に救い出せるという、そのような約定を交《か》わすことができるのか⁉」

森辺の新たな族長を名乗る大男は、そのように吠《ほ》えていた。それこそ野の獣のように恐ろしげな姿をした大男である。

森辺の民たちは、ジェノスの貴族がアスタをさらったのだと疑っているらしい。どうやらトゥラン伯爵家《はくしゃくけ》の当主というやつが、森辺の民といざこざを起こしている最中であったらしいのだ。

森辺の民に対する恐怖《きょうふ》と、馬鹿な貴族に対する怒《いか》りで、宿場町はその日からしばらく騒乱の気配に包まれることになった。

（……どうせいつかは、こんなことになるんだと思っていたよ）

それでも変わらず宿場町で野菜の露店を開きながら、ミシルはそのように考えていた。

（森辺の民と町の人間は相容れない。それが無理に同じ土地で暮らそうとするもんだから、こんな騒ぎになっちまうのさ）

あれは、ミシルがまだ若かった頃《ころ》――『一番上』の息子にようやく嫁取《よめと》りの話が舞い込んできた頃、ひとつの事件が宿場町を襲った。余所《よそ》の土地から流れてきた無頼漢《ぶらいかん》どもが、森辺の民にちょっかいを出してしまったのだ。

宿場町に下りていた森辺の女衆らに、何か悪さをしようとしたらしい。それを止めようとした森辺の年老いた女衆が殴《なぐ》り倒《たお》され、ひどい手傷を負ったのだという。

無頼漢どもはその場で衛兵に捕《と》らわれて、審問《しんもん》の後、罪人の刺青《いれずみ》をほどこされてジェノスを追放されることになった。二度とジェノスに足を踏《ふ》み入れることを許されない、重い罰《ばつ》である。

しかし、森辺の民は怒りを収めることができなかった。その傷つけられた女衆の家の家長が単身で町に下り、ジェノスを出ようとしていた無頼漢どもを皆殺《みなごろ》しにしてしまったのだ。

「森辺の族長には、ジェノスの法に従うべしと言われていた！　しかし、俺は俺の母を侮辱《ぶじょく》され、傷つけられた怒りを収めることはできなかった！　俺の身に罪があるというのならば、ジェノスの法で好きなだけ裁くがいい！」

そのように吠えて、狩人の男は血に濡《ぬ》れた刀を地面に叩《たた》きつけた。そうしてその男が衛兵に捕らわれて、城に連行されていく姿を、ミシルは間近で見ることになったのである。

男はけっきょく、死罪を言い渡されることになった。森辺の掟を破ったとして、森辺の族長らもその裁きに不服を申し立てることはなかった。

しかし——それ以来、森辺の民はいっそう恐怖の目で見られるようになり、町で騒ぎを起こしても見逃されるようになってしまったのだった。

（あれは本当に、獣のような男だった……ギバを喰《く》らう森辺の民は、その身の内にギバの凶悪な力を宿らせているのだと、誰もが信じることになった）

たった一人の狩人が、並み居る衛兵どもをなぎ倒し、五名もの悪漢どもを次々と斬《き》り伏《ふ》せていったのである。数十年の時を経《へ》ても、とうてい忘れ去ることのできない、それは凄《すさ》まじい光景であった。

（だけどやっぱり石塀《いしべい》の中に閉じこもってる貴族どもは、森辺の民の本当の恐ろしさを知らないんだ。だから今回も、こんな騒ぎになっちまったんだろうさ）

森辺の民は、ジェノスの貴族を許さないだろう。そして、同じ貴族を害されれば、貴族どもも森辺の民を許さないだろう。今度こそ、ジェノスと森辺の民は救いようもなく決裂《けつれつ》してしまうのかもしれなかった。

（森辺の民《たみ》がいなくなったら、あたしらの畑も半分がたはギバの餌場《えさば》になっちまうんだろうね）

息子や孫たちは、自分よりも苦労の多い生を歩むことになるのかもしれない。天命とはいえ、それだけが無念であった。

そんな中、中天を過ぎても、まだ宿場町はざわついている。森辺の民が衛兵どもを退けて、何やら町中を駆《か》けずり回《まわ》っているのである。アスタと、それをさらった悪漢どもを捜《さが》し求《もと》めているのだろう。城下町に足を踏み入れることができない森辺の民には、そうして宿場町を駆けずり回ることしかできないのだ。

今日はもう商売になりそうもない。アスタのために準備していたギーゴを荷車に残したまま、ミシルは帰り支度《じたく》を始めることにした。背後から声をかけられたのは、その荷車を引こうとした瞬間《しゅんかん》のことである。

「あの、お待ちください。今日の商売は、もうおしまいなのですか？」

振《ふ》り返《かえ》ると、森辺の若い女衆が二人、こちらに駆け寄《よ》ってくるところであった。黒い髪をふたつに結んだ美しい娘と、赤い髪をひとつに結んだ気の強そうな娘だ。

二人ともに、見覚えがある。アスタの屋台の商売を手伝っていた森辺の娘たちである。その黒い髪をしたほうが、いくぶん慌《あわ》てた様子でミシルに呼びかけてきた。

「それでしたら、アスタに売る約束をしていたギーゴとチャッチを、わたしたちにお売りください」

「……あんたたちは、こんな状況《じょうきょう》でも商売を続ける気なのかい？」

黒髪の娘は、「はい」と大きくうなずいた。

「アスタは必ず戻ってきます。それまでは、わたしたちがアスタに代わって宿場町での商売を続けるつもりです」

「ふん……こんな騒ぎじゃ、商売にもならないだろうに」

「いえ。東や南の民たちは、変わらず店を訪れてくれています。その姿を見て、西の民たちもおそるおそるですが顔を出してくれるようになりました。……わたしたちは、アスタの繋《つな》いでくれたジェノスとの縁を断ち切《き》ってしまうわけにはいかないのです」

　まだ子供のような顔をしているのに、その目にはとても強い光が宿されていた。女衆でも、若くても、森辺の民であるということに変わりはないのだ。ミシルは荷車の取っ手から離《はな》した手を、その娘のほうに突き出してみせた。

「ギーゴを二本にチャッチを三十個で、お代は赤銅貨十九枚だよ」

「はい、ありがとうございます。……明日からも、アスタが約束していた通りの野菜を準備していただくことはできますか？」

「ああ」と言葉少なく応じながら、ミシルは銅貨を受け取った。

　これだけの野菜を宿場町でいっぺんに買い上げてくれるのは、ひいきにしてくれている宿屋ぐらいのものである。あのアスタという小僧はこのギーゴやチャッチとギバの肉を使って、たっぷり銅貨を稼ぐことができていたのだろう。貧しさにあえぐ森辺の集落に、さらなる豊かさをもたらすために、だ。

「では、明日からもよろしくお願いいたします。……ララ、いったん屋台に戻って、この荷物を置いてこよう」

「うん、そうだね」

娘たちは、足速に去っていく。きっと、宿屋に向かう途中《とちゅう》であったのだろう。あのアスタも、毎日これぐらいの時間にミシルの店の前を通って宿屋に出向いていたのだ。

（……あんなとぼけた小僧の代わりなんて、他《ほか》の誰《だれ》かにつとまるもんなのかね）

ミシルはあらためて取っ手をつかみ、ダレイムに向かって荷車を引くことにした。

そうして家に戻ってみると、息子が青い顔をしてミシルを待ち受けていた。

「母さん、やっと戻ってきたのか！　これ以上遅《おそ》くなるようなら、誰かを迎《むか》えに出そうと思っていたところなんだよ！」

「何だい、こんな時間に呑気《のんき》なもんだね。畑はどうしたのさ？」

「畑のほうは、みんなにまかせてあるよ。俺は宿場町の様子が心配だったから、あちこちで話を聞いて回っていたんだ」

どうやら今朝からの騒ぎは、すでにダレイムにまで伝わっているらしい。そして、巡回《じゅんかい》の兵士でも回ってきたのか、あるいは城下町の商人が訪れてきたのか、息子はミシルよりもこまかい事情をわきまえているようだった。

「森辺の民は、さらわれた同胞とその犯人を求めて、宿場町だけじゃなくトゥランのほうにまで出向いているらしい。犯人が貴族なら、どこを捜したって無駄足《むだあし》だろうに……ああもう、ジェノスはこの先どうなっちまうんだろうなあ」

「騒いだって、どうにもならないよ。せいぜいしっかりとギバのための罠を仕掛けておくことだね」

「も、森辺の民は、やっぱりジェノスを出ていっちまうのかなあ？　そうしたら、俺たちの生活も無茶苦茶《むちゃくちゃ》じゃないか！」

森辺の民がいなくなったら、ダレイムの男たちが狩人の真似事《まねごと》をさせられるのかもしれない。あるいは、トゥランのように塀《へい》でもこさえることになるのかもしれない。何にせよ、これまで通りの生活を続けられるはずはなかった。

「畜生《ちくしょう》、どうして俺たちがこんな目に……犯人はやっぱりトゥランの当主なのかなあ？　あいつらは頑丈《がんじょう》な塀で田畑を守られているから、森辺の民がどうなろうと知ったこっちゃないって考えなのかなあ？」

「木の塀なんかでギバを完全に防げるもんかね。本当に無事でいられるのは、石塀の中にこもってる連中ぐらいのもんだろうさ」

「その連中だって、俺たちが作った野菜で腹を満たしてるはずじゃないか！　トゥランで作られてるフワノとママリアだけじゃあ生きていくことはできないんだぞ⁉」

そんなことは、誰にだってわかりきっている。わかっていないのは、城下町の連中ぐらいだろう。あの連中は、放っておいても野菜など地面からいくらでも生えてくるものとでも思っているのかもしれない。

「いいからさ、無駄《むだ》に騒ぐんじゃないよ。何も起きてないうちから騒いだって、運命が変わるわけじゃないだろう？　あたしらは、黙《だま》って仕事を果たせばいいんだよ」

「ど、どこに行くんだよ、母さん？」

「どこって、畑に決まってるじゃないかね。宿場町では商売になりそうになかったから、早めに切り上げてきたんだ。明日のために、ギーゴを掘らないとね」

「まさか、明日も宿場町に行くつもりじゃないだろうね？」

すっかり取り乱しきっている息子の顔を、ミシルは下からにらみあげてやる。

「こんな騒ぎの中でも、ギーゴとチャッチはたいそう売ることができたんだ。この先どうなるかもわからないんだから、売れるもんは売れるうちに売っておくんだよ」

「だ、だけど……」

「胆《きも》の据《す》わらない男だね。森辺の娘っ子だって、あんたよりは胆が据わっているよ」

青い顔をした息子をその場に残し、ミシルはギーゴの畑へと向かった。

森辺の民すら、商いを諦《あきら》めていないのだ。いまだ何の被害《ひがい》を受けたわけでもない自分たちが、こんなところで音をあげるわけにはいかなかった。

（あたしらは、あたしらの仕事を果たすだけさ）

それを果たすことができなくなってしまった人間の分まで——などと思ったわけではない。

あのとぼけた顔で笑う黒髪《くろかみ》の小僧《こぞう》は、今ごろどこで何をしているのだろうか。

ミシルは痛む腰を叩きながら、乾《かわ》いた土の地面をひとり歩き続けた。

◇

そうして、四日もの日が過ぎ去っていった。

その間、森辺の娘たちは毎日ミシルの店を訪れていた。

その他の森辺の民たちも、変わらぬ様子でジェノス中を駆けずり回っていた。

そんな中、四日目にしてついに犯人の正体が明らかとなった。トゥラン伯爵《はくしゃく》当人ではなく、その娘が犯人であったらしい。何故《なぜ》だかダレイム伯爵家の次男坊《じなんぼう》が森辺の民に力を貸して、それを救出に出向くのだと、そんな噂がすみやかに蔓延《まんえん》した。

（馬鹿だねえ。トゥランとダレイムじゃあ、同じ貴族でも格が違うじゃないか）

ダレイムの当主は、トゥランの当主の言いなりだ。ダレイムで作られた野菜をどのように売りさばくかも、すべてトゥランの当主の言いなりで決定されているらしい。また、トゥランの当主が禁じたために、ダレイムの田畑を守る塀を築くことができないのだ、などという風聞まで流れている。そんなトゥラン伯爵家の暴虐《ぼうぎゃく》を、ダレイムの次男坊などにどうこうできるとも思えなかった。これできっと、森辺の民とジェノスの貴族の関係性は、決定的に崩落《ほうらく》してしまうことになるのだろう。

それでも、ミシルのやることに変わりはない。不穏《ふおん》にざわめく宿場町を後にして、暗くなるまでは畑の仕事にいそしみ、家族たちと食事を取り、眠《ねむ》る。翌朝も、夜明けから数刻ばかりは畑で仕事をして、必要な分の野菜を荷車に積み、宿場町へとおもむいて、馴染《なじ》みの宿屋に注文の野菜を届けてから、店を開く。

細い木の柱に革《かわ》を張った屋根を立て、地面に敷《し》いた布の上に見本の野菜をいくつかずつ並べ——そうして何組かの客を相手にしたところで、その連中が姿を現した。

「どうもご無沙汰《ぶさた》です。いきなり姿を消してしまって、申し訳ありませんでした」

黒い髪《かみ》に黒い瞳《ひとみ》、黄色い肌《はだ》ととぼけた笑顔を持つ、異国生まれの森辺の民——ファの家のアスタと、六名ばかりの森辺の狩人たちである。

アスタはやっぱり、とぼけた顔で笑っていた。いくぶん頬《ほお》の肉が薄《うす》くなったようだが、その黒い瞳には変わらぬ明るさが灯《とも》されている。

しばらく言葉を失ってから、ミシルは慌てて「ふん」と鼻を鳴らしてみせた。

「まさか、またその顔を拝むことになるとは思ってなかったよ。ずいぶん悪運の強い小僧だね」

「はい。森辺の同胞と宿場町のみなさんの尽力《じんりょく》で、無事に帰ってくることができました」

ミシルは、何もしていない。

ただ、これまで通りに商《あきな》いを続けていたのみである。

「俺がいない間は、森辺のルウ家の女衆がその分のギーゴやチャッチを買っていってくれたのだと聞きました。……あの、うまく話がまとまれば、また俺も明日から商売を再開させることができるかもしれないので、その分のギーゴを売っていただくことはできますか？」

「あん？　明日の分のギーゴだったら、屋台を運んでいく行きがけでその娘《むすめ》たちが買っていったはずだよ」

「いえ。せっかくルウ家が独自で屋台の商売を始めることができたのですから、俺はそれとは別に店を開こうかと考えているんです。……そうなると、これまでの倍ぐらいのギーゴが必要になってしまうのですが……」

申し訳なさそうな、心配そうな、そんな表情も相変わらずであった。

だからミシルも、これまで通りにわめき返してやることにした。

「ミシルの店を見くびるんじゃないって、何回同じことを言わせるつもりなんだい、あんたは！　銅貨さえ準備できるなら、十本でも二十本でも準備してやろうじゃないか！」

「ありがとうございます」と、ファの家のアスタは嬉《うれ》しそうに微笑《ほほえ》んだ。

時は、白の月の十日——この奇妙《きみよう》な風体《ふうてい》をした小僧と出会ってから、すでにひと月半以上の時間が過ぎていた。

白分の天命とこの小僧の悪運と、どちらが尽きるのが早いのか。

そのようなことを考えるでもなしに考えながら、ミシルは背後の荷車からとりわけ立派なギーゴを引っ張り出してやることにした。

あとがき

このたびは本作『異世界料理道』の第二十一巻を手に取っていただき、まことにありがとうございます。

このあとがきを書きしたためている現在は五月の下旬であり、猛威を振るったコロナもやや収束の気配を見せ始めた頃合いとなります。本作が発売される六月下旬に時世がどのような様相を呈しているかは、まったく想像もつきませんが――よりいっそうの平穏を取り戻していることを願うばかりでございます。

世相が乱れると、日々を生きるのに精一杯で、創作物を楽しむゆとりも失われてしまいかねません。逆にまた、創作物を楽しむことで活力を得たり、心を癒されたりすることもありましょう。

自分は、後者に属する人間です。さまざまな創作物から活力をいただき、自らも創作活動に励むことができました。同じように、自分の作品が少しでも皆様の憩いとなれたら、心より嬉しく思います。

さて、当作の内容に関してですが、今巻も前巻に引き続き、太陽神の復活祭が主軸となります。青空食堂の開設といった下準備の期間まで含めれば、ずいぶん長々と続いた復活祭も、ついに今巻にてクライマックスです。

同時にアスタたちにとっては、長い一年の終わりとなります。アスタにとっては七ヶ月ていどの期間でありましたが、節目であることに変わりはないでしょう。気持ちも新たに、次の一年に臨んでもらいたく思います。

次の節目は、アスタの誕生日――アスタが森辺に出現した、黄の月の二十四日となりましょうか。作中において、これから迎える新年は三年に一度の閏月が存在する年となりますため、アスタの誕生日はおよそ半年後となります。

あとがきのページ数にゆとりがありますため、ここでこの世界の暦に関して記載させていただきます。銀の月を新年として、閏月として加えられるのが金の月、その後に、茶、赤、朱、黄、緑、青、白、灰、黒、藍、紫と続きます。

アスタがやってきたのが黄の月の終わりで、青の月には家長会議があり、サイクレウスとの決着がついたのは白の月の終わり、その後もマイムやヴァルカスと出会ったりダバッグに旅行に出かけたり森の主を相手取ったりした末に、紫の月を迎えたわけでありますね。

非常に賑やかな七ヶ月でありましたが、これからもそれに負けない賑やかな日々が待ち受けています。どうぞ末永くおつきあいいただけたら望外の喜びでございます。

次に、書き下ろしの短編は、ジザ＝ルウにご登場を願いました。

復活祭をアスタ以外の目線から描いてみようと思い至り、それならアスタと対極的な立場にあるキャラのほうが楽しいかなと、白羽の矢を立てた次第でございます。

アスタにとってはもっとも内心の読みにくいキャラの一人ですので、本編では描ききれない内面を描けるという意味でも、有意義でありました。ジザ＝ルウの糸のように細い目の奥ではどのような感情が渦巻いているのか、多少なりともお伝えできていれば幸いでございます。

そして『群像演舞』は最後の一編、ミシル婆さんのエピソードとなりました。

ミシル婆さんは今巻の本編にも登場しており、多くの方々が「こんなキャラいたっけな？」と首を傾げているやもしれません。実のところ、ミシル婆さんは本編において名前のみ登場していたキャラとなります。初出は、なんと第四巻までさかのぼるのですね。

ドーラの店ではギーゴやチャッチを扱っていないため、アスタも別の店で購入することになりました。「ギーゴなら、ミシル婆さんとこのが太くて甘くて人気があるよ」と、ドーラがおすすめしてくれたのです。それ以降、アスタはずっとミシル婆さんの店でギーゴやチャッチを買い続けていたわけでありますね。ギーゴはヤマイモ、チャッチはジャガイモに似た食材でありますため、アスタの商売にとっては非常に重要な野菜となります。

それにつけても、第四巻で名前だけ登場したキャラが、第二十一巻にて番外編の主人公を務めるという、なかなか愉快な事態になってしまいました。これも母なる森と西方神の思し召しでありましょう。

ともあれ、第十四巻から続いてきた『群像演舞』も、これにて無事に閉幕となります。合計で十三のエピソードから成り、文字数は書籍一・六冊分にも及ぶ番外編に長らくおつきあいいただき、まことにありがとうございました。
ただし、『群像演舞』というのはウェブ版において一年置きに追加されておりますため、書籍版においてもすでに「二ノ巻」の公開時期が目前に差し迫っております。こちらもページ数にゆとりのある巻でお披露目していければと考えておりますので、引き続きお楽しみいただければ幸いでございます。

ではでは。本作の出版に関わって下さったすべての皆様と、そしてこの本を手に取って下さったすべての皆様に、重ねて厚く御礼を申し述べさせていただきます。
次巻でまたお会いいたしましょう！

二〇二〇年五月　ＥＤＡ

復活祭を無事に終えた森辺の民の元に、
新たな難題が二つも持ち込まれる。
Author
EDA
Illust.
こちも
異世界料理道
VOLUME
22
Cooking with wild game.

一つは、ギャムレイの一座の者たちによるギバの捕獲。
そして、もう一つはなんと、過去に因縁もある
モルガの森を通る街道の建設だった!!
平穏無事とはいかない新年が始まる第22巻!!
2020年秋発売予定!

オオツカメトロを無事に脱出したアベシューとタミコ。
ノアに先導されて進むスガモ市への道行きは、
新たな発見に満ちていた!!
さらに、アベシューの力の秘密
〝糸繰士〟についても明らかに!?
目覚めたら最強職だったので
シマリスを連れて新世界を歩く
迷宮メトロ
1
佐々木ラスト
Last Sasaki
イラスト
かわすみ
Vol.1

2020年初秋、発売予定!

HJ NOVELS
HJN04-21

異世界料理道21

2020年6月22日　初版発行

著者——EDA

発行者—松下大介
発行所—株式会社ホビージャパン
〒151-0053
東京都渋谷区代々木2-15-8
電話　03(5304)7604（編集）
03(5304)9112（営業）

印刷所——大日本印刷株式会社

装丁——AFTERGLOW／株式会社エストール

ISBN978-4-7986-2235-4　C0076

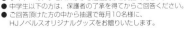